1 Zelt, 2 Wochen, 3 tausend Kilometer

AF215781

Cornel Reschke

1 Zelt, 2 Wochen, 3 tausend Kilometer

Eine Reiseerzählung

Impressum

Bibliografische Information der Deutschen Nationalbibliothek:
Die Deutsche Nationalbibliothek verzeichnet diese Publikation in der Deutschen Nationalbibliografie; detaillierte bibliografische Daten sind im Internet über http://dnb.dnb.de abrufbar.

Alle Bilder sind durch den Autor selbst erstellt worden und stellen dessen Eigentum dar. Das Hintergrundbild der amerikanischen Flagge stammt von Gernot Lahr-Mische, Worms.

Lektorat und Korrektorat durch den Autor selbst.

Herstellung und Verlag: BoD – Books on Demand, Norderstedt

ISBN: 978-3-7494-8699-1

.

PROLOG

Ein Traum! Nicht mehr aber auch nicht weniger war es und das schon sehr lange. Mit einem Motorrad oder dem Mietwagen einmal an der kalifornischen Küste entlang cruisen, San Francisco besuchen, die Weiten des Westens der USA spüren und erfahren, das geisterte schon seit mehr als einer Dekade in meinem Kopf herum.

Das Bücherregal wuchs über die Jahre um zahlreiche Bildbände, Erlebnisberichte, Reiseführer und Ratgeber und bestätigte mich in dem Wunsch, viele sehenswerte und faszinierende Plätze zu besuchen. Immer wieder mal erfolgte abends auf dem Sofa der Griff zum Laptop oder Handy und diverse Seiten wurden durchsucht nach günstigen Flügen, Pauschalreisen, Motelkosten oder den Tarifen für einen Leihwagen oder ein Leihmotorrad. Aber genauso oft nahmen meine gedanklichen Pläne dann neue Wendungen und andere Prioritäten traten in mein Leben, manchmal gewünscht aber eben manchmal auch unerwünscht. Letztlich kam dann auch noch der Punkt des Geldes hinzu, denn erste Schätzungen ließen erahnen, dass ein Budget von mindestens 2500 Euro für so eine Reise aufzubringen sein würde. Zu viel, viel zu viel, um es mal eben zwischendurch abzuzwacken.

Vor gut einem Dutzend Jahren erst war das Haus gebaut, immer und überall gab es gewiss noch kleine Baustellen oder auch schon wieder die ersten Renovierungs- oder Verschönerungsarbeiten im Lauf der Zeit. Auch die Familie erhob natürlich ihren zu Recht gestellten Anspruch, die Urlaubszeit mit mir gemeinsam verbringen zu wollen und ein Roadtrip war nicht mit der familiären Vorstellung von "Urlaub" zu vereinbaren. So träumte ich den Traum immer wieder vor mir her, auf unbestimmte Zeit verschoben, aber irgendwann würde es soweit sein, so lautete mein eigener Trost. Irgendwann…

Ein Silberstreif am Horizont brachte dann den entscheidenden Punkt, denn ein Sparvertrag wurde fällig. Er verhieß keine Reichtümer, aber er ließ meinen Traum einer solchen Reise zumindest finanziell in greifbare Nähe rücken, da dann eine solche Summe übrig sein könnte. Damit fiel schon mal eine riesengroße Hürde. Im Oktober 2018 würde dieser Geldsegen sein und so reifte letztlich damit die Chance auf Realisierung.

Der Familienurlaub stand im Frühjahr 2018 an, auch hier ergab sich eine günstige Gelegenheit für eine Kreuzfahrt zum Schnäppchenpreis im Verhältnis zu den regulären Kosten, die so ein Trip mit einem Riesenschiff durch das türkisblaue Wasser der Karibik sonst abverlangt. Diese Reise reduzierte für das Jahr zwar meine verbliebenen Urlaubstage, aber "mein" Abenteuer, so stand fest, sollte stattfinden und das nach Möglichkeit auch noch in 2018.

All die Jahre der gedanklichen Vorarbeit, des Anlesens von Informationen und Sprachtraining erlangten nun Aussicht auf ihren praktischen Einsatz und schon war sie auf einmal da, die Angst vor der eigenen Courage.

Willst du wirklich allein in ein Land, in dem du noch nie warst, nur ausgerüstet mit Navi, Handy, Kreditkarte und Leihwagen und dann zwei Wochen dort "überleben"?

An vieles hatte ich gedacht, aber entscheidender für den Verlauf waren oft die Dinge, an die man eben nicht gedacht hatte. Hier fehlten mir schlicht Erfahrungen und so stellte sich das Grummeln in der Bauchgegend ein, mit dem ich ein beklemmendes Gefühl bekam. Scheiterte mein Traum etwa schlussendlich an mir selbst?

Nun, liebe Leserin, lieber Leser, Sie halten das Buch dieser Reise in der Hand, sodass letztlich die Reise nicht gescheitert ist, aber prägende Momente voller Sorge und unguten Gefühlen waren es doch, auch das soll nicht unerwähnt bleiben. Ein Traum hat eben auch immer ein paar kleine Schattenseiten, aber – so viel darf vorab verraten werden – es sollte wirklich bei wenig Schatten bleiben.

Kommen Sie also mit, durchlesen und durchleben Sie meinen Traum mit mir von

1 Zelt, 2 Wochen, 3 tausend Kilometern.

Ich saß in meiner Zweierreihe im Flieger Richtung Las Vegas, die Reiseflughöhe war erreicht und das Display in der Rückenlehne vor mir wechselte in stetem Rhythmus die Anzeigen: Distanz zum Ziel, verbleibende Flugzeit und eine Karte mit dem Flugverlauf.

Meine Augen sahen es, aber wirklich glauben konnte ich es eigentlich nicht. Tatsächlich saß ich in der zwölften Reihe am Gang, hatte die Füße ausgestreckt und flog westwärts gen Las Vegas. Mit der linken Hand zwickte ich mich einmal in die eigene Haut und spürte den Schmerz, also musste es wohl wahr sein: Ich war auf dem Weg in die USA und würde endlich viele Orte sehen, die ich immer wieder mit meinen Fingern in den Bildbänden durchgeblättert hatte.

Erst jetzt, stolze elf Kilometer über dem Boden, fiel die Anspannung der letzten Zeit ein wenig von mir ab, denn insbesondere die letzten Tage vor der Reise glichen mehr einem

Durcheinander, als einem ein Dutzend Jahre lang ersonnenen Traumurlaub, und so ging die letzten 72 Stunden alles ziemlich hoppla hopp. Das Besorgen von Dingen wie Sonnenmilch, Koffergurt, Umhängetasche, Wanderschuhen und mehr war natürlich lange geplant, aber insbesondere wegen vieler anderer Termine und der täglichen Arbeit mussten wenige Stunden nach Feierabend reichen, alles zu erledigen, was zu einem recht stressigen Unterfangen ausartete.

Immerhin stand meine Reiseroute etwa vier Wochen vor Abflug fest. Las Vegas war dabei Start- und Endpunkt und dazwischen wollten Grand Canyon, Route 66, Westküste, San Francisco und Death Valley besichtigt werden und die wesentlichen Campingplätze und Motels waren so gebucht, dass sich verträgliche Tagesetappen zwischen 150 und 350 Kilometern ergaben. Die Bestätigungen dafür waren alle angekommen, ebenso die Bescheinigung für den Mietwagen, ESTA für die Einreise und mein neuer Pass. Das Handy-Navi war mit frischem Kartenmaterial für die USA bestückt und ein normales Handy sowie ein Ersatzhandy wanderten ebenfalls mit ins Gepäck, sicher ist sicher natürlich auch noch ein Satz Karten für die bereiste Gegend. Und somit konnte eigentlich nicht mehr viel schief gehen. Und doch war es eine Reise in eine bis dahin noch nicht persönlich erlebte Welt, die meine Nerven in Aufruhr versetzte. Eine Nervosität, die immerhin langsam und stückweise einer freudigen Erwartung wich.

Neben mir saß ein freundlicher Mitt-Zwanziger und wir kamen schnell ins Gespräch. Meine Idee und das Realisieren meines Traums fand er großartig und wollte mehr darüber wissen, was ich sehen wollte und was ich geplant hatte. Ich erzählte viel und gern, denn eins war auch klar: Nähere Gesellschaft war in den nächsten zwei Wochen eher Mangelware für mich.

Und so teilte ich mit ihm Details zu meinen Überlegungen und meiner akribischen Vorarbeit. Praktischerweise stellte sich heraus, dass er Halb-Amerikaner und schon öfter "drüben" war, da bot sich ihm gleich die Gelegenheit, ein bisschen aus dem Nähkästchen zu plaudern und ich konnte Dinge fragen, auf die ich bisher keine zufriedenstellenden Antworten erhalten hatte. Zum Beispiel die Tankmöglichkeiten und deren Abwicklung beim Mietwagen hatten mich beschäftigt mit ausgiebiger Recherche. Bereitwillig erteilte er mir Auskunft dazu und er ermutigte mich. Das sei mit Sicherheit keine Schwierigkeit, da die freundlichen Amerikaner sehr hilfsbereit seien und ein simpler fragender Blick war genug, um angesprochen zu werden. Wieder ein wenig Balsam auf meine immer noch angespannten Nerven.

Die Kabinenbesatzung polterte derweil in unsere Unterhaltung mit dem Mittagessen. Eine überschaubare, aber leckere und vor allem warme Kleinigkeit mit Dessert und Getränken kam gerade recht, steckte mir doch die Anreise noch ziemlich in den Knochen.

Geplant war eigentlich, dass meine Frau mich zum Frankfurter Flughafen bringen sollte. Zwar hätten wir morgens gegen vier Uhr früh losfahren müssen, aber das war durchaus im Bereich des Machbaren. Genau damit begann die erste Herausforderung, denn besagte private Termine durchkreuzten dieses Vorhaben und so musste meine Frau mit meiner Tochter bereits einen Tag vor meiner Abreise zu einem Termin in Süddeutschland. Also blieb nur die kurzfristig anberaumte Anreise mit der Bahn.

Mein freundlicher Nachbar von zu Hause brachte mich zum nahegelegenen Bahnhof, von dem aus ich mit einer Bimmelbahn den ICE in Richtung Frankfurt mit Umstieg in Köln erreichen wollte. So stand ich dann gegen 18 Uhr auf dem Bahnsteig der benachbarten Kleinstadt und wartete auf die Regionalbahn, die auch pünktlich erschien, lud Koffer und Rucksack ein und wusste, dass ich bei regulärem Reiseverlauf kurz vor zwei Uhr nachts am Flughafen in Frankfurt eintraf. Doch die Dinge laufen selten nach Plan, erst recht nicht dann, wenn man fest damit rechnet. So klappte der Umstieg in den ICE noch reibungslos und pünktlich, aber die Ankunft in Köln verzögerte sich erheblich, der Folgezug Richtung Flughafen war damit unerreichbar. Nun war die zeitliche Spanne zu Boarding und Abflug so groß gewählt, dass die Verspätungen meine Reise nicht gefährdeten, dennoch war es nervig, da ich eigentlich am Flughafen noch mit einer Mütze voll Schlaf gerechnet hatte.

Letztlich hatte nicht nur der ICE Verspätung, sondern auch der IC, der mich zum Zielpunkt brachte, womit ich insgesamt gut zwei Stunden später dort eintraf als geplant. Einziger Trost: In etwa zweieinhalb Stunden öffnete bereits der Checkin und damit brauchte ich mir nicht noch die halbe Nacht um die Ohren hauen. Nach einem unruhigen Nickerchen stand ich gegen kurz nach sechs am Schalter und nach nicht mal zehn Minuten war der Koffer auf dem Weg in den Untergrund und dann – hoffentlich – im Flugzeug, die Boardingkarte mit einem Wunschplatz am Gang war ausgestellt. Noch drei Stunden Zeit für die Security bis zum Boarding, also ausreichend, damit ich nach der Sicherheitskontrolle den Zeitschriftenladen unsicher machen, ein wenig lesen und einen Happen Frühstück zu mir nehmen konnte.

Genau bei diesem Frühstück in einer namhaften Kette, die eher für Hamburger und Fritten bekannt war, saß ich nun mit leckerem Kaffee und einem Rührei-Brötchen am Fenster und ersann die Dinge, die ich in den nächsten zwei Wochen wohl erlebte, als eine quäkende Stimme aus dem Lautsprecher den letzten Aufruf für meinen Flug ausrief. Panikartig entsorgte ich mein Frühstückstablett, schnappte mir Rucksack und verbliebenen Kaffee und hetzte zum Abflug-Gate, dessen Position ich vorher bei einem Rundgang schon sicherheitshalber ausgekundschaftet hatte. Bei dieser Hetzaktion war ich nicht alleine, denn offenbar waren auch andere Frühstücksgäste sehr überrascht vom letzten Aufruf und strömten mit mir in Richtung Abflug. Dort wurden die Boardingkarten und die Pässe noch einmal gecheckt und dann saßen wir eng eingepfercht in einem abgetrennten Bereich und warteten. Und warteten. Und warteten. Weit vor der üblichen Zeit für das Boarding war der letzte Aufruf offenbar zeitlich falsch abgesetzt worden. Immerhin begann dann nach knapp einer Stunde tatsächlich das Besteigen des Flugzeugs. Der eigene Platz war schnell gefunden, Rucksack verstaut, Sitzgurt angelegt, der Abflug konnte kommen.

In die Erwartung des baldigen Losrollens zur Startbahn platzte dann plötzlich die laute Stille des Flugzeugs, das keinen Mucks mehr von sich gab und dessen Lichter den Dienst quittiert hatten. Was genau passiert war, blieb zunächst unklar, aber die Stimmen um uns herum verstummten oder wurden zu einem Flüstern heruntergedimmt, weil allen bewusst war, dass ein Flugzeug in dieser Situation immer irgendwelche Geräusche machte. Zumindest die Lüftung oder Klimaanlage, aber Fehlanzeige. Dann kratzte der Kabinenlautsprecher los und vorne aus dem Cockpit kam die Information, dass die APU des Flugzeugs unerwartet ihre Arbeit eingestellt hatte. Nun verstand ich nicht allzu viel von Flugzeugen und vom Fliegen, aber dieses Aggregat, soviel wusste ich, versorgte als Hilfstriebwerk die Maschine am Boden mit Strom. Und genau dieses Teil war nun ausgefallen. Der Einsatz des Technikers hierfür verzögerte den Abflug mindestens eine halbe Stunde, eher mehr. Ob dann der Slot für unseren Flug noch frei war, das blieb abzuwarten.

Im Kopf kalkulierte ich meine Zeitplanung durch, denn die Rezeption des ersten Campingplatzes war sicher nicht auf ewig besetzt. Dieser Gedanke war mir bereits bei meiner ursprünglichen Planung gekommen. Danach wollte ich nämlich nach der Landung und diversen Besorgungen noch eine Fahrstrecke von über 170 km hinter mich bringen bis zum ersten Campground. Ein Vorhaben, das ich genau wegen dieser Unwägbarkeiten aber gecancelt und den ersten Schlafplatz direkt im östlichen Teil von Las Vegas gebucht hatte. Eine Entscheidung, die meine Nerven doch erheblich beruhigte.

Die APU wurde letztlich vom Techniker wieder neu hochgefahren und versah ihre Arbeit, der Slot indes war weg und so verzögerte sich der Start gegenüber der geplanten Zeit um insgesamt eineinhalb Stunden. In der zeitlichen Abfolge meines Anreisetages war noch etwas Reserve, also alles gut, aber viel mehr durfte jetzt nicht schief gehen. Unterwegs trat der Pilot, so versprach er, ein wenig mehr aufs "Gas", womit wir einen Teil der Verspätung aufholen wollten.

Die Zeit im Flugzeug wurde mir überhaupt nicht lang, der Nachbar war eine kurzweilige Quelle der Unterhaltung, ein interessanter Film stand im freien Videobereich zur Verfügung und Sudoku, ein E-Book und ein paar Runden Schlaf füllten den Rest bis zum Einleiten des Sinkflugs.

Die Skyline von Las Vegas erhob sich aus der leicht dunstigen Sandlandschaft, dessen flirrende Hitze die Luft zum Schimmern brachte. Gebäude, die ich sonst nur aus dem Fernsehen oder Reiseführern kannte, zogen in erschreckend geringer Entfernung rechts am Fenster vorbei, als das Flugzeug in heftige Scherwinde geriet und absackte. Der Magen klebte gefühlt unter meinem Kinn, einige panische Laute von Passagieren mit Flugangst durchdrangen die Kabine. Dieser "Spaß" wiederholte sich noch zwei Mal, dann setzte der Pilot mit einem sehr vernehmlichen und deutlichen Satz auf, damit auch der letzte Fluggast keinen Zweifel mehr daran zu haben brauchte, dass wir jetzt tatsächlich wieder festen Boden unter den Füßen – oder besser Rädern – hatten. Der anschließende Applaus gestaltete sich verständlicherweise sehr verhalten, aber immerhin waren wir sicher und mit insgesamt nur noch einer Stunde Verspätung in Las Vegas gelandet. Die Durchsage der Flugbegleiterin ertönte aus der Abdeckung über den Köpfen und nach dem Aussteigen sollte die Temperatur locker über der 30-Grad-Marke liegen.

Ich verknotete die Jacke aus dem Fach über mir um die Hüften, der Pullover wanderte in den Rucksack und dann verabschiedete ich mich von meinem Nachbarn, nachdem wir zur Sicherheit unsere Handynummern ausgetauscht hatten, und so schob sich die Masse von Personen voller Vorfreude auf ihren Urlaubsort durch die Gänge in Richtung der Ausgänge. Obwohl der "Finger", der am Flugzeug angedockt war, klimatisiert wurde, ließ sich die Wärme draußen erahnen und wenn beim Immigration Officer und dem Zoll alles klar ging, wovon ich einfach ausgehen wollte, dann stand dem Beginn meines Urlaubs nichts mehr im Weg.

Die Gänge zogen sich um Kurven, Treppen runter, durch Türen, bis ich dann in einer langen, S-förmigen Schlange in der Halle stand, die die Schalter des Immigration Office beinhaltete. Langsam, aber stetig bewegte sich die Reihe an Menschen und schlängelte sich an den Pfosten entlang, die zusammen mit Gurten das Labyrinth bildeten, an dessen Ende eine resolute, aber nicht unfreundliche Dame Nummern ansagte, zu welchem Schalter der nächste Einreisende zu gehen hatte.

Vor mir war noch ein Damen-Paar, Mutter und Tochter offensichtlich, und schneller als erwartet, war ich an der Reihe. Hand auflegen auf den Fingerabdruckscanner, danach Daumen drauf. Sichtkontrolle von Pass und ESTA, Abgleich mit dem Konterfei. Der Herr hinter dem Counter, etwas über 50, typischer Biker, guckte eher unbeteiligt, aber nicht böse und fragte nach Dauer und Zweck des Aufenthalts, einem Rückflugticket und meiner Planung für die Zwischenzeit. Als ich ihm kurz und knapp ein paar Stationen meines Roadtrips mit dem Leihwagen und Zelt erzählte, nickte er, lächelte mich an und meinte "Beautiful trip. Take care. Goodbye". Ich bekam meinen Pass und ein Zolldokument in die Hand gedrückt und das war schon der Immigration Officer, von deren Spezies ich im Internet die reinsten Horrorgeschichten gelesen hatte.

Es wurde berichtet, dass alles kontrolliert, die Unterlagen akribisch inspiziert und sämtliche Sachen gefilzt wurden, was zu arg langen Wartezeiten führte. Nichts dergleichen. Freundlich, nett, leicht distanziert, aber schnell, professionell und organisiert war der Vorgang, das letzte mögliche Hindernis für meinen Urlaub war genommen. Für den Zoll mussten sich alle, die vom Immigration Office kamen, noch in einer elend langen Schlange anstellen, aber die Abfertigung ging recht schnell und bestand letztlich nur aus einem Blick auf den Zettel, mit dem man die zollpflichtigen Sachen zu erklären hatte. Dann stand das Gepäckband als nächste Station auf dem Plan.

Im Vorfeld hatte ich darüber gelesen, dass sich manche auf dem Flughafen regelrecht verliefen, orientierungslos nach

Hilfe riefen und letztlich nur durch Glück mit all ihren Sachen am Ziel ankamen. Das konnte ich wirklich nicht bestätigen, denn gegenüber Deutschland sind die Amerikaner offenbar wahre Meister in der Beschilderung von Wegen und Richtungen. Eine Sache, die ich auch später noch im Straßenverkehr wiederholt feststellen sollte. Da könnte sich mancher Stadt- und Schilderplaner bei uns mal ein paar dicke Scheiben von abschneiden.

Mein Koffer erblickte nach einigen Umdrehungen des Gepäckbandes dann auch wieder das Tageslicht, er war heile und mit dem Koffergurt nach wie vor verschlossen und so schnappte ich mir das rund 23 kg schwere Gepäckstück, wuchtete es auf seine Rollen und folge der Beschilderung für den Shuttle-Bus zum Rental-Car-Center. Praktischerweise hatte man am McCarran International, so die offizielle Bezeichnung des Flughafens, ein separates Gebäude eigens für die Leihwagenfirmen in die Nähe der Ankunftsterminals gesetzt und – noch praktischer – an einen Busservice gedacht, der den Transport kostenlos dorthin übernahm. So trat ich den Schildern folgend aus der Tür und eine angenehm trockene Hitze mit weit über 30 Grad empfing mich. Die Sonne brannte vom blauen Himmel und vorbei an den Betongebäuden der Flughafenperipherie konnte ich die eine oder andere Palme erblicken.

Früher hatte ich mir ausgemalt, dass ich beim ersten Betreten amerikanischen Bodens auf die Knie sank und dem Fußboden papstgleich einen Kuss entgegen hauchte, wenn dann mein Traum endlich in Erfüllung gegangen war. Seltsamerweise kam mir diese Wendung nun total absurd und deplatziert vor, sodass ich ohne Probleme darauf verzichtete und stattdessen einmal einen tiefen Atemzug nahm, die Atmosphäre in mich aufsog.

Auch hier konnte ich der Beschilderung entnehmen, dass der Shuttle-Service zum Rental-Car-Center in regelmäßigen Abständen kam, allerdings ohne Uhrzeiten. Vielmehr war dies um den Hinweis ergänzt, beim Warten länger als zehn Minuten eine bestimmte Rufnummer zu wählen. Damit wurde die Zeit sicher nicht zu lang und tatsächlich trudelte nach wenigen Minuten ein Bus ein mit der unübersehbaren Beschriftung zum Mietwagenzentrum. Der Busdriver, ein sehr freundlicher Herr fortgeschrittenen Alters, nahm mir sowie anderen Mitreisenden die Koffer ab und verstaute sie in einer Ausbuchtung des Mittelgangs in einem eigens dafür eingebauten Regal. Dann begann auch schon die kurze Fahrt.

Fröhliches Schnattern in zahlreichen Sprachen umfing mich und bestätigte meinen Anflug von Urlaubsgefühlen, auch wenn bis zur wirklichen Entspannung heute auf dem ersten Campingplatz noch etliches zu erledigen war. Immerhin lag ich trotz Verspätung des Condors noch recht gut in der Zeit, noch nicht ahnend, dass das nicht so bleiben sollte. Wenige Minuten später lud der Busfahrer seine Fracht samt Gepäck am Ziel aus. Seltsamerweise war ich der Einzige, der dem Fahrer für seinen Dienst eine Dollarnote in die Hand drückte, wofür er sich sichtlich erfreut mit einem Lächeln und einem breiten, in Alabama-Dialekt gestreckten, "Thank you" bedankte. Nach dem Verlassen des klimatisierten Busses empfing mich die trockene Wärme wieder, die mich in den nächsten Tagen begleitete.

In Blickrichtung des Flughafens war geschäftiges Treiben auf dem Flugfeld zu erkennen und beinahe minütlich starteten oder landeten Flieger von Fluggesellschaften aus allen Teilen der Welt. Der McCarran International liegt im Vorort Paradise der Stadt Las Vegas und steht auf Platz acht der größten

Flughäfen der USA mit knapp 50 Millionen Fluggästen pro Jahr. Er liegt im Staat Nevada und der ist weithin bekannt für sein legalisiertes Glücksspiel. So stehen bereits am Flughafen die ersten einarmigen Banditen, auch Slotmachines genannt, und warten auf die Glücksuchenden, die ihre Münzen in den Einwurfschlitzen, den Slots, versenken in der Hoffnung auf den großen Gewinn, den Jackpot. Eine weitere Besonderheit des Airports ist seine Nähe zum sogenannten Strip, der Vergnügungsmeile und dem unbestreitbaren Zentrum der Stadt, in der sich ein Casino an das nächste reiht.

Mein Interesse galt erst mal meinem Mietwagen und so wandte ich mich dem Eingang des Centers zu. Direkt unten rechts im Eingangsbereich des großzügigen und – natürlich – klimatisierten Gebäudes fand sich die Autovermietung von Hertz, dem Partner der Reservierung, die ich über den deutschen ADAC vorgenommen hatte.

Leider waren meine Versuche im Vorfeld der Reise recht unzufrieden verlaufen, den reservierten Mietwagen hinsichtlich des Vorhandenseins eines Limiters bzw. Tempomaten überprüfen zu lassen. Die Anrufe direkt beim ADAC während der Reisevorbereitungen wurden mit dem Hinweis beendet, dass man dazu von Deutschland aus nichts verbindlich sagen oder festlegen könne, daher sollte ich mich direkt an die Vermietstelle in den USA wenden.

Gesagt, getan, wählte ich damals etwas aufgeregt die Nummer von Hertz am McCarran in Las Vegas. Die Verständigung klappte besser als erwartet, aber mit der vom ADAC übermittelten Buchungsnummer wurde kein entsprechender Vorgang gefunden. Nochmal Rückfrage beim ADAC. Aha, die Daten im Detail würden erst wenige Tage vor Reiseantritt übermittelt. Nächster Anruf dann in Las Vegas 72 Stunden vor meinem

Abflug, die Buchung konnte jetzt auch bestätigt werden, ob aber "der" Mietwagen über diese Ausstattung verfügt, konnte man mir seinerzeit nicht sagen.

So stand ich dann mit diesem vagen Sachstand, meinem Voucher und der Hoffnung auf ein angemessenes Fahrzeug in der Schlange von knapp einem Dutzend Mietwageninteressenten. Meine Zeitplanung war bis hierher immer noch im grünen Bereich, es war Ortszeit ca. halb zwei nachmittags und in wenigen Minuten sollte ich wohl an der Reihe sein. Dachte ich… Tatsächlich zogen sich die Wartelinie und das Procedere der jeweiligen Kunden vor mir bedenklich in die Länge. Fast eine Stunde dauerte die Warterei, dann endlich war ich an der Reihe. Immerhin war alles soweit vorbereitet, ein paar Unterschriften, eine kurze Info vom freundlichen Mitarbeiter mit kleiner Wegbeschreibung und dem Hinweis "Schlüssel steckt" und "Have a safe trip". Danke. Ab durch die Tür zum Mietwagenbereich der Klasse zwei, ich könne mir dort ein Fahrzeug aus der entsprechenden Kategorie aussuchen, das einen Tempomaten hat, soweit die Auskunft.

Ein Pärchen, Touristen aus Kanada, enterte dann aber gerade vor mir das letzte Fahrzeug aus der Klasse zwei, gähnende Leere und kein weiteres Fahrzeug in dieser Kategorie. Natürlich in dem Moment weit und breit kein Mitarbeiter. So trollte ich mich zum Checkout, dem kleinen Häuschen mit der Schranke, das man beim Verlassen des Parkbereichs passieren musste. Der Mitarbeiter warf einen kurzen Blick auf mein Voucher und die Unterlagen. "No problem", ich solle mir ein Auto aus einer Klasse besser aussuchen.

Also zurück und das erstbeste Auto in weiß angesteuert, da ich ob der Sonne und Hitze vermutete, dass dies die bessere Wahl gegenüber schwarz oder dunkel war. Eigentlich hatte ich gedacht, stilecht mit einem Chevy oder Dodge durch die USA zu cruisen, aber nun wurde es eine Limousine eines koreanischen Herstellers, immerhin mit Tempomat und sehr geräumig.

Ich verstaute meine Sachen im Kofferraum, sortierte meine diversen Handys und stöpselte Kabel und Halter an, damit ich das Navi in Betrieb nehmen konnte. Vorsorglich hatte ich alle Punkte der Reise bereits mit Adressen komplett als Favoriten eingespeichert und so konnte es losgehen. Mein erstes Ziel sollte der Walmart in einigen Meilen Entfernung sein, um dort die bestellten Sachen abzuholen und ein paar Lebensmittel und Getränke einzukaufen.

Der Check an der Schranke war freundlich, eine kurze Notiz mit dem Austausch des Meilen-Standes am Tacho und die Formalitäten waren erledigt. Ich fragte den netten Herrn noch nach einem guten Country-Sender und sein Gesicht strahlte, als er mir ein paar Frequenzen entgegenwarf, für die ich mich bedankte und den Parkbereich verließ. Die betonierte Überdachung endete und so hatte ich erwartet, dass es los ging, doch das Navi teilte mir plötzlich mit, das Ziel könne nicht gefunden werden. Also Blinker rechts und erst mal einfach abgebogen, vielleicht musste das Gerät noch die Position über die Satelliten korrekt feststellen. Noch zweimal rechts ab und dann stand ich in einer Zufahrt für Lieferanten, ohne jemanden zu stören. Mein euphorisches Gefühl, endlich unterwegs zu sein, stellte sich noch nicht wirklich ein, vielmehr war die Sorge um die Navigation gerade in den Vordergrund getreten. Ich inspizierte mein Windows-Handy mit der Navi-Software, aber es bestand keine Chance. Die Kartendaten, die ich offline in Deutschland darauf geladen hatte, waren weg, die Speicherkarte an sich wurde erkannt, aber sie war leer! Darauf, die

Daten doppelt auf interne und externe SD-Karte herunterzuladen, war ich vor der Abreise nicht gekommen. Nun gut, also Plan B und das eigens hierfür angeschaffte Handy rausgeholt, das eine US-taugliche und internetfähige SIM-Karte besaß, die auch aktiviert war. Alles hätte funktionieren dürfen, aber Google Maps spielte trotzdem nicht mit mir und blaffte mich an, dass die Navigation schlicht nicht möglich sei, obwohl ich es in Deutschland mit dem WLAN ausprobiert hatte. Offenbar wurden auch die Ausschnitte, die ich offline über das Kartenprogramm bereitgestellt hatte, nicht akzeptiert.

Ja verflixt, hatte sich alles gegen mich verschworen? Kartenmaterial hatte ich zwar auch in Papier dabei, aber nur in Form der größeren Straßen als Landkarte und keinesfalls einen Stadtplan. Also fuhr ich einmal um den Block zurück zum Eingang des Rental-Car-Centers, denn dort hatte ich ein Schild für kostenloses WLAN gesehen. So konnte ich dort die Karten einfach nochmal herunterladen. Das Lenkrad drehte ich nach rechts in eine der Parkbuchten für Besucher und versuchte, ob das Netz bis hier draußen reichte. Glück gehabt, so dachte ich zumindest, das tat es. Leider war keine Verbindung mit dem Dienst herstellbar und die Karten ließen sich nicht auf das Handy bekommen. Guter Rat war jetzt teuer. Etwa hundert Meter entfernt sah ich einen Parkplatzwächter des Centers, steuerte aus meiner Parklücke raus und hielt auf ihn zu. Die rechte Scheibe senkte sich und ich fragte ihn, wie ich zum gewünschten Walmart käme. "Well, that's easy to find…" konnte ich mir noch merken, dann aber brach ein Schwall aus "right" und "left" aus ihm heraus, für den ich mich nur noch artig bedanken konnte. Der Motor in der rechten Tür kurbelte die Scheibe hoch und sperrte die heiße Luft zugunsten der gekühlten aus der Klimaanlage wieder aus.

Immerhin blieb mir jetzt noch Plan C. Dazu hatte ich mein deutsches Handy mit einer Software samt offline-Karten vom Westen der USA ausgestattet, wenngleich diese Software nur Straßen, aber keine Hausnummern kannte. Die Adresse des Walmart, in dem meine aus Deutschland aufgegebene Bestellung über ein Zelt, eine selbstaufblasende Isomatte und einen Campingkocher auf mich zur Abholung wartete, hatte ich und so half mir das Handy, zumindest die richtige Straße zu finden. Unglücklicherweise waren die Roads, Drives, Boulevards und Highways in den USA mit deutlich mehr Hausnummern beseelt, als das in Deutschland der Fall war. Dennoch fand ich die Filiale nach einigem Hin und Her und bog in einen der großzügigen Parkplätze ein, stellte den Motor ab und kramte Handys und Portemonnaie zusammen.

Ich betrat das klimakühle und Supermarkt-typische Ambiente des Geschäfts und wurde von einem Mitarbeiter am Eingang freundlich begrüßt, der mir auch gleich Auskunft darüber gab, wo sich der sogenannte pick-up-point befand, an dem man bestellte Waren abholte. Seiner Beschreibung folgend fand ich alles Mögliche, aber nicht besagten Punkt. Immerhin führte mich mein Weg so einmal durch annähernd die ganze Filiale und mein Einkaufswagen füllte sich langsam mit den nötigen Dingen der täglichen Verpflegung, die ich mir auf einen Notizzettel geschrieben hatte. Getränke, Brot, Belag, Knabbersachen für zwischendurch und ein paar Süßigkeiten sollten mich über die nächsten Tage hinreichend verpflegen.

Die übermannshohen Regale ließen schwerlich einen Blick zu, was sich im nächsten Gang befand und so dauerte die Suchaktion länger, als ich erwartet hatte, bis ich letztlich den Abholpunkt für meine Bestellung gefunden hatte. Dort ging dann alles ganz schnell. Die ausgedruckte Bestätigung, die ich aus

Deutschland mitgebracht hatte, war schlicht unnötig, eine einfache Nennung meines Namens genügte. Zur Kontrolle sollte ich noch einmal sagen, was ich bestellt hatte und schon wanderten die drei Artikel über den Tresen mit einem Aufkleber versehen in meinem Einkaufswagen. Der Campingkocher war ein Modell, an das eine separate Gaskartusche angeschraubt werden musste, diese war im Internet aber nicht auffindbar, so hatte ich mich darauf verlassen, sie im Geschäft schon vorzufinden. Notfalls konnte ich einfach danach fragen. Das hätte ich dann auch getan, allerdings sah ich niemand vom Personal, der sich für den Bereich verantwortlich fühlte. Genau genommen gab es eigentlich überhaupt niemand, der auch nur ansatzweise nach Personal aussah. So vergingen weitere 15 Minuten und meine Nervosität stieg. Schließlich war es bereits fünf Uhr nachmittags und nach meiner Erinnerung hatte die Information des Campingplatzes nur bis 6 p.m. geöffnet, also 18 Uhr. Knappe Kiste, aber es sollte wohl reichen.

Letztlich fand ich dann die Kartusche für den Gaskocher an einer völlig anderen Stelle als erwartet und hastete mit dem Einkauf zur Kasse. Neben vielen für mich neuen Dingen in diesem Land wurde mir als weitere Neuerung der völlig sorglose Umgang mit Plastiktüten präsentiert. Im Schnitt nach etwa drei bis vier Artikeln wurde jeweils ein neues Behältnis begonnen. Ich verließ den Walmart neben meinen Campingutensilien mit der stattlichen Anzahl von sechs weiteren Tüten für Artikel, die man in eine oder bestenfalls zwei hätte locker verstauen können. Offenbar war hier aber eine Logik in der thematischen Trennung der Artikel, die ich nicht ohne Weiteres zu durchschauen in der Lage war.

Mit dem ersten Schritt aus dem Eingangsportal des Supermarktes heraus empfing mich wieder die unbändige Hitze, die auf dem riesigen, geteerten Parkplatzareal um ein Vielfaches heißer erschien. Fünf nach halb sechs, das könnte knapp werden, dachte ich und griff zu meinem amerikanischen Handy und wählte die Nummer des King's Row RV Park in Las Vegas, meinem ersten Übernachtungsstopp.

Meine anfängliche Planung vor vier Wochen sah ja vor, dass ich direkt von Las Vegas aus zum Campingplatz in Bullhead City fahren wollte. Diese Strecke hatte ich für den ersten Tag als noch gut fahrbar erachtet. Gott sei Dank hatte ich das noch geändert und die erste Nacht in Las Vegas auf dem Campground gebucht, der auch für die letzte Nacht vor dem Abflug mein Nachtlager werden sollte. Hierfür hatte ich den Aufenthalt am Grand Canyon von zwei auf eine Übernachtung gekürzt und den Termin in Bullhead City kurzerhand um einen Tag nach hinten verschoben. Jetzt merkte ich, diese Änderung war goldrichtig, denn weitere 110 Meilen hätte ich heute sicher nicht mehr geschafft.

Das Telefon klingelte und dann hob jemand ab. Puh, Glück gehabt, so mein erster Gedanke, der dann davon ernüchtert wurde, dass es sich um den Anrufbeantworter handelte: Das Office des Campgrounds war nur bis 5:30 p.m. besetzt, also seit rund fünf Minuten nicht mehr. Jetzt stieg der wirkliche Anflug von Panik in mir auf, weil ich nun nicht mehr wusste, ob ich auf dem Zeltplatz überhaupt übernachten konnte. Alternativ, so versuchte ich mich zu beruhigen, hatte das Auto genug Platz, um die Rückbank umzuklappen und in meinen Schlafsack zu schlüpfen. Für eine Nacht sollte das gehen. Zur Not hatte sicher auch eines der zahlreichen Motels der Stadt noch ein Zimmer frei, auch wenn dies bedeutete, ein paar Dollar extra zu berappen.

Das Navi sagte mir die richtige Straße an und so versuchte ich, den entsprechenden Schriftzug vom King's Row RV Park zu finden, was jedoch nicht gelang. Als ich die nächstbeste Hausnummer aufschnappte, die an einem Gebäude am Straßenrand in Messingziffern prangte, merkte ich, dass ich rund 3000 Nummern zu weit war, also U-Turn an der nächsten Kreuzung und zurück. Nach wenigen Meilen fand sich für mich dann auf der linken Seite ein gut sichtbarer, weit in den Himmel ragender Pfahl mit der passenden Leuchtreklame. Ich setzte den Blinker und bog von der sechsspurigen Straße ab, die um diese Zeit mäßig, aber stetig befahren war. Nun erreichte ich das Office des Campingplatzes und stieg aus in der Ungewissheit, ob ich hier heute nächtigen konnte. Aus einigen Metern Entfernung sah ich schon den großen Briefumschlag an der Tür, der tatsächlich mit einem Nagel in die Oberfläche eingehämmert wurde. Offenbar war dies eine gängige Praxis, denn die Tür sah aus wie der glücklose Versuch, jemandem Dartspielen beizubringen.

Auf dem Briefumschlag stand mit einem Filzschreiber in fetten Lettern "Redzschke" vermerkt und ich musste schmunzeln. Ich ging zur Tür, entfernte den Umschlag mit einem Ruck und öffnete ihn. Er enthielt einen freundlichen Begrüßungstext, eine amateurhafte, aber erkennbare Skizze über die Anordnung der Stellplätze und den markierten Rasenfleck, der mich nächtens beherbergte. Somit stieg ich mit neu gewonnenem Vertrauen ins Auto, um die rund 50 Meter zurückzulegen. Ich fand den Platz sofort, setze rückwärts in die betonierte Parkbucht, stellte den Motor ab und atmete erst einmal doppelt tief durch. Ich griff auf den Beifahrersitz und nahm meinen Teddy zur Hand, der mich seit der Abreise von zu Hause begleitete, drückte ihn und war froh, nicht alleine zu sein.

Der Kofferraumdeckel schwang auf. Ich nahm das Zelt raus, ein sogenanntes Popup-Zelt. Es sprang von selbst in seine end-gültige Form, wenn man es aus seiner Hülle nahm und den Spannriemen darum entfernte. Noch etwas ungeübt hantierte ich damit und dann hüpfte es mitten in der Luft in seine Posi-tion und lag friedlich vor mir auf dem Rasen. Aus der Packung kramte ich einige der Zeltheringe und drückte sie tief in den Boden, damit das Zelt im Falle von Windstößen seinen Platz behielt. Ich schob die self-inflating mattress ins Innere und öff-nete die Drehverschlüsse, so konnte die Struktur Luft ziehen und sich selbst aufblasen und entfalten. Nach und nach war mir klar, dass trotz der Widrigkeiten des ersten Tages nun alles doch noch gut wurde. Es schien so, als ob das eine Feuertaufe für meine durchaus ambitionierte Planung eines Urlaubs war, den ich so noch nie durchgeführt hatte.

Ich wickelte den Schlafsack aus, holte ein paar Sachen aus dem Kofferraum. Dann schloss ich das Auto ab, um zum Wasch-haus zu gehen, nachdem ich aus dem Briefumschlag den Zettel mit der PIN für die dortigen Türen geangelt hatte. Es kostete eine stattliche Menge an Konzentration, mich darauf zu besin-nen, wohin ich den Autoschlüssel tat und wo ich meine Sachen verstaute. Das Kofferraumschloss meines Leihwagens war nämlich eins von der Sorte, die zuschnappten und dann auch zublieben, ohne nochmals separat abzuschließen. Hätte ich also aus Versehen den Autoschlüssel im Kofferraum abgelegt und die Klappe geschlossen, wäre ein mittelschweres Problem entstanden. Aus diesen Vorüberlegungen heraus hatte ich in Deutschland bereits eine Umhängetasche gekauft, die sich eng an mich schmiegte und Raum für Handy, Schlüssel und Porte-monnaie bot. Eine sehr gute Entscheidung, wie sich jetzt und auch später immer wieder herausstellte.

Das Waschhaus war etwas gewöhnungsbedürftig. Zum einen, weil es nur drei Duschkabinen für den gesamten Campingplatz enthielt, zum anderen, weil die Klimaanlage es gefühlt in eine Filiale des Nordpols verwandelte, was zu den immer noch üppigen 36 Grad Außentemperatur einen zu krassen Kontrast ergab. Ich sprang mit dem Handtuch und Ersatzwäsche bewaffnet fix unter die Dusche, immerhin war ich jetzt seit rund 48 Stunden auf den Beinen und ohne nennenswerten Schlaf. Warmes Wasser und Duschgel wuschen den Stress, die Strapazen der Reise und die zeitliche Bedrängnis, die ich empfunden hatte, wunderbar ab. Derart erfrischt schlenderte ich zurück zu meinem Zelt. Das vertraut klingende Zischen der geöffneten Bierdose ergänzte ein positives Ende eines sehr langen und anspruchsvollen Tages. Ich wählte mich in das WLAN des Platzes ein und schrieb jetzt eine etwas ausführlichere Nachricht nach Hause, wobei klar war, dass sie aufgrund der immerhin neun Stunden Zeitverschiebung in der tiefsten Nacht eintraf und sicher nicht vor dem Morgen gelesen wurde. Dennoch trug es zu meiner Beruhigung bei. Etwas zu essen zuzubereiten, danach stand mir nicht mehr der Sinn, also begnügte ich mich mit einem Nussriegel und der sich dem Ende neigenden Dose Bier. Anschließend kuschelte ich mich mit meinem Teddy erschöpft, aber doch irgendwie glücklich in den Schlafsack und zerrte den Zeltverschluss zu.

Wenige Minuten später legte ich meinen E-Book-Reader zur Seite, schloss die Augen und lauschte den ungewohnten Klängen um mich herum. Die etwa hundert Meter Luftlinie entfernte Hauptstraße verschmolz surrend zu einem gleichbleibenden Hintergrundgeräusch, nur einige übermäßig laute Fahrzeuge stachen aus der Einheit heraus. Meine Gedanken drehten sich um den ausgehenden Tag oder besser um beide Tage, die für mich zu einem zusammengeschrumpft waren.

Die Tatsache, jetzt in Las Vegas zu sein, in Amerika, in dem Land, das so lange mein Traum war, schien mir sehr surreal und wie ein Traum. Immer wieder musste ich mir einreden, dass ich tatsächlich hier war, tatsächlich war ich in den USA. Ein Lächeln umspielte meine Lippen. Dann schlief ich ein.

TAG 2

LAS VEGAS

HOOVER DAMM

BULLHEAD CITY

Es konnte noch nicht Tag sein, dafür war es draußen zu dunkel. Dennoch war ich wach geworden, weil ich eine Unruhe verspürte. Zuerst schob ich den Zustand auf die Zeitverschiebung, war es doch zu Hause jetzt bereits Zeit zum Aufstehen. Aber dann merkte ich ein Rumoren im Bauch und es brodelte irgendwo in der Nähe der Gürtellinie. Ich schälte mich aus dem Schlafsack, schnappte mir die kleine Taschenlampe und die PIN für das Waschhaus und trollte mich aus dem Zelt auf den Weg zum etwa 50 Meter entfernten Sanitärbereich. Unterwegs merkte ich, dass mir wohl die Aufregung, die ungewohnte Ernährung und die Umstellung allgemein etwas zugesetzt hatten. So war ich froh, die Toilette zu erreichen. Es ging mir anschließend deutlich besser, auch wenn an Schlaf erst mal nicht zu denken war. Zu viel war passiert in den letzten 48 Stunden.

Ich nutzte die Gelegenheit, holte das Handy-Navi hervor und verband es mittels Passwortes aus dem Briefumschlag mit dem WLAN. Leider war die Verbindung am Zelt nicht stark genug und so krabbelte ich wieder heraus und ging in die Nähe des Office. Dort war das Netz hervorragend und der Download der offline-Kartendaten klappte in wenigen Minuten. Die ersten Fotos wanderten in den Status des Messengers und so langsam kamen auch Nerven, Bauch, Gedanken zur Ruhe. Die Uhr zeigte kurz nach Mitternacht und so war es mit den neun Stunden Verschiebung zu Hause jetzt locker Frühstückszeit.

Plötzlich pingte das Handy und eine Nachricht meiner Familie trudelte ein. Ein kurzer Austausch und jetzt war ich endgültig beruhigt. Zu Hause wusste man, dass ich gut angekommen war, das Navi war repariert und alles war bis hierhin nun doch gut gegangen. Es wurde Zeit, in den Schlafsack zu kriechen und eine gehörige Portion Schlaf zu fassen. So ging ich über den Schotter durch die sommerlich-warme Luft zurück zum Zelt, mummelte mich in den leichteren meiner beiden Schlafsäcke und drehte mich auf die Seite. Wenig später war ich eingeschlafen.

Die Helligkeit weckte mich am Morgen gegen halb acht, das weiße Dach des Zeltes ließ keinen Zweifel über den fortgeschrittenen Morgen aufkommen. So unternahm ich gar nicht erst den Versuch, mich noch einmal umzudrehen. Ich befreite mich aus der Schlaftüte, zog das Zelt auf und mich empfingen ein wolkenlos blauer Himmel, Sonne über dem Horizont und schon wieder sommerliche 28 Grad. Der Gaskocher sollte nun zum ersten Mal zum Einsatz kommen, also kramte ich die Kartusche, den Aufsatz und ein Feuerzeug raus und baute alles zusammen. Erstaunlicherweise konnte ich dem Ensemble bereits im ersten Anlauf eine kräftige blaue Flamme entlocken.

Oben drauf kam der Becher mit Wasser aus meinem Vorrat und so wartete ich, bis das Sieden die Blasen über den Rand der Tasse beförderte. Ich stellte das Gas ab und füllte eine Portion Instant-Pulver in den Becher. Der Duft frischen Kaffees zog genussvoll in meine Nase, während ich das Brot und die Marmelade aus dem Kofferraum holte. Auf meinem Stück Rasen stand eine Sitzgruppe mit Tisch und zwei Bänken und so deckte ich für mein Frühstück. Ein Alu-Teller aus meinem mitgebrachten Travel-Set genügte neben einem Messer für ein einfaches, aber überaus schmackhaftes Mahl.

Da mein Auto über keine Kühlmöglichkeit verfügte, musste ich meine Mahlzeiten am Zelt mit Brot und Brötchen und ungekühlten Dingen gestalten. Gerade aber diese puristische Art und Weise der Beschränkung auf das Nötigste hatte eine enorme Faszination und entfachte ein Gefühl von Freiheit. Dem Kaffee folgte ein weiterer und mir wurde bewusst, dass ich Urlaub hatte und meine Tagesstrecke bis Bullhead City nicht mal 110 Meilen betrug. Diese Distanz war in rund zwei Stunden zu bewältigen, damit war keine Eile angesagt. Ich beschloss, noch einmal das Duschhaus zu besuchen, nahm das Geschirr gleich zum Spülen mit und erfrischte mich für den Tag. Das Zusammenräumen des Zeltinhalts ging schnell, einzig das Falten des Zeltes verlangte mehr Augenmerk, als ich erwartet hatte. Wie auch immer ich die Stangen bog und drückte, es ergab sich nicht das kompakte Packmaß vom Ursprungszustand. Ich verschob den Gedanken daran auf später, als mir auch die bebilderte Anleitung auf der Verpackung keinen Geistesblitz zündete. Immerhin ließ es sich auf ungefähr den doppelten Durchmesser intuitiv zusammenbiegen, ohne dass etwas kaputtging oder knirschte. So landete das Zelt im Rund zusammengetüftelt und nur vom Spanngummi gehalten im Kofferraum. Am Nachmittag kam es dann wieder zum Einsatz in Arizona.

Die Zeiger der Uhr schoben sich auf halb zehn zu und so führte mein Weg erst mal ans Office, um ein paar Nachrichten auszutauschen. Dabei schaute ich gleich nach, ab wann ich auschecken konnte. Dave erschien mit seinem Golf-Wägelchen und wir kamen ins Gespräch. Ich erzählte ihm von den Schwierigkeiten mit dem WLAN am Zelt und er klärte mich darüber auf, dass es hier mehrere WLAN-Netze gab, deren kryptische Bezeichnung ich aber auf dem Passwortzettel nicht wiedergefunden hatte. Nach der Einweisung in die verschiedenen WLAN-Hotspots shuttelte er mich mit seinem Elektromobil zum Zelt und wünschte mir eine gute Reise. Nicht ganz ohne Neid, wie er wehmütig hinzufügte.

Dave, so erfuhr ich, machte nicht etwa Urlaub auf diesem Platz, sondern lebte hier dauerhaft in einem RV, einem Recreation Vehicle. Vergleichbares kannte man in Deutschland unter dem Begriff Wohnmobil, nur eben in XXL, wie alles hier. Seine Firma hatte vor einigen Jahren dicht gemacht und der Arbeitsplatz war ersatzlos weggefallen. Eine soziale Absicherung bei Arbeitslosigkeit wie in Deutschland hatte er nicht und so konnte Dave die Raten für sein Haus nicht mehr bezahlen. Die Immobilie und auch sein Auto musste er schweren Herzens verkaufen, seine Frau hatte ihn verlassen und den gemeinsamen Hund mitgenommen. Ein schmerzlicher Unterton klang in seiner Stimme mit, aber nicht der Abschied von seiner Partnerin war ihm schwergefallen, sondern der von seinem geliebten Vierbeiner. Für meine Weiterreise gab er mir insbesondere zum Death Valley noch ein paar Tipps, für die ich mich bedankte und zum Abschied seine kräftige Pranke schüttelte.

Das Rasenstück war gecheckt, alle Utensilien eingeräumt, das Navi startklar und damit konnte ich zum Office rüberfahren und mich verabschieden. Die Platzmiete beglich ich in bar mit den mir ungewohnten Banknoten und ich versicherte mich der Buchung, wenn ich das nächste Mal hier vorbeikam. "See you later and have a safe trip" warf mir die freundliche ältere Dame hinter dem Rezeptionsfenster zu und dann begab ich mich ins Auto, den weiteren Ablauf des Tages planend. Für eine direkte Fahrt zum nächsten Ziel war es eindeutig zu früh. Also kramte ich in der Erinnerung an diverse Reiseberichte, Bildbände und Landkarten, welche interessanten Punkte in Richtung Südosten erreichbar waren. Lake Mead und der Hoover Damm standen da ganz klar auf der Prioritätenliste und so tippte ich kurzerhand den berühmten Staudamm als Ziel ein. Vorher allerdings stand noch einmal Walmart auf dem Plan, denn beim Zelt hatte sich der Reißverschluss als widerspenstig und womöglich defekt erwiesen, mit etwas Glück sollte also Ersatz zu beschaffen sein. Aber weder der nächstliegende, noch ein weiterer Walmart hatten das Zelt oder ein ähnliches vorrätig und so blieb mir nur, mein Schlafgehäuse erst einmal weiter zu benutzen. Die freundliche Bedienung am Counter offerierte mir die Möglichkeit, das Zelt online zu bestellen für die nächste Filiale, die in Bakersfield erreichbar war, drei Nächte musste der Reißverschluss eben einfach halten. Zwar war das ein gewisses Risiko, aber welche Alternative hatte ich? Ich nahm den Reklamationsschein und mein Zelt und setzte mich ins Auto, ab gen Osten. Die Ausfallstraßen führten rasch aus der Stadt, die Entfernung zum Hoover Damm betrug nicht mal eine Stunde.

Die urbane Umgebung wurde schlagartig weniger und nach ein paar Kurven war vom städtischen Bild nichts mehr übrig. Schroffe Felsen und sandfarbene Ebene zogen sich rechts und links der Straße und es gab sich hügeliger. Ein nettes Auf und Ab wechselte und drückte mich mit jeder Meile weiter in das Gefühl, ein Abenteuer zu bestreiten, was es für mich ja auch war. Nach einer langgezogenen Linkskurve öffnete sich eine Weite, die am Ende mit einer in der Hitze flirrenden Wasserfläche abschloss, der Lake Mead war in Sicht. An seinem südwestlichen Ende wartete dann der Staudamm auf mich, aus dem der Colorado River weiterfloss. An dieser Stelle stellte ich wieder einmal fest, wie simpel und unmissverständlich die Straßen- und Schilderbeschriftung hier funktionierte und so hätte ich im Moment das Navi, das jetzt mit den neuen Kartendaten zuverlässig arbeitete, überhaupt nicht gebraucht. Die kurvige Zufahrt folgte mit zunehmenden Geschwindigkeitsbeschränkungen und reichlich Verkehr dem natürlichen Verlauf der Landschaft. Und dann unversehens war ich drauf und fuhr über die Dammkrone. Der Blick aus meinen Autofenstern fiel allerdings überschaubar aus. Zum einen, weil die Wände im Verhältnis zum Auto recht hoch waren und zum anderen, weil wegen der Verkehrsdichte mein Blick auf die Straße gehörte. Nach dem Passieren des Bauwerks empfing mich eine ausgezeichnete touristische Infrastruktur mit Parkplätzen und Fußgängerwegen.

Erste Überraschung: Die Parkgelegenheiten waren nicht so überfüllt, dass es für mein Auto nicht noch einen Platz gab. Zweite Überraschung: Sowohl Parken als auch der Zugang zum Damm waren kostenlos. Ich schnappte mir also ein paar Kekse, zwei Flaschen Wasser und packte alles samt meinen Wertsachen in Rucksack und Tasche und öffnete die Autotür. Das stellte sich allerdings schlagartig als – notwendiger – Fehler heraus. Beton, Asphalt und Berge spiegelten die gnadenlos herunterbrennende Sonne zurück und die Temperatur schlug mit über 40 Grad zu. Im Verhältnis zur Kühle der Klimaanlage war dies ein echter Test meines Kreislaufs. Ein wenig machten sich noch die unruhige Nacht und die allgemeine Umstellung bemerkbar, aber so einfach umfallen kam nicht infrage. Ich verschloss das Auto, nachdem ich kontrolliert hatte, dass nichts von Wert auf den Sitzen lag. Dann trollte ich mich über die Straße und erhaschte einen näheren Blick auf den Lake Mead.

Dieser See, der allein durch das Aufstauen des Colorado River erzeugt worden war, erstreckt sich auf einer Fläche von über 600 Quadratkilometern und hat in seiner längsten Ausdehnung mehr als 170 Kilometer. Genutzt wird der Lake Mead zur Energiegewinnung, als Trinkwasserspeicher und natürlich als Naherholungsgebiet. Die Attraktivität dieses Stausees war seit seiner Fertigstellung vor über 80 Jahren ungebrochen, doch die Veränderungen im Klima hinterließen auch hier ihre Spuren, denn die felsigen Formationen am Rand der Wasserfläche gaben einen erschreckenden Blick auf den Wasserstand frei. Diesen hatte ich deutlich höher erwartet. Offenbar war dies eine Folge des zu heißen, zu langen und zu regenarmen Sommers, der auch in Deutschland arge Probleme bereitete. Der See entzog sich ostwärts den Blicken nach ein paar Kurven hinter umgebenden Bergen. Der für mich sichtbare Teil war nur eine Art Kanal. Links in meinem Blickfeld türmte sich die Staumauer auf, deren oberer Rand seitlich von zwei Türmen flankiert wurde. Der Turm diesseits wies die Arizona-Zeit aus, der andere zeigte Nevada-Zeit. Der Unterschied zwischen Pacific Time und der östlich davon herrschenden Mountain Time betrug exakt eine Stunde.

Der Fußweg vom Parkplatz zur Dammkrone zog sich etwas verwinkelt an Überlaufkanälen entlang. Ein wahres Meisterwerk ingeniöser Kunst aus unvorstellbaren Mengen an Beton, die hier in die Landschaft gegossen wurden, um die gigantischen Wassermassen zu bändigen und letztlich in Strom umzuwandeln. Oberhalb des Bauwerks gingen unzählige Masten in Nord- und Südrichtung vom Damm weg und führten zahllose Stromkabel mit sich, die die erzeugte Energie in Richtung der Ballungszentren abführten.

Die rund 220 Meter hohe Anlage liefert eine Leistung von rund zwei Gigawatt aus der Zahl von 13 Turbinen. Für die USA stellt dies eine sehr ungewöhnliche Zahl dar, denn in Motels und Hotels findet sich selten Zimmer 13, Etage 13 oder in Speisekarten kein Menü mit ebendieser als Unglückszahl belegten Nummer. Das wollte ich später aber nochmal recherchieren.

Die heftige aber immerhin trockene Hitze umgab mich auf meinem Weg Richtung Krone trotz der noch nicht erreichten Mittagssonne. Hier herrschte bereits reges Treiben der unzähligen Touristen. Kameras klickten, Selfies mit teils gefährlich langen Sticks wurden gemacht und der eine oder andere wagte einen Blick über die Mauer in die Tiefe, an deren Fuß man den Ablauf des Colorado River erkennen konnte. Ich überschritt zu Fuß die Zeitgrenze und auf der Nevada-Seite eröffnete sich bergseits ein großes Gebäude mit Parkhaus, Gastronomie und einer Ausstellung. Grundsätzlich wäre es möglich gewesen, den Damm im Inneren mit den zahlreichen Gängen und der Generatorenhalle im Rahmen einer Führung zu bestaunen, aber dies wurde mir für den heutigen Tag zu knapp, da der Abstecher ja mehr oder weniger spontan war. Sicher aber setze ich das auf meine To-Do-Liste für einen der nächsten Aufenthalte in den USA.

Beide Seiten der Straße über die Dammkrone waren von Fußwegen gesäumt und ich wechselte mal auf die eine, mal auf die andere Seite und konnte mich an den Blicken in die Tiefe zur einen und zur Seeseite auf der anderen nicht satt sehen.

Vereinzelte Boote kreuzten im Wasser, aber insgesamt herrschte an Land deutlich mehr Aktivität als im kühlen Nass. Nach dem Spaziergang zum Nevada-Ende der rund 380 Meter langen Dammkrone trat ich den Rückweg an, natürlich nicht, ohne ein paar Fotos mit dem Smartphone zu machen. Die zwei oder drei schönsten wanderten gleich in den entsprechenden Status meines Messengers, denn auch hier war die Verbindung mit dem LTE-Netz von hervorragender Qualität und so waren die Bilder ruckzuck online und fanden auch gleich die ersten neugierigen Blicke aus Deutschland, wo zu dieser Zeit der erste Teil vom TV-Abendprogramm lief.

Ich hielt – wieder zurück in Arizona – einen Moment an der Mauer inne und gönnte mir eine Flasche Wasser, um dem Verbrauch bei dieser Hitze entgegenzuwirken, genoss den Ausblick und die Menschen rings um mich, das Gewirr unterschiedlicher Sprachen, bei dem gelegentlich auch einige Wortfetzen Deutsch an mein Ohr drangen. Dieser Silben hatte es zumeist noch nicht mal bedurft, konnte ich doch recht treffsicher die Touristen meiner eigenen Nationalität identifizieren. Ganz sicher, woran man "den Deutschen" im Ausland erkennt, konnte ich keine Aufzählung abgeben, denn die Klassiker von früher wie Tennissocken in Sandalen waren heute nicht mehr verbreitet. Dennoch gelang mir die Einschätzung in vielen Fällen richtig und in Erinnerung blieb mir, dass die meisten Deutschen ein T-Shirt mit Sehenswürdigkeiten des US-Westens trugen.

Ein Blick auf die Uhr sagte mir, es war Zeit, aufzubrechen. Der kleine Zeiger marschierte stramm Richtung "12". So packte ich meine wenigen Sachen zurück in den Rucksack und schlenderte vorbei an den riesigen Bauten für den Überlauf des Damms, zurück zu den Parkplätzen und querte die Straße. Ich fand mein Auto problemlos und öffnete zuerst die Türen, um einen Teil der gefühlten 100 Grad rauszulassen. Die Temperaturen wurden hier in Fahrenheit angegeben und es bedurfte in den ersten Tagen mächtig Kopfrechenarbeit, die gelesenen Werte auf die vertrautere Einheit zu bringen. So zeigte das Außenthermometer am Auto dann auch wirklich 105 Grad, woraus nach Jonglieren von ein paar Zahlen stolze 41 Grad Celsius wurden, nicht schlecht für Mitte September. Im Geiste dankte ich mir dafür, ein weißes Auto gewählt zu haben, auch wenn es im Innenraum trotzdem kochend heiß war.

Da die kurvige Straße mit einer durchgezogenen Linie auf ganzer Länge versehen war, blieb mir nur, dieser Richtung weiter zu folgen, wenn ich nicht gleich den ersten Verkehrsverstoß in den USA begehen wollte und darauf hatte ich definitiv keine Lust. Das heiße Teerband führte serpentinenartig bergauf und recht schnell war der touristische Bereich des Damms verlassen. Immerhin war bereits zu Beginn der Weg als Sackgasse gekennzeichnet, was auch den geringeren Verkehr hier erklärte. Nach gut einer Meile kam rechts ein Abzweig auf einen Parkplatz, in den ich einbog und die Gelegenheit zum Wenden nutzte, anschließend fuhr ich die Straße wieder zurück, an den Parkplätzen vorbei und über den Damm und dann weiter bis zum Abzweig von der US 93 auf die US 95 South. Von nun an verlief der Weg mehr oder weniger parallel zum Colorado River bis nach Bullhead City, meinem heutigen Tagesziel. Der Asphalt malte oft eine schnurgerade Linie in die Landschaft und man konnte meilenweit in die Ferne sehen, ohne eine einzige Kurve zu erblicken. Die zweispurige Straße limitierten Schilder mit 75 Meilen Höchstgeschwindigkeit, was rund 120 km/h entsprach. Für europäische Verhältnisse fast unbekannt war, dass die Fahrbahn für die Gegenrichtung mit einigen hundert Metern Abstand verlief, dazwischen ein sehr opulenter Streifen mit Gras, Sand und Steinen. Verbindungen zwischen beiden Fahrbahnen fanden sich nur gelegentlich, um abzubiegen oder einen U-Turn zu machen, also in die Gegenrichtung zu wenden. Dann wurde die Geschwindigkeit reduziert und große, karoförmige Schilder in roter Leuchtfarbe kündeten eine work area an, Bauarbeiten! Der Verkehr wurde einspurig und auf rund die Hälfte der erlaubten Geschwindigkeit heruntergebremst. Nun folgte die wohl längste Baustelle meines Lebens. Als ich die Schilder las, erwartete ich einen abgesperrten Bereich, der gespickt mit Baufahrzeugen, Arbeitern, Dampfwalzen und Teergeruch an mir vorbeizog, aber mit dieser Erwartung lag ich gänzlich falsch. Auf der gesamten Länge von über 15 Meilen (mehr als 24 km) stand gerade mal ein halbes Dutzend Lastwagen und Bagger verteilt, Arbeiter sah ich keinen einzigen, was aber vielleicht der brütenden Hitze von über 100 Grad Fahrenheit geschuldet war.

Nach weiteren Meilen kam eine Abzweigung auf die 163 East bei Palms Garden, danach erwarteten mich erste Anzeichen von Urbanität und die Verkehrsschilder meldeten beidseits der Straße größere Ortschaften. Rechts begann die Stadt Laughlin, wiederum auf dem Gebiet von Nevada, und links Bullhead City in Arizona, fein säuberlich getrennt durch den Verlauf des Flusses. Dort befand sich mein nächster Campingplatz und ich folgte der Straße links abbiegend und sah prompt das passende Schild mit dem Hinweis auf den Campground. Für die Strecke hatte ich weniger als zwei Stunden gebraucht und so stand die Sonne noch voll am Firmament und brannte auf mich herab, als ich auf dem Parkplatz am Checkin stoppte.

Nach erster Planung sollte ja dieser Aufenthalt im Davis-Camp mein erster Übernachtungs-Stopp in den USA sein und so hatte ich dort telefonisch um die Übersendung einer Reservierungsbestätigung gebeten. Dies, teilte man mir damals mit, gehe aber nicht für die tent area, also den Zeltbereich, sondern nur für feste Stellplätze. Daher blieb mir seinerzeit nichts anderes übrig, als einen solchen fest zu buchen, auch wenn er ein paar Dollar mehr kostete als der Zeltplatz. Ich hatte aber absolut keine Lust auf Diskussionen beim Immigration Office und daher auf Nummer sicher gespielt. Eine Prozedur, die ich mir hätte sparen können, weil ich bei der Einreise keinerlei Nachweis über meinen ersten Aufenthalt vorlegen musste.

So betrat ich das angenehm klimatisierte Gebäude und wurde freundlich begrüßt. Die Vorlage der Reservierung lehnte man dankend ab, stattdessen wollte man nur meinen Namen wissen und prompt spuckte der Computer die Daten aus. Ein kurzes Formular wurde ausgefüllt, der Zettel mit den Hinweisen zum Areal, den Pflichten und ein Lageplan wechselten den Besitzer. Dann schien alles klar, vorsorglich fragte ich aber noch, ob auf dem gebuchten Platz denn auch Rasen für mein Zelt sei, denn steiniger Untergrund war mir zu hart für die Luftmatratze. Nun guckte die freundliche Dame hinter dem Schalter recht ratlos, denn sie ging davon aus, dass ich mit meinem RV angereist war. Ich erklärte, diese Buchung sei nur erfolgt, um die Reservierungsbestätigung zu erhalten. Nun bestand das Problem, dass laut Platzordnung auf RV-Plätzen kein Zelt aufgestellt werden durfte. Hilfe musste her und die fand sich in Gestalt der Dame, die bereits per Mail mit mir Kontakt hatte und die Situation in fast fließendem Deutsch schnell aufklärte. Ihr Name war Gabi und sie regelte alles unkompliziert. Offiziell hatte ich nun den RV-Platz, inoffiziell stellte ich mich aber einfach unten direkt an den Fluss und konnte mir einen beliebigen Platz aussuchen. Zahlen musste ich allerdings den RV-Tarif, der mit acht Dollar mehr zu Buche schlug. Das war zu verschmerzen.

Ich verließ das Gebäude, stieg in meinen rollenden Backofen und folgte der Beschilderung zur tent area, wählte linker Hand ein schönes Fleckchen, das unter einer Palme lag, die allerdings so hoch war, dass Schatten bloß ein stiller Wunsch blieb. Immerhin waren die Plätze mit jeweils überdachten Sitzgelegenheiten ausgestattet, die wiederum von je einer Grillstelle flankiert wurden. An dem gewählten Platz wartete bereits ein Nachbar. Ich ging zu ihm, stellte mich vor und fragte, ob neben ihm belegt sei. Er verneinte und stellte sich als Jeff vor, seines Zeichens Veteran. Seine gesamte Ausstattung war übersäht von Fähnchen mit Stars and Stripes und zahlreichen Schriftzügen unzähliger Veteranen-Vereinigungen. Wir führten ein wenig Konversation über das Woher und Wohin und dann verließ Jeff auf Nachfrage anderer Camper die gastliche Stätte, um in die benachbarte Ortschaft zum Einkaufen zu fahren. Ich poppte mein Zelt auf, versuchte mit wenig Erfolg ein paar Heringe in den steinigen Boden zu treiben und warf noch einen Blick auf die Uhr. Diese zeigte noch nicht mal drei Uhr nachmittags, die Temperaturen lagen immer noch bei über 40 Grad und der warme Wind blies mäßig, als hätte zwei Plätze weiter jemand einen Hochleistungsföhn aktiviert und in meine Richtung gedreht.

Zwar hatte ich Sonnencreme dabei, aber mir war nicht ganz wohl, jetzt schon den Part einzuläuten, bei dem ich mich mit Buch und Bier in die Ecke haute. Zwar gab es genug schöne Ecken, aber nur solche ohne Schatten und da hätte ich mir nach ein paar Stunden in der prallen Sonne mit Sicherheit einen fetten Sonnenbrand oder Schlimmeres gefangen. Unter dem Sonnendach zu bleiben und auf Metallbänken zu hocken, schien mir auch keine so verlockende Alternative, außerdem wollte ich mir noch ein paar Lebensmittel zulegen.

Also stieg ich kurzerhand wieder ins Auto und beschloss, ebenfalls nach Laughlin zu fahren, um etwas als verspätetes Mittagessen zwischen die Zähne zu bekommen. Der kurze

Weg führte mich wieder auf das Gebiet Nevadas, vorbei an zahlreichen Spielcasinos und Glückstempeln, deren Beleuchtung tagsüber erloschen war. An einer kleinen Tankstelle erblickte ich einen Shop mit Souvenirs, Getränken und einem angeschlossenen Subway, eben genau dieser Kette, die in Deutschland auch frei zusammenstellbare Sandwiches als gesündere Fastfood-Alternative anbot. Ich bestellte mir ein Honey-Oat-Sandwich in Doppellänge – etwa so lang wie ein Blatt Papier – gespickt mit allen Salaten und einer leckeren Barbecue-Sauce, was sonst im Südwesten der USA. Zum Sandwich erwarb ich zwei Flaschen Cola sowie zwei kühle Dosen Bier und verstaute sie im Kofferraum zwischen zwei Handtüchern, damit sie die Kälte hielten. Anschließend drehte ich noch eine kleine Runde durch diesen hauptsächlich vom Glücksspiel geprägten Teil der Stadt und fragte mich, wo die Einwohner hier wohl einkauften oder zum Friseur gingen, denn derartige Geschäfte zeigten sich mir nicht.

Ziemlich verwundert fuhr ich wieder zu meinem Zelt. Jeff war noch nicht wieder zurück und insgesamt wirkte der Platz eher ausgestorben, was sicher der immer noch heftigen Hitze geschuldet war. Ich lief einmal das Stück Uferpromenade am Colorado ab, denn der gesamte Zeltbereich zog sich am Fluss entlang und ich entdeckte einen freien Platz, der mir deutlich besser gefiel. Zum einen lag er in unmittelbare Nähe eines Waschhauses, zum anderen bot er mehr als ein steiniges Ufer, nämlich einen Platz mit Sand und sogar Schatten von einem niedrigen Baum. Somit packte ich meine Siebensachen wieder zusammen und zog zur attraktiveren Stelle um, wo es aber noch aussichtsloser war, Heringe dazu zu überreden, im Boden zu verschwinden. Es blieb mir nur, das Zelt mit ein paar Steinen zu fixieren und Schlafsack und Luftmatratze zur Beschwerung hineinzulegen. Colaflasche und Bierdosen wanderten zwischen zwei Baumwurzeln in den Colorado, der trotz der Lufttemperaturen schattig kalt war oder zumindest im Verhältnis so wirkte. Die Oberlichter am Zelt hatte ich aufgemacht, damit sich die Hitze nicht darin staute, eingearbeitete Mückengitter verhinderten das Eindringen unerwünschter Insekten.

Ich befreite mich von Jeans und T-Shirt, trug Sonnencreme auf und setzte mich, bis sie eingezogen war, unter die überdachte Sitzgelegenheit und verspeiste das mitgebrachte Sandwich. Langsam sammelten sich die Tauben und anderes Flug-Zeug in Sichtweite, wohlwissend, dass hier potentiell etwas für sie abfiel. Genau das tat es in einem unbedachten Moment dann auch, als das durchweichte Papier des Sandwiches nachgab und ein Stück Brot samt Salatfüllung auf den Boden purzelte. Ich kickte die potentielle Beute mit dem Fuß in eine Richtung, weg von meinem Zelt und prompt ging das Gerangel bei den Flattermännern los. So aß ich unbehelligt fertig und schnappte mir mein E-Book und die Cola. Die runde Verpackung von meinem Zelt diente diesmal als Sitzunterlage, um mich von möglichen Viechern im Sand zu trennen. So ausgestattet ließ ich mich dann wenige Meter vor meinem Zelt am Fluss nieder und machte ein paar Fotos für die Statusanzeige meines Messengers. Ich widmete mich meinem Lesestoff und tat das, wozu ich bisher noch gar nicht gekommen war, nämlich auszuruhen und nichts zu tun. Ich musste gestehen, dass mir eine enorme Unruhe in den Knochen steckte. Ursachen hierfür konnten die Zeitverschiebung, die Aufregung über all das Neue, das Sitzen im Flugzeug und Auto oder sonst was sein, jedenfalls konnte ich nicht gut und nicht lange einfach nur auf meiner Unterlage sitzen und lesen.

Immer wieder brach ich zwischendurch ab und wanderte ein paar Schritte durch den Fluss, beantwortete ein paar

Nachrichten oder machte mir zum bisherigen Reiseverlauf Stichpunkte als Grundlage für dieses Buch. Dann las ich wieder ein paar Seiten, meinen Urlaubs-Teddybären an meiner Seite und natürlich immer wieder das Nachfüllen mit ausreichend Cola. Trotz Sonnencreme wollte ich mich nicht direkt in die Sonne hauen. Daher musste ich alle Viertelstunde den Sitzplatz korrigieren, um wenigstens zum Teil den Schatten des Baumes zu genießen. Dennoch merkte ich nach einiger Zeit, wie meine Haut zu pieken begann und sich rötete. Also zog ich ein Shirt über, aber allzu viel Sonne wollte ich nicht mehr einsammeln.

Die Uhrzeit näherte sich 5:30 p.m. und ich machte eine kurze Inventur für mein Abendbrot und das morgige Frühstück. Zwar hatte ich etwas zu essen dabei, aber üppig war die Auswahl nicht und daher entschloss ich mich, auf die Suche nach einem Supermarkt zu gehen. Ich schlüpfte in ein paar taugliche Sachen, sprang ins Auto und fuhr zurück nach Laughlin in der Gewissheit, dort auch einen Supermarkt zu finden. Den fand ich ein Stück von der Casinomeile entfernt an einer typischen Ausfallstraße in Form des Safeway-Marktes. Dieser entsprach etwa dem, was man in Deutschland als durchschnittlich großen Lebensmittel-Einzelhandel kannte und war damit einigermaßen überschaubar. Ich parkte meine Limousine, besorgte mir einen Trolley und enterte die Regale mit der Fülle an Produkten, schier erschlagen von der Vielfalt des Unbekannten, auch wenn der Markt deutlich kleiner war, als die Walmarts gestern in Las Vegas. Bei der Palette von Essbarem rief ich mir immer wieder das Problem in Erinnerung, dass ich im Auto oder am Zelt keine zuverlässige Kühlmöglichkeit hatte. So war meine Auswahl sehr eingeschränkt und es wanderte als Abwechslung lediglich eine andere Sorte Marmelade in den Einkaufswagen.

Hinsichtlich der Frage des Brotes war ich überrascht über die laufenden Regalmeter, die hier an Sortenvielfalt geboten wurden. Ebenso überrascht war ich leider über die Konsistenz der Backwaren. Ein Brotlaib von normaler Länge ließ sich ohne große Mühe wie eine Ziehharmonika auf die Dicke einer Schachtel Zigaretten zusammendrücken, um sich danach wieder wie von Geisterhand auf sein ursprüngliches Format auszudehnen. Mit sonderlich viel Nähr- und Ballaststoffen war dabei nicht zu rechnen. Ratlos irrte ich von einer Packung zur nächsten, vertagte das Problem zunächst auf später und kaufte erst die anderen Sachen auf meiner Einkaufsliste. Dabei führte mich der Weg zufällig an der separaten Backabteilung des Marktes vorbei, bei der auch Brötchen hinter transparenten Klappen zur Entnahme angeboten wurden. Mein Blick fiel auf etwas dunklere, längliche Dinger, die den Titel "Energybar", sinngemäß Energieriegel, trugen. Neugierig auf die 70 Cent teuren Backwaren nahm ich ein Exemplar und prüfte es. Die Inhaltsbeschreibung mit Vollkorn, Nüssen, Rosinen und mehr klang vielversprechend und auch das Gewicht war überraschend hoch. Es wanderten fünf weitere Energybars in die Papiertüte und ich spürte eine gewisse Erleichterung darüber, das Brot-Problem vorerst gelöst zu haben. Mineralwasser, Bier und ein Nasenspray mit Meerwasser gesellten sich ebenfalls mit in den Einkaufswagen und dann ging es zur Kasse. Die freundliche Kassiererin packte die Sachen thematisch sortiert wieder in Tragetaschen, fragte mich, wie viel Brötchen welcher Sorte in der Papiertüte waren, worauf ich wahrheitsgemäß Auskunft gab. Eine Veranlassung, selber nachzuprüfen, sah die Dame nicht und so war mein Einkauf mit überraschend schmalem Preis schnell erledigt. Einzig die wieder einmal üppige Menge an Plastiktüten, mit denen ich den Laden verließ, bescherte mir ein ungutes Gefühl, der Umwelt gerade etwas Schlimmes angetan zu haben. Für zwölf Artikel hatte ich diesmal immerhin fünf Beutel bekommen und das knabberte schon sehr an meinem ökologischen Gewissen, hatte ich doch gestern erst eine stattliche Zahl von plastic bags mitgebracht. Ich beschloss, sie einfach aufzubewahren und für den nächsten Einkauf selber mitzunehmen. Bis jetzt war das Procedere an der Kasse hier noch ungewohnt für mich, aber das nächste Mal würde ich frühzeitig bremsen und dem weiteren Verbrauch von Tüten für meine Sachen Einhalt gebieten. Zurück am Auto lud ich alles ein, startete und fuhr wieder Richtung Zelt. Obwohl ich nicht viel eingekauft hatte, hatte mich die Suche nach Artikeln und das Schlendern durch die Gänge erheblich mehr Zeit gekostet als erwartet und so neigte sich die Sonne schon merklich gen Horizont. Am Unterstand neben meinem hatten sich zwei Männer mit ihrem Zelt eingerichtet, die offenbar während meines Einkaufs angekommen waren. Der eine stellte sich als Greg vor, der andere stellte sich ebenfalls vor, aber seinen Namen verstand ich nicht. Vermutlich, weil in seinem Mund nur noch eine sehr überschaubare Anzahl von Zähnen zu finden war, zwischen denen auch noch ein Glimmstängel hing.

Beide reichten mir ihre Hand und langten kräftig zu, die Hände von echten Malochern. Ich schätzte sie beide auf Anfang oder Mitte vierzig. Als sie hörten, dass ich aus Deutschland kam, warfen sie sogar ein paar Brocken Deutsch in die Runde und verwiesen auf irgendwelche Vorfahren mütter- oder väterlicherseits in der werweißwievielten Generation. Dann fragten sie mich, wo denn mein Zelt sei und ich wies mit dem Finger auf die kleine, weiß-grüne Dackelgarage hinter mir. Sprachloses Kopfschütteln schlug mir entgegen und sie sahen aus, als wären sie unsicher darüber, ob ich sie gerade auf den Arm nahm. Das sei, so vermuteten sie, doch sicher bloß das Zelt für meine Anziehsachen, die Schuhe oder gar meinen

Hund. Aber ich konnte sie überzeugen: Ich hatte weder ein zweites Zelt noch ein Haustier dabei und deutete mit meinem Finger ins Zelt, durch dessen Moskitonetze mein Schlafsack und die Luftmatratze zu sehen waren. Ungläubig darüber, dass ich big man in einem derart winzigen Zelt nächtigte, ließen sie mich nach kurzer Verabschiedung stehen und wandten sich einer neuerlichen Zigarette zu.

Ich verstaute den Einkauf und teilte die Sachen der Ordnung in meinem Kofferraum folgend auf, für das Abendbrot nahm ich mir zwei Energybars und ein Bier und stellte sie auf den Tisch unter meinen Unterstand, zog mir wieder Badehose und T-Shirt an und öffnete das kühle Getränk mit einem erfrischenden Zischen. Dann las ich in meinem E-Book weiter, mümmelte meine Riegel und prostete Greg und seinem Kollegen zu, während nach und nach das kühle Hopfennass in meinen Hals lief. Endlich kehrte die sehnlich erwartete Ruhe ins Gemüt und die Sonne kratzte an den Bergspitzen der gegenüberliegenden Flussseite, wodurch die große Hitze sich rasch legte. Nach einer Weile stellte sich Müdigkeit ein, auch wenn ich deutlich weniger Schwierigkeiten mit dem Jetlag hatte als ursprünglich gedacht. Das Buch packte ich in mein Zelt und schnappte mir meinen Kulturbeutel samt Handtuch und erklomm die gut 50 Stufen hoch zum Waschhaus. Eine kurze Dusche und Zähneputzen später ging es zurück und ich betrachtete beim Treppenabstieg zufrieden die Szenerie mit meinem kleinen Schlafplatz in der Weite, meinem Mietwagen, dem Fluss und der Umgebung. Gänsehaut wanderte über meine Arme. Auch mein zweiter Tag in den USA war gut verlaufen, alles hatte dem Grunde nach so geklappt wie angedacht und sicher legte sich auch die Aufregung der ersten Tage bald. Damit hoffte ich auf eine bessere Nacht mit mehr Schlaf. Als ich meinen Schlafsack ausgefüllt, Teddy im Arm und Buch in der Hand hatte, las ich noch einige Seiten, bis die Augen schwer wurden. Ich prüfte noch einmal den Reißverschluss, drehte mich um und tauchte in den Schlaf.

TAG 3

BULLHEAD CITY

GRAND CANYON

Eine ruhige Nacht sollte es eigentlich werden mit mehr Schlaf als die vorherigen, doch daraus wurde entgegen meiner Hoffnungen leider nichts. Geräusche waren es, die mich mitten in der Nacht – "in the dead of a night" wie man so treffend im Amerikanischen sagt – aus meinen Träumen rissen. Nun war es nicht ungewöhnlich, dass Geräusche der Außenwelt ans Ohr drangen, weil das Zelt naturgemäß keinen Schallschutz bot mit seiner dünnen Nylonhülle. Das brachte mich der Natur viel näher und so hörten sich raschelnde Klänge oder das Gurren von Tauben, der Schrei eines Kauzes und das Klappern des Spechts ganz natürlich an.

Aber diese Geräusche waren irgendwie anders und sie waren nah, sehr nah! Um nicht zu sagen, zu nah, denn sie entstanden direkt an meinem Zelt. An die Helligkeit der Beleuchtung außerhalb meines Refugiums durch Lampen auf dem Platz hatte ich mich schon gewöhnt, diese warfen jetzt aber seltsame Schatten. Etwas Kugeliges tapste umher, das mit seinem Fell an meinem temporären Zuhause raschelte. Die freundliche Dame am Empfang hatte mich bereits darauf hingewiesen, keine Lebensmittel im oder ums Zelt herum aufzubewahren und alles sicher im Auto zu verstauen. Diesem Ratschlag war ich selbstverständlich gefolgt und hatte nicht einmal meine Tasche mit Waschutensilien samt Zahnpasta im Zelt aufbewahrt. Manche Tiere wie beispielsweise Bären fuhren sogar darauf ab. Für Meister Petz war das Tier neben meinem Zelt viel zu klein, also kein Grund, Angst zu haben. Aber Neugier war doch sicher erlaubt und so öffnete ich den Reißverschluss, schnappte mir die Taschenlampe und schlüpfte in meine Sandalen. Tatsächlich, direkt hinter meiner Schlafstatt erstarrte im Schein der hellen Taschenlampe ein Skunk und schaute geblendet zu mir, bevor er mit unbeholfenen Bewegungen die Flucht antrat. Das putzige Tierchen war offenbar auf seinem Streifzug zwischen Mülleimer und den Überresten meines am Vortag heruntergefallenen Sandwiches ertappt worden. Waschbären und Skunks sollte es also geben, aber wirklich geglaubt hatte ich es nicht. Bis jetzt! Nun wusste ich es, eine der beiden Gattungen hatte ich schon zu Gesicht bekommen. Das erste echte Stinktier in meinem Leben. Nachdem der fellbesetzte Beutejäger nun das Weite gesucht hatte, kehrte wieder Ruhe ein und ich verzog mich in die Schlaftüte, um an meinen schönen Traum vor der Störung anzuschließen. Ob es mir gelang, weiß ich allerdings nicht mehr.

Die Helligkeit brach durch das opake Zeltdach und die Umgebungsgeräusche nahmen zu, wovon ich aufwachte. Ich reckte mich genüsslich und schälte mich aus meinem Schlafsack, blieb aber noch liegen und sinnierte über den heutigen Tag und das nächste Tagesziel, rund 200 Meilen entfernt, als sich ein Auto näherte. Und noch weiter näherte. Das tiefe Blubbern und Röhren von wahrscheinlich acht Zylindern wurde von Sekunde zu Sekunde bedrohlicher und ich rechnete jeden Moment damit, dass der Fahrer eines gigantischen Pickups im Rückwärtsgang mein kleines Stoffhaus übersah und mich unbemerkt überfuhr. Zu meiner Beruhigung trug noch mein vergleichsweiser bescheidener Mietwagen bei, der zwischen Zelt und Straße stand und zuerst noch aus dem Weg geräumt werden wollte, bevor es mir ans Leder ging. Die Situation entspannte sich, als der Fahrer gehörig aufs Gas trat, seine Pferde unter lautstarkem Dröhnen in Galopp versetzte und aus Hörweite verschwand. Dann kehrte Ruhe ein. Zeit zum Aufstehen.

Ich schnappte mir meinen Kulturbeutel hinten aus dem Auto. Dabei war ich wie immer darauf bedacht, den Schlüssel für das Fahrzeug am Mann zu behalten, damit er nicht in den Tiefen des selbstschließenden Kofferraums verschwand, während der Rest vom Auto noch verschlossen war. So ganz war das Ritual noch nicht in Fleisch und Blut übergegangen, aber es kostete mich mit jedem Mal weniger bewusste Aufmerksamkeit. Als ich von der Dusche zurückkehrte, war auf dem Platz neben mir geschäftiges Treiben angesagt. Greg wühlte aufgeregt in seinen Sachen und im Zelt, während sein Kumpel den Grill an den Start brachte. Ich ging rüber zu den beiden und begrüßte sie. Greg steckte seinen Kopf aus dem Zelt und erwiderte die Begrüßung, gleich gefolgt von seiner Frage, ob die Mistviecher mich auch besucht hatten.

Der Skunk? Na klar war der auch bei mir am Zelt, antwortete ich ihm. Nix da Skunk, Waschbären! Dann verschwand er wieder im Zelt und streckte auf der anderen Seite der Behausung plötzlich seine Hand heraus, winkte und kam wieder ins Freie. Mitten in der Nacht, so erzählte er, hatten sich mindestens zwei Waschbären an seiner Außenhülle zu schaffen gemacht und sich hindurch gefressen, um an die Essensvorräte zu kommen. Er hatte sich nachts umgedreht und mit einer Taschenlampe zu den Geräuschen geleuchtet. Dann blickte er direkt in das Gesicht eines Waschbären. Dessen banditengleiches Aussehen mit der schwarzen Augenbinde hatte ihn wie ein Einbruch erschreckt. Ich konnte mir bei seiner Erzählung ein herzhaftes Lachen nicht verkneifen und auch Greg und sein Kumpel mussten grinsen. Dass es dort Skunks gab, hatten sie schon gehört, aber Waschbären? Immerhin war es ihre eigene Schuld und überhaupt hielt sich der Schaden noch in Grenzen. Also erst mal Zeit für ein herzhaftes Frühstück. Die Kohlen waren entflammt, sodass Gregs Kumpane mit seiner bloßen Hand in eine Tüte Würstchen griff und sie auf dem Grill verteilte. Prompt luden mich beide ein, mit ihnen zu frühstücken. Rührei sollte es auch noch geben, sprach Greg, der kurzerhand eine gusseiserne Pfanne aus dem Zelt zauberte. Dass die Pfanne noch Rückstände der letzten Mahlzeiten aufwies, störte die beiden absolut nicht und passte insgesamt gut zum Bild der überschaubaren Sauberkeit meiner beiden Nachbarn. Ich bedankte mich, verneinte aber mit einem Hinweis auf die immer noch vorhandenen Umstellungsprobleme von der europäischen auf die amerikanische Nahrung. Das war nicht ganz geflunkert, denn so richtig hatte sich mein empfindlicher Magen immer noch nicht an das hiesige Nahrungsangebot gewöhnt.

Ich schlenderte wieder hinüber zu meinem Zelt, entzündete den kleinen Gaskocher und stellte meine Tasse mit Wasser aus dem reichlichen Vorrat darauf, daneben das Instant-Kaffeepulver und einen Teller mit Messer. Ein paar Scheiben Vollkornbrot waren noch da und die sollten zuerst verspeist werden. Genüsslich schmierte ich mir die Marmelade auf die Brote, natürlich ohne Butter. Dann machte ich meinen Kaffee fertig. Welch ein Genuss, der erste Schluck am Morgen. Plötzlich lupfte Aaron vom anderen Nebenplatz den Kopf aus seinem Wohnmobil, danach den Rest und streckte sich, während er mich begrüßte. Das Wohnmobil stand gestern Abend auch noch nicht da und er erklärte, dass sie erst nachts angekommen waren. Mitbekommen hatte ich davon nichts, mein Schlaf musste doch recht tief gewesen sein. Er stellte sich mit Handschlag vor. Aus New Mexico kam er und sie waren auf dem Weg zum Death Valley und dann weiter gen Norden. Im selben Moment krabbelte der zweite Teil des "sie" aus dem Wohnmobil, nickte kurz und verschwand Richtung Duschhaus.

Während wir uns weiter über das Woher und Wohin austauschten, drehte ich mich zu meinem Frühstück um und sah das Malheur. Ein paar Tauben hatten die Gelegenheit und meine Unachtsamkeit genutzt und sich über meine leckeren Marmeladenbrote hergemacht. Wild zerrten und zupften sie konkurrierend an den Teilen, die im hohen Bogen rund um meinen Frühstücksplatz flogen. Zwar scheuchte ich sie noch weg, aber die Überreste konnte ich nur noch mit einer geschmeidigen Bewegung in die Büsche entsorgen. Dann wandte ich mich wieder Aaron zu und er fragte offen und ehrlich, was ich vom amerikanischen Präsidenten Donald Trump hielt. Ich erzählte ihm meine durchaus zweigeteilte Meinung dazu, denn ich fand beileibe vieles nicht gut, was seitens der Regierung in den USA angestellt wurde. Aber ein paar Sachen gefielen mir, unter anderem auch der ausgeprägte Nationalstolz und Flaggen überall. Diese Meinung teilte Aaron ebenfalls. Dann fragte er mich zu meiner Meinung über "Chancellor Mörkl". Ich erzählte ihm ein paar Parallelen aus der deutschen Politik zum Thema Migration und Schutz der Landesgrenzen, weil das Thema mit Mexico und dem Bau einer Mauer hier vergleichbar und hochaktuell war. Dazu hatte ich ein paar Nachfragen erwartet, aber offenbar glaubte Aaron, dass ich ihn gehörig verschaukelte, denn er wurde plötzlich sehr schmallippig und wünschte mir guten Appetit für mein Frühstück, wandte sich um und verstaute irgendwelche Sachen im Wohnmobil. Dann murmelte er noch, wir Deutschen wären ja total bescheuert und das war es dann mit der Kommunikation.

Lust darauf, die Treppen zum Waschhaus hochzukraxeln und den Teller vom Massaker der Tauben abzuwaschen, hatte ich nicht. Also schnappte ich mir das Ding und hielt es kurzerhand in den Colorado, der einen klaren und sauberen Eindruck machte. Da der Lake Mead immerhin auch als Trinkwasserreservoir diente, konnte die Einschätzung so falsch nicht sein. Zur Sicherheit hielt ich Teller und Messer noch kurz über die Flamme meines Gaskochers und bereitete mir dann zwei neue Marmeladenbrote zu, die ich diesmal aber nicht aus den Augen ließ. Nach dem Frühstück ging ich flugs Zähneputzen, spülte dort gleich mein Geschirr ab und räumte das Equipment zusammen. Schließlich faltete ich das Zelt und schnappte mir Karte und Navi, um den weiteren Verlauf der nächsten Etappe durchzuarbeiten.

Derweil kam Beth, so stellte sich die zweite Hälfte von Aaron's "sie" vor, vom Duschhaus zurück und kletterte ins Wohnmobil, um irgendwas zu sortieren. Wir kamen kurz ins Gespräch, bis ihr Gatte das Gefährt startete und alle Fenster herunterkurbelte. Heiß würde es in den nächsten Tagen ihrer Tour, stellte Beth fest und ich meinte, dass es im Death Valley ungleich wärmer wurde und man dort deshalb auch die Klimaanlage ausstellen sollte, da sonst die Autos überhitzten. Kein Problem, erwiderte Aaron, die Klimaanlage ginge sowieso nicht, irgendwas sei kaputt. Und so ließ ich beide ziehen mit einem Kopfschütteln   darüber,   eine   solche   Tour   bei   den

Temperaturen ohne Klimaanlage zu absolvieren. Ein Vergnügen war das bei über 100 Grad Fahrenheit gewiss nicht. Meine Sachen waren in der Zwischenzeit alle im Kofferraum verstaut und als letztes versuchte ich den Staub vom Zelt abzuklopfen und steckte es zwischen Vordersitze und Sitzbank, um meine Klamotten im Kofferraum nicht völlig einzusauen. Dann verließ ich die Stätte, nicht ohne noch einmal einen Blick in die Runde geworfen zu haben. Nichts durfte zurückbleiben, das ich noch brauchte. Ich ließ die Fenster runter, winkte noch Greg und seinem Kompagnon und sah, wie sie die Reste ihres Frühstücks in die – offene! – Mülltonne direkt neben ihrem Unterstand beförderten. Der erneute Besuch der pelzigen Resteverwerter war also auch in den nächsten Nächten gesichert.

Vom Gelände des Davis Camp bog ich links ab auf die Interstate 68 ostwärts und folgte deren Verlauf über den Union Pass und durch das Golden Valley, weiter über den Coyote Pass bis auf das Gebiet der Stadt Kingman, die auch später auf der Rückreise vom Grand Canyon noch einmal Zwischenstopp sein würde. Allerdings war dort ein Motel vorgebucht, da es in der Nähe keine akzeptablen Campingplätze gab oder ich keine gefunden hatte. Die Vegetation bis dort war vorwiegend Steppe mit wenig Grün, dafür viel Sand und Stein. Insgesamt wirkte Kingman nicht unbedingt wohlhabend auf mich, eher zweckmäßig und mit einem Glanz, der in Resten aus der Vergangenheit herübergerettet worden war, als der Ort noch ein bedeutender Stopp an der Route 66 war. Ich wollte die Stadt nicht wirklich als arm einschätzen, dazu hatte ich in der kurzen Zeit meines Durchfahrens zu wenig gesehen, aber so ganz konnte ich mich dieses Eindrucks nicht erwehren. Der wurde dann auch noch einmal unterstrichen, als direkt an der Ampelkreuzung links zur Interstate 40 ein Mann um die 30 stand, der ein selbstgemaltes Pappschild in der Hand hielt.

"My ex-wife had a better lawyer" – Meine Ex-Frau hatte den besseren Anwalt. Obwohl ich über das Schild an sich schmunzeln musste, brachte es mich auch zum Nachdenken und scheinbar waren das Rechtssystem und auch das politische System in den USA sehr stark am Geld orientiert. Wer sich den besseren Anwalt leisten konnte, gewann möglicherweise vor Gericht eher und auch eine Präsidentschaft ging wohl damit einher, wie viel der besten Fernsehminuten mit Geld zu kaufen waren. Diese Gedanken hinterließen einen unschönen Beigeschmack, aber sie verflogen auch schnell wieder, denn ich erfreute mich an den typischen Szenen der auslaufenden Stadt mit ihren oberirdischen Stromleitungen, den unzähligen Leuchtreklamen und Werbetafeln. Es waren weitläufige Straßen und Kreuzungen mit Bildern, die ich aus vielen amerikanischen Filmen und Serien kannte. Immer und immer wieder musste ich mich gedanklich kneifen und mir sagen, dass ich jetzt wirklich hier und wirklich auf dem Weg zum Grand Canyon war und gleich auch ganz real über einen Teil der Route 66 fuhr. Ich hatte so lange davon geträumt und so oft Bilder aus Dokumentationen gesehen und schwankte deshalb stellenweise zwischen Traum und Wirklichkeit.

Die Interstate 40 zog sich ostwärts. Zweispuriger Asphalt mit weitläufiger Bauweise und wenig Verkehr ließ die Meilen entspannt unter meinen Reifen dahingleiten, gelegentlich überholte ein Truck oder ein anderes Auto, das die vorgeschriebene Höchstgeschwindigkeit ein bisschen großzügiger auslegte. Ich verhielt mich indes restriktiv und wollte keinen Ärger mit dem Gesetz und aktivierte den Tempomaten auf exakt der erlaubten Meilenzahl. Immerhin ließ dies Zeit für Blicke zu beiden Seiten der Straße. Die Vegetation änderte sich etwa 40 Meilen vor Seligman merklich. Wie mit einem Lineal gezogen wurde es grüner. Es gab mehr Bäume, Büsche und andere Pflanzen an der Straße. Auch die Landschaftsform veränderte sich und so führte mich die Straße durch seltsame Ansammlungen von Steinen, als ob hier Leute mit großen Murmeln gespielt hatten. Zwischendurch teilte der Straßenrand mir mit diversen Schildern wiederholt Abzweige zur Historic Route 66 mit und da wollte ich hin, genauer gesagt nach Seligman, dem Inbegriff des lebenden Kults der wohl berühmtesten Straße in den USA. So verließ ich die Interstate 40 und folgte wieder der hervorragenden Beschilderung und traf wenige Meilen später auf die City Limits mit Geschwindigkeitsbeschränkung. Die ursprüngliche Abfahrt war wegen Bauarbeiten gesperrt und so musste ich einen kleinen Umweg in Kauf nehmen und an Seligman vorbei auf der I-40 fahren, aber dies klappte problemlos und die paar Minuten Zeit taten mir nicht weh. Ich fuhr hinein in diesen Kult, in die denkwürdige Stadt, die eine Lebensphilosophie aufrechterhielt. Zuerst machte der Ort auf mich einen verlassenen Eindruck. Eine Burgerbude und ein Motel zum Einstieg, ein paar kleine Hallen, Wohnhäuser, einige verlassene Grundstücke. Vorbei am Roadrunner Cafe, das ich aus einem Film kannte, und plötzlich folgten Souvenirshops und Motels am laufenden Band. Dann endete nach ein paar Hundert Metern der touristische Spuk und es schlossen sich ganz normale Wohnhäuser an.

Sollte es das schon gewesen sein mit dem legendären Seligman? Mitnichten, denn der zweite, ebenfalls legendäre Teil lag am Westende der Stadt und hier sah ich dann "Westside Lilo's", mein geplanter Zwischenstopp. Berühmt aus dem TV war dieser Laden, in dem eine deutsche Auswanderin mit typisch deutschem Kuchen Touristen und Einheimische bei Laune hielt. So fuhr ich auf den Parkplatz und ergatterte ein Fleckchen unter einem schattenspendenden Baum, denn die Temperaturen außerhalb meines Autos hielten sich wacker bei

35 Grad Celsius. Ich schälte mich aus dem Wagen und bemerkte, dass ich komplett nassgeschwitzt war. So zog ich es vor, ein Stück in der Sonne die Straße auf und ab zu marschieren, bevor ich mich in das sicherlich klimatisierte Lilo's begab. Zahlreiche Fotos wanderten in den Speicher meiner Handykamera und ich sammelte Eindrücke, genoss es, hier zu sein und machte wieder einen Haken an Dinge, von denen ich so lange geträumt hatte.

Halbwegs getrocknet öffnete ich die Eingangstür zum Café und stellte zu meiner Überraschung fest, dass der Gastraum viel kleiner war als erwartet. Links neben dem Eingang war ein Souvenirverkauf, daneben stand schon die Glas-Kühlvitrine mit den leckeren Torten. Dahinter ebenfalls an der linken Seite waren Tresen und Kücheneingang. Mittig davor etwa ein Dutzend Holztische mit vier oder sechs Stühlen, die zu dieser Zeit aber bereits gut gefüllt waren. Der ganze Raum war mit Holz ausstaffiert und an den Wänden hingen erstaunlich viele ausrangierte Nummernschilder aus der alten Heimat von Lilo, dazu Unmengen von Bildern auch prominenter Gäste, die sich hier mit Autogrammkarten verewigt hatten. Im hinteren rechten Teil lagen die Restrooms und der Durchgang zu der auch überraschend winzigen Außengastronomie.

Ich blickte mich um und war nicht sicher, ob ich nun einfach einen freien Platz wählen konnte oder ob auch hier "Please wait to be seated" galt, also am Eingang zu warten, bis eine freundliche Bedienung einen Platz zuwies. Mein suchender Blick war aber der Servicekraft nicht entgangen und sie stellte sich vor und meinte, ich könne mir einfach einen Platz aussuchen, was ich dann auch tat. Bei der Frage nach der Getränkebestellung passierte es mir dann und ich bestellte eine "Coke light", obwohl ich haargenau wusste und es mir vorher zigfach vorgesagt hatte, dass es hier Diet Coke hieß. So ließ auch die

Antwort nicht lange auf sich warten, mit der die Bedienung genau das erwiderte, nicht unfreundlich, aber auch nicht sonderlich amüsiert. Vermutlich musste sie diese sprachliche Besonderheit eines amerikanischen Wortes, das so in der Kombination aber gar nicht gebraucht wurde, täglich korrigieren. Ähnliches passierte sicher, wenn Touristen in den USA statt einem cell phone oder mobile phone von einem Handy sprachen, obwohl dieser Begriff eher für etwas wie handwerkliches Geschick steht.

Auf die Frage nach der Größe meiner Diet Coke erwiderte ich small, wohlwissend, dass auch das meinen Durst bei weitem überstieg. Mit meiner dann noch folgenden Erwähnung "but without ice please" erntete ich nur einen sprachlosen Gesichtsausdruck, immerhin waren draußen über 30 Grad. Die Bedienung machte sich eine Notiz und verschwand ohne weitere Worte zu wechseln in der Küche, während ich mich auf meinen Stuhl pflanzte und die Karte studierte. Es war Mittagszeit und die fröhlich schnatternden Gäste um mich herum hatten sich nicht gescheut, die leckersten Gerichte der Karte zu bestellen und so dufteten rundherum Monsterportionen mit Pommes, Burger und Co. Derart opulente Mahlzeiten hatten allerdings den Nachteil bleierner Müdigkeit, die sich danach einstellte. Da ich noch etliche Meilen bis zum Grand Canyon zu fahren hatte, wollte ich mir das Problem nicht antun und freute mich, als ich einen leckeren Salat auf der Karte erblickte. Der traf sowohl von den Zutaten als auch vom Preis her genau meine Vorstellungen. Passend mit meiner Essenswahl kam mein Glas Cola oder besser, mein Eimer Cola. Es war ein Glas, in das mit Sicherheit mehr als ein Liter hineinpasste und ich starrte fassungslos auf den Humpen, der dort – natürlich mit Eiswürfeln – auf mich wartete. Freundlich legte die junge Dame noch einen Strohhalm daneben und erkundigte sich nach meiner Wahl. Die unvermeidliche Frage nach dem Dressing zum Salat kam wie aus der Pistole geschossen und gerne hätte ich mir eins ausgewählt, wenn ich der maschinengewehrgleichen Auflistung aller Dressings auch nur ansatzweise hätte folgen können. Nun war ich wirklich firm in der englischen Sprache, aber so viele Vokabeln in so kurzer Zeit, die mir zwar nicht unbekannt, aber dennoch ungewohnt waren: Das war zu viel des Guten. Selbst Dieter Thomas Heck hätte seinerzeit Schwierigkeiten gehabt, die Schlussmoderation der Hitparade auch nur annähernd in dieser Geschwindigkeit zu liefern.

Die Begriffe "oil and vinegar" zogen durch meine Gehörgänge und im Hinblick auf meine erwartete Kalorienbilanz der Reise war es ratsam, diese Auswahl zu treffen. Zufrieden wandte sich die junge Dame mit einem Nicken einem anderen Tisch zu und räumte dort die Teller ab. Ich steckte den Strohhalm ins Glas, aber nicht, um daraus zu trinken, sondern um die mit einem Loch versehenen Eiswürfel aus meinem Glas zu fischen. Mit der Masse konnte man locker einen kleinen Eisberg für die Bären in der Arktis formen. Jeden einzelnen ließ ich sanft vom Strohhalm auf einen leeren Teller rutschen, der noch auf meinem Tisch stand. Der Strohhalm erwies sich aber auch deshalb als praktisch, weil ich zum Trinken aus diesem Eimer sonst beide Hände brauchte. So konnte ich dann zu meinem Mobiltelefon greifen und mal ein paar neue Nachrichten checken und schauen, wer sich alles meinen Status angesehen hatte. Es waren nur wenige, was vielleicht daran lag, dass in Deutschland gerade die prime time im TV mit Spielfilmen oder Serien lief. Dennoch nutzte ich die Gelegenheit und feuerte ein paar Grüße in die Heimat, gab einen Zwischenstand über meine Position und erkundigte mich, wie die Geschicke ein paar Tausend Kilometer weiter östlich liefen.

Kaum hatte ich meinen kleinen elektronischen Helfer verstaut, da kam der wirklich zauberhaft garnierte Teller mit meinem Salat angeschwebt. Das Grünzeug mit seinem Drumherum mundete mit dem gewählten Dressing ganz hervorragend und auch die Portion war völlig ausreichend und sättigend. Das war eine gute Wahl! Ich lehnte mich zurück und tickerte noch ein paar Reisenotizen in mein Handy. Als die Serviererin meinen Teller abräumte, fragte ich nach der Rechnung und verschwand dann noch einmal auf die Toilette. So betrat ich das recht betagte Örtchen und hätte mir warmes Wasser zum Händewaschen gewünscht. Immerhin gab es Seife und Handtücher, was mich vom klebrigen Schweiß des Vormittags befreite. Die überschaubar schmale Zeche garnierte ich mit einem üppigen Tip (Trinkgeld) und verabschiedete mich mit einer kurzen Runde durch den Souvenirshop, fand aber nichts. Außerdem waren Platz und Gewicht des Koffers für die Rückreise begrenzt.

Es war eine kluge Entscheidung, das Auto in den Schatten zu stellen, denn als ich aus dem Lilo's heraus ins Freie trat, kam die erste Klatsche. Beim Aufmachen der Autotür die zweite. So öffnete ich zuerst alles, was ein Scharnier hatte und wartete geduldig, bis sich der Innenraum ein wenig abgekühlt hatte. Nach dem Einsteigen folgte dann erneut das übliche Ritual des Ansteckens meiner Geräte. Sicherlich hätte ich sie auch im Fahrzeug lassen können. Wahrscheinlich wäre nichts passiert. Aber dieses "wahrscheinlich" war mir eine Spur zu unsicher, denn ich war auf die Geräte angewiesen. Zwar hatte ich einen Plan B und auch bedingt noch Plan C, aber darüber hinaus dann eben keinen weiteren. Daher war es den geringen Aufwand wert, alles in meine Umhängetasche zu packen und nach dem Einsteigen wieder einzustöpseln.

Das Navi führte mich jetzt wieder in die Richtung, aus der ich vor gut einer Stunde gekommen war. Ich bog wenige Meilen später wieder ostwärts auf die I-40. Die Meilen zogen unter meinen Leihrädern dahin, bis sich der Abzweig auf die AZ 64 nach Norden ankündigte. Nicht nur die Straßenbezeichnung hatte sich geändert, nach wenigen Minuten fiel mir ebenfalls die sich ändernde Vegetation auf. Entlang der Straße wurde es nadeliger, was die Bäume anging und auch deren Anzahl nahm immer weiter zu. Damit hatte ich nicht gerechnet.

Der Teerstreifen auf der 64 war in jede Richtung nur einspurig und da ich nach wie vor meinem Entschluss treu blieb, mich strikt an die Geschwindigkeitsgrenzen zu halten, wurde ich an etlichen Stellen überholt, auch von Bussen und riesigen LKW, die sich bedrohlich links an mir vorbeischoben. Fairerweise muss ich sagen, dass die Fahrer wirklich nur an geeigneten Stellen überholten und bis dahin auch nicht unangenehm drängelten. Eine Sache, die man sich für deutsche Autobahnen und Landstraßen von Herzen wünschte.

Links der Straße lag der Grand Canyon National Park Airport, von dem aus die Panorama-Flüge über und durch die nahe Schlucht starteten. Kurz dahinter kündigten die Schilder den nahen Canyon an. Vorgelagert an der AZ 64 lag noch der kleine Ort Tusayan, der die typisch touristische Infrastruktur entlang der Straße aufwies, sowie einige der überall präsenten gastronomischen Angebote bekannter Fastfood-Ketten. Ein Stück weiter wurde die Geschwindigkeit reduziert und die Straße teilte sich in mehrere Spuren, an denen jeweils auf der Fahrerseite ein kleines Kassenhäuschen lag; der Südeingang zum Grand Canyon war erreicht. Ein freundlicher junger Mann begrüßte mich und warf einen Blick in meinen Wagen. Dann bot er mir ein Tagesticket an oder eins für mehrere Tage und nannte die Preise dazu. Da ich noch durch andere

Nationalparks wollte, fragte ich gleich nach dem "Golden Annual Pass", der eine Gültigkeit von einem Jahr hatte und für fast alle Parks galt. Mit deutlich unter hundert Dollar war er weitaus günstiger, als die Einzeleintritte der Parks zusammen, die ich noch passieren wollte. Er gab mir ein paar Formulare zum Unterschreiben und Ankreuzen. Ich reichte ihm meine Kreditkarte und dann händigte er mir einen Plastikausweis im Scheckkartenformat sowie einen Stift aus. Spontan deutscher Gründlichkeit folgend pinselte ich in das vorgesehene Feld meine Unterschrift. Am Blick aus meinem linken Augenwinkel sah ich, dass jetzt offenbar irgendwas falsch gelaufen war. Und richtig, mein Name sollte dort hinein, nicht aber meine Unterschrift. Denn, so erläuterte er mir, mit einer Unterschrift konnten die Kollegen an den Eingängen der Parks nichts tun, da ich ja namentlich in dem elektronischen Register für den Pass gelistet wurde. Somit musste ich mich bei einem erneuten Eintritt mit ebendiesem Pass und einem weiteren Lichtbildausweis identifizieren. Dann lächelte er, schnappte sich die Karte und träufelte eine Flüssigkeit drauf, wischte mit einem Lappen ein paarmal darüber und reichte mir beides erneut. Dieses Mal schrieb ich korrekt meinen Namen in Druckbuchstaben in das vorgesehene Feld und gab ihm alles zurück. Nun erhielt ich noch eine Handvoll Informationsmaterial über dieses Naturwunder, meine Kreditkarte samt Beleg sowie den Wunsch für einen angenehmen und sicheren Aufenthalt. Das war schon eine herrlich unkomplizierte Prozedur. Motor an, Fenster hoch und ein freundliches Lächeln später war ich im Grand Canyon National Park. Die AZ 64, die ab hier South Entrance Road hieß, führte mich weiter und die exzellente Ausschilderung wies mir den Weg zum Mather Campground. Obwohl mein Navi die Straße bereits bei der Vorbereitung erkannt und ich die Adresse gespeichert hatte, lenkte es mich jetzt aber entgegen der Beschilderung geradeaus der Center Road folgend.

Vom Gefühl her wusste ich, was hier nicht stimmte, also bog ich westwärts ab auf die Clinic Road und hoffte, mich dem Campingplatz so zu nähern. Danach nochmal rechts und schon merkte ich, dass diese Aktion nicht zum Erfolg führte, denn ich befand mich wieder exakt da, wo ich zuvor rechts abgebogen war. Ein Blick in die Karte aus den Unterlagen vom Eingang bestätigte meine Vermutung, ich hätte einfach der Beschilderung folgen und vorhin rechts abbiegen sollen in die Market Plaza Road und schon wäre der Platz erreicht. Nun gut, umgedreht und der Beschilderung gefolgt, stand ich keine fünf Minuten später unter den schattenspendenden Bäumen des kleinen Empfangsgebäudes, an dessen südlicher Seite zwei geöffnete Fenster die anreisenden Besucher willkommen hießen. Ich entschied mich für das Fenster mit dem freundlicheren Gesicht, einer Dame mittleren Alters, die mich nett begrüßte und sich erkundigte, ob ich eine angenehme Anreise hatte. Ein kurzer Smalltalk folgte und ich wollte die Unterlagen aus meinem Rucksack zerren, da bremste sie mich und fragte einfach nach Name und Vorname, kurzer Blick in den Computer, einige Tastendrücke, gefunden! Unterlagen? Wieder einmal unnötig.

Dann erklärte sie mir die Spielregeln auf dem Platz und für den Park, deren Kenntnisnahme ich mit meiner Unterschrift bestätigen musste. Schlussendlich gab es noch eine kurze Einweisung zu meiner Parzelle. Da die jeweiligen Plätze an ovalen Einbahnstraßen von der Hauptstraße abgingen, war ein Verfahren hier unmöglich, außerdem trugen alle Straßen gut sichtbare und rechtzeitig erkennbare Schilder. So fand ich nach wenigen hundert Metern schon meinen Pine Loop, also das Pinien-Rund, an dem sich mein Platz mit der Nummer 301 befand. Rechts neben meinem geteerten Stück für den PKW stand ein gut sichtbarer Holzpfahl mit den übereinander angeordneten Zahlen drei null eins in weißer Farbe. Darüber prangte ein roter Zettel mit meinem Nachnamen, den ich am nächsten Tag beim Checkout wieder abgeben sollte.

So bog ich rechts auf meine zehn Quadratmeter Teer für die vier Räder ab. Den Rand vom Parkplatz begrenzten Findlinge, dahinter stand eine Bank-Tisch-Kombination und daneben war ein ebenes Fleckchen Erde, dessen Boden weich von den Nadeln der umstehenden Bäume war. Darauf bettete ich mein Popup-Zelt und sortierte die Sachen wie Isomatte, Schlafsack und anderes ein. Dann schnappte ich mir die Pläne aus den Unterlagen, die ich am Eingang erhalten hatte und machte mich mit der Gegend vertraut. Ursprünglich dachte ich mir, erst morgen zum Canyon selbst zu gehen, aber eine magische Kraft zog mich innerlich und ließ eine Unruhe in mir aufkommen, die mich nicht länger am Zelt hielt. Also schmiss ich kurzentschlossen meinen Zeitplan über den Haufen und rüstete mich für meine Erstbegegnung mit der Mutter aller Naturwunder.

Die Sonne stand warm und stechend am Himmel, das Thermometer zeigte aber unter 27 Grad, also erheblich erträglicher als am Colorado River vor gerade mal 24 Stunden. "War das wirklich erst gestern?" schoss mir als Gedanke durch den Kopf, aber nach kurzem Nachdenken bejahte ich meine eigene Frage verwundert. So intensiv war die Wahrnehmung der Eindrücke, die hier von allen Seiten auf mich trafen und die ich in vollen Zügen genoss. Etwas Sonnencreme wanderte auf die Hautpartien, die ich nicht mit Stoff bedeckt hatte, dazu reichlich Getränke und ein paar Snacks in den Rucksack. Mit der Baseballkappe auf dem Kopf und dem Plan in der Hand wanderte ich los, die Hauptstraße des Campgrounds runter bis zur Bushaltestelle der Blue Line.

Das Territorium des Parks war touristisch perfekt erschlossen. Neben Versorgungsgelegenheiten gab es hier auch drei Buslinien, die unterschiedliche Punkte am Canyon und in der Peripherie anfuhren. An meinem Campground führte die blaue Buslinie entlang, wobei ich keinen Fahrplan sah, als ich an dem als Haltestelle ausgewiesenen Pfahl ankam. Hier waren nur die Zeiten angegeben, ab denen die Busse morgens fuhren und wann sie abends ihre letzte Runde drehten. Dazwischen gab es nur die Intervallangabe, wonach ich auf den Bus höchstens zehn Minuten warten musste. Und so kam dann auch ein paar Minuten später der gepflegte Bus und ergoss eine Handvoll Menschen mit dem Öffnen der Türen und nahm mich als einzig neuen Fahrgast auf. Innen schlug mir wie so oft in den USA eine Eiseskälte entgegen, der meine nackten Hautpartien nicht viel entgegenzusetzen hatten und so überzog mich in kürzester Zeit eine Gänsehaut nach der anderen.

Immerhin dauerte die Fahrt nicht lange, bis ich am zentralen Busbahnhof beim Visitor Center ausstieg. Hatte ich doch die Beschilderung immer als hervorragend wahrgenommen und gelobt, so hätte ich mir hier mal ein deutliches Schild gewünscht, wo es denn nun zum Canyon ging. Das wilde Wuseln von unzähligen Touristen in alle möglichen Richtungen war kein eindeutiger Anzeiger getreu dem Motto "Immer der Menge hinterher". So verließ ich mich denn auf gute alte Pfadfinder-Kost und schaute kurzerhand mit Uhr und Sonnenstand nach den Himmelsrichtungen und glich dies mit meiner Karte ab und schon war klar, dass der Weg rechts am Visitor Center vorbei mein Ziel gar nicht verfehlen konnte. Und tatsächlich traf ich nach gefühlten 100 Metern auf den Weg, der sich an der Abbruchkante entlang zog. Und dann sah ich es, direkt vor mir.

Fassungslos blieb ich mit offenem Mund stehen und ging Schritt für Schritt an die in unmittelbarer Nähe zum Weg liegende Kante, um den Blick in mich aufzusaugen. Der Grand Canyon, ich hatte ihn erreicht. Farbtöne von Rostrot, über Braun bis Ocker, durchzogen von immer wieder grünen Bäumen oder Büschen. Zerklüftete Felsformationen, terrassenförmig abgestuft und erodiert, schattenspendende Überhänge und aberwitzig jonglierte Felsbrocken, die aussahen, als würden sie jeden Moment in die Tiefe stürzen. In der Ferne war das North Rim zu erkennen, darüber wie mit einem scharfen Messer abgeschnitten schloss sich der stahlblaue Himmel an. Über der gesamten Szenerie lag ein leichter Dunstschleier und direkt vor meinen Füßen zog sich die Schlucht unfassbar steil in die Tiefe. Es war ein atemberaubender und fesselnder Moment, den ich nicht glauben, nicht fassen konnte. Links und rechts von meinem jetzigen Standort entdeckte ich Aussichtsplattformen, die den natürlichen Gegebenheiten folgend an besonders exponierte Stellen in die Landschaft gesetzt wurden. Ich folgte dem Weg westwärts, den Blick meist nach rechts auf die unfassbare Weite und Tiefe unmittelbar neben mir gebannt.

Der Pfad auf die erste, rundliche Plattform war steinig und stufig und der unter meinen Füßen befindliche Felsen fühlte sich wie Speckstein an. Er war alles andere als rau und so war allerhöchste Wachsamkeit befohlen, um nicht auszurutschen. Natürlich waren diese Overlooks entsprechend begehrt. Kameras und Handys klickten, oft mit Selfiesticks verlängert, um die Schönheit der Natur in vielfältiger Weise einzufangen. Im Besonderen fielen mir Touristen aus asiatischen Ländern auf, die in einem horrenden Tempo von einem zum anderen

Aussichtspunkt hetzten, auf die Schnelle in die Kamera grinsend ein paar Selfies machten und dann wieder weiterzogen. Einen wirklichen Blick, Muße und Ruhe für die Schönheit der Landschaft hatten sie aber nicht im Gepäck und so herrschte quirliges Treiben. Ein Kommen und Gehen, worüber ich mich aber nicht wunderte, denn es war Wochenende und damit herrschte besonderer Andrang im Park. An diesem Overlook war der Sicherheit folgend ein stabiles Geländer mit Drahtzaun angebracht, damit niemand in die Tiefe stürzte, die direkt mehrere hundert Meter tief daneben drohte. Ich entzog mich dem Ort und wanderte weiter an der Kante des Canyons entlang. Nur die besonders exponierten Punkte waren hier mit Schutzmaßnahmen versehen. Etwas weiter fand ich daher eine ruhigere Stelle mit terrassenförmig angeordneten hellen Steinen, die direkt bis an den Abgrund reichten. Als ich den Rucksack abnahm, spürte ich den klatschnass geschwitzten Rücken und so wurde es Zeit, meinen Flüssigkeitshaushalt zu regulieren. Ich warf einen Blick auf mein Handy, aber nach wie vor war mit meiner "H20"-Karte hier kein Blumentopf zu gewinnen. Leider konnte ich so keine Grüße nach Hause schicken und nicht mitteilen, dass ich hier an dieser erlebnisreichen Stelle heile angekommen war. Sicher gab es später noch eine Gelegenheit mit einem WiFi-Hotspot. Die wenigen Touristen um mich herum an dieser Stelle und die damit herrschende Ruhe waren dem Erlebnis und der Gewalt der Eindrücke besser angemessen und so verweilte ich lange und genoss den Ausblick.

Ein Kondor zog in weiten Bögen majestätisch seine Kreise über der Schlucht, ganz tief unten waren einige Wanderer zu erkennen, die sich zum Grund hinab kraxelten und wieder gab es andere Farbspiele in jeder Blickrichtung, bei der die Natur mit neuer Fantasie in den Farbtopf gegriffen hatte.

Der Weg führte laut Karte noch sehr viel weiter, aber im Dunkeln wollte ich nicht erst am Zelt ankommen. Ich beschloss, bis zur nächsten schönen Aussicht weiterzugehen und dann umzudrehen. Mit jedem Meter vom Visitor Center weg, wurde die Zahl der Menschen geringer und die Geräuschkulisse weniger, bis ich schließlich an einem Knick des Weges einen unverstellten Blick mit deutlich über 180 Grad hatte und ganz alleine war. Ein warmer Wind umschmeichelte mich und kühlte angenehm, während die Sonne weiterhin vom blauen Firmament leuchtete. Dieser Moment konnte perfekter gar nicht sein. Nur ich an der imposantesten aller Schluchten mit Ruhe, Weite, Natur. Ein paar Fotos später trat ich hochzufrieden den Rückweg Richtung Hauptgebäude und Busbahnhof an.

Kurz vor dem Parkplatz bog ich rechts in einen kleinen Weg ab, der zu den Bussen führte, da traute ich meinen Augen nicht, stand doch direkt am Wegesrand ein stattlicher Elch. Zumindest hielt ich das Tier für einen solchen, denn ich hatte noch nie einen in freier Wildbahn gesehen. Er fraß gemütlich am üppigen Gras und ließ sich durch die zahlreichen Fotografen und Touristen nicht stören. Ich folgte dem Verlauf der Stufen und Platten bis zu den farbig gekennzeichneten Buslinien, auf deren blau gekennzeichnetes Exemplar ich nicht mal zwei Minuten warten musste. Auch hier war der Temperaturschock wieder vorprogrammiert, was angesichts meines nassgeschwitzten Rückens jetzt alles andere als ein Vergnügen war. Ich zog mir die Fleece-Jacke über, die ich die ganze Zeit mit mir rumgeschleppt hatte, wohlwissend sie nochmal zu brauchen. Damit wurde die Kühle nicht ganz so unangenehm. In der Sitzreihe neben mir schnatterten zwei Frauen und erwähnten, sich gleich ins kostenlose WLAN an der Yavapai Lodge einzuwählen, um ihre Fotos nach Hause zu schicken. Das ließ mich hellhörig werden und ich hakte mich forsch in ihre

Unterhaltung ein. Sie erklärten mir, dass man an der Lodge ein kostenloses Daten-Kontingent nutzen konnte, das allerdings zeitlich beschränkt war. Wie lange genau wussten sie aber nicht.

Ich entstieg ihnen folgend dem Bus an der Haltestelle am Market, ging zur Lodge und ließ mich im schattigen Außenbereich nieder. Tatsächlich gab es dort ein kräftiges WLAN und mein Handy verband sich ohne zu murren. Dann ging eine Browserseite auf, auf der man das Kleingedruckte bestätigen musste und schon hatte man für zwei Stunden kostenloses Internet, mehr als genug für meine Belange. Die Schaltfläche für das Bestätigen der Nutzungsbedingungen hatte ich noch nicht ganz angetippt, da rappelte das Handy eine Brummorgie über eintreffende Nachrichten. Das Gerät war so eingestellt, dass es alle Medien mit abholte, wenn es per WLAN verbunden war und so konnte ich die Zeit nutzen, um ein Lebenszeichen nach Hause abzusetzen. Immer im Hinterkopf rechnete ich mit dem zeitlichen Versatz von acht Stunden, somit durfte es zu Hause dann jetzt Mitternacht sein. Keine guten Chancen, noch jemanden live ans Gerät zu kriegen. Aber immerhin konnte ich über meine heile Ankunft berichten und meine Lieben in Deutschland hatten morgen ein paar schöne Fotos zum Frühstück. Von denen schob ich auch reichlich in meinen Messenger-Status, um Freunde und Bekannte vor Neid erblassen zu lassen.

Die Nachrichten und E-Mails wollte ich später am Zelt in aller Ruhe durcharbeiten und so kontrollierte ich kurz, ob sie korrekt abgerufen worden waren, meldete mich ab und schlenderte rüber zum General Store. Ein uriges, überdimensionales Holzhaus mit kombiniertem Supermarkt und Souvenirshop bot zwar keine übermäßige Auswahl, aber alles, was für einen zünftigen Zelt- oder Campingaufenthalt nötig war. Da ich dem Grunde nach gut ausgestattet war von meinen letzten

Besorgungen im Safeway in Laughlin, stand mir nur der Sinn nach einer leckeren Dose Bier. Hiervon war die Auswahl überraschend groß, meine Entscheidungsfreude jedoch hielt sich in Grenzen, sodass ich einfach zu drei eisgekühlten Blechhumpen verschiedener einheimischer Brauprodukte griff, immerhin zu erfreulich zivilen Preisen. Ich enterte die Blue Line für die restlichen Haltestellen bis zum Eingang des Mather Campground und trottete glücklich, aber auch reichlich müde die ansteigende Straße bis in meinen Pine Loop hinauf.

Deutsche Silben drangen an mein Ohr von einem der Zeltplätze und ein junges Paar diskutierte offenbar mit sich und der Aufbauanleitung ihrer Stoffbehausung.

"Welche Reihenfolge?"

"Das hier gehört zusammen?"

"Nein, das kommt da rein!"

"Das stimmt gar nicht, hier steht…"

"Aber da passt das überhaupt nicht rein…"

Ich grüßte freundlich in Englisch und zog dann weiter. Kurioserweise hatte ich auf Konversation in Deutsch überhaupt keine Lust. Es wäre sicher vermessen gewesen zu erwarten, dass sich die jungen Leute in der hiesigen Landessprache über den Zeltaufbau stritten, aber ich für meinen Teil brauchte diesen Austausch jetzt nicht und so ließ ich sie debattierend hinter mir. Sollte heute Abend der Disput noch nicht beigelegt sein, konnte ich ja flugs nochmal vorbeischauen. Mein Zelt stand immer noch unversehrt am selben Fleck und ich rüstete mich für das Abendessen, nachdem ich am kleinen Waschhaus war. Leider enthielt es keine Dusche und so begnügte ich mich mit einer Katzenwäsche bei eiskaltem Wasser, was nach der Hitze des Tages aber wirklich erfrischend wirkte.

Langsam zog die Sonne tief hinter die Bäume, bis zu ihrem Verschwinden war es damit nicht mehr allzu lange hin. Ich pflückte mir einen Energybar aus der Safeway-Tüte und ließ eine der drei Dosen vernehmlich Zischen. Dazu schaltete ich mein E-Book an und las draußen am Zelt, während ich die angenehmen Temperaturen genoss und das leckere Bier in meiner Kehle versenkte. Ringsherum gingen nach und nach die Lagerfeuer an und ich musste neidisch eingestehen, dass ich auch gerne ein Feuer an meiner Stelle entfacht hätte, es mir dafür aber schlicht an Holz fehlte.

Das Sammeln im Park war strikt verboten und ich hatte beschlossen, mich daran zu halten. Auf jeden Fall kam es auf die Liste der Dinge, die ich bei einem nächsten Urlaub mit bedenken wollte. So blieb mir nur der Genuss am Feuer der umliegenden Plätze. Sie lagen so weitläufig nebeneinander, dass leider keine direkte Kommunikation zustande kam, bei der ich mich mit an eins der Feuer mogeln konnte. Sicherlich hätte ich mich irgendwo freundlich fragend einladen können, aber soweit wollte ich dann doch nicht gehen. Das zankende Pärchen mit dem Zeltgestänge war nicht mehr zu hören, damit gab es auch keinen Anlass für mich, die Straße noch einmal hinaufzuschlendern. Ich blieb am Zelt, köpfte die zweite Dose Bier und las meinen Schmöker.

Ein Frösteln überkam mich, nachdem die Sonne komplett verschwunden war und die Temperaturen rapide purzelten. Mit Zahnpasta und -bürste im Gepäck hüpfte ich noch einmal zum kleinen Waschhaus und machte mich bettfertig. Eine ungewohnte Uhrzeit zum Schlafengehen, war es doch nach Ortszeit gerade einmal halb acht durch, also noch nicht mal

Tagesschau-Zeit. Dennoch war ich müde und schlapp und freute mich auf den kuscheligen Schlafsack. Im Zelt nutzte ich die Gelegenheit und stöberte durch die zahllosen Nachrichten auf meinem Handy und schrieb ein paar Antworten, die das Gerät dann morgen absetzen konnte, wenn ich an der Lodge wieder Station machte. Dann überflog ich noch ein paar Seiten in meinem Buch, bevor die Müdigkeit gewann und mich mit einem Lächeln auf den Lippen über die tollen Erlebnisse des Tages ins Land der Träume schickte.

TAG 4

GRAND CANYON

KINGMAN

Ungewohnte Geräusche waren es, die mich in der Nacht immer mal wieder aus dem Schlaf holten. Ein Knacken, Rascheln, das Gefühl, dass sich irgendwo ums Zelt herum etwas bewegte. Auch wenn laut Parkranger keine Gefahr von Bären ausgeht, weil es sie hier schlicht nicht gibt, sollte dennoch alles Essbare fest verschlossen aufbewahrt werden. Und so hatte ich getreu vor dem Einschlafen alles unter dem schützenden Blech des Kofferraums verstaut. Ich nutzte dennoch die Gelegenheit, die angesammelte Flüssigkeit zum nahen Häuschen wegzubringen und zog den Reißverschluss auf, ein kleines Tier sprang flink vom Zelt weg auf den nächstbesten Baum. Im Licht meiner Taschenlampe konnte ich noch den buschigen Schwanz entdecken, als es weiter nach oben kletterte. Ein Eichhörnchen, ein dunkles übrigens, aber auch süß. Nach kurzem Stopp am Waschhäuschen verlief die Nacht ruhiger und ich fand erholsamen Schlaf, bis mich in den frühen Morgenstunden das Geräusch von Helikoptern aus meinen Träumen riss.

Ebenso fuhren ein paar Autos am Loop entlang und das, obwohl es draußen noch dunkel war. Meine Erinnerung an den Flugplatz außerhalb des Parks kam zurück und offenbar waren die ersten Touristen schon unterwegs, um das fotografisch beste Licht des frühen Morgens an den Aussichtspunkten oder aus der Luft einzufangen. Ich drehte mich nochmal um und döste für eine Weile durch ein paar Fetzen, die von meinen Träumen übriggeblieben waren.

Gegen 6:15 Uhr aber hatte ich offenbar genug geschlafen und entstieg meinem Schlafsack, es war noch empfindlich kalt draußen und auf dem Zelt hatte sich Tau abgesetzt. Nach erneutem Besuch des Waschhäuschens packte ich mich dick in meine Sachen ein und bereitete das Frühstück, während die übrigen Zelte um mich herum noch keine Lebenszeichen von sich gaben.

Das Kaffeewasser brodelnd auf dem kleinen Kocher, das Brötchen beschmiert mit Marmelade und mein Buch in der Hand, so begann mein friedlicher Morgen. Ich saß an meiner Tisch-Bank-Kombination und mümmelte zufrieden vor mich hin unter den Augen neugieriger kleiner Waldbewohner. Ein paar putzige Vögel, die ich nicht genau identifizieren konnte, ähnlich aber den europäischen Meisen, wagten sich vorwitzig auf den Tisch und hüpften immer hin und her, auf lohnenswerten Abfall von meinem Brötchen wartend. Eine Tasse Kaffee später gesellte sich auch ein Eichhörnchen in meine Nähe und kundschaftete Beute aus. Ob es wohl dasselbe war, das in der Nacht mein Gast war? Leider musste ich meine tierischen Gesellen enttäuschen, denn das Füttern der Tiere auch mit Resten war strikt untersagt und so hielt ich mich an das Gebot. Trotz des Waschens gestern Abend fühlte ich mich klebrig und machte Kassensturz in meinem Portemonnaie für das große Waschhaus am Empfangsgebäude des Campgrounds. Dort gab es münzbetriebene Duschen, in die man acht Quarters (25 Cent) mit einem Schieber versenken musste, um sich für acht Minuten warm von oben beregnen zu lassen. So raffte ich meine Sachen zusammen und sortierte die für die Hygiene nötigen Utensilien und neue Kleidung auf den Beifahrersitz.

Wieder einmal räumte ich im Kofferraum, mein fahrender Kleiderschrank sozusagen, ein paar Sachen um, um sie zweckmäßiger anzuordnen. Der aufgeklappte Koffer enthielt im hinteren Teil nunmehr die Sachen, die ich nur seltener brauchte, vorne waren die Dinge, die ich täglich im Zugriff haben musste. Beim Packen der Sachen zu Hause hatte ich an diese Aufteilung natürlich überhaupt nicht gedacht, aber sie ergab sich jetzt im Laufe der letzten Tage und ich hatte Zeit genug, mich diesem Ritual zu widmen.

Nach einem kurzen Fahrweg bog ich hinter dem Empfang mit meinem Auto links ab auf den Parkplatz des Waschhauses und blieb angerührt stehen, denn in einer der wenigen freien Parklücken stand wieder so ein vierbeiniges Geschöpf, das mir für ein Reh zu groß vorkam, aber für einen Elch irgendwie zu grazil wirkte. Es war wohl irgendwas dazwischen, aber es ließ sich nicht aus seiner Ruhe bringen und verharrte an Ort und Stelle. So wartete ich, bis ein anderes Fahrzeug einen Platz frei machte, in den ich mich dann reinmanövrierte. Ich schnappte mir Duschzeug, Handtuch und neue Unterwäsche und hüpfte zum Eingang.

Das Waschhaus war nicht nur mit Duschen und WC bestückt, sondern unterhielt auch einen ausgedehnten Waschsalon und war außerdem das Zentrum des kommunikativen Austauschs, denn etliche Touristen hielten sich davor auf und redeten angeregt über dies und das. Ein Zeitungsautomat spendete gegen Geld die aktuelle Ausgabe von USA today, zumindest wenn denn noch ein Exemplar drin gewesen wäre. Aber entweder war die aktuelle Ausgabe noch nicht drin oder schon wieder vergriffen, was ich ein bisschen schade fand.

Hinter der Eingangstür empfing mich ein Schwall tropischer Luft hinsichtlich Temperatur und Luftfeuchte. Ich suchte an den Waschbecken eine geeignete Stelle mit Steckdose, denn eine Rasur hatte ich mir für heute mit auf die Agenda geschrieben. Etwas unsicher, ob der Elektrohobel für meine Barthaare mit den hiesigen 110 Volt, also etwa der Hälfte der Netzspannung bei uns daheim, klarkommen würde, startete ich das Gerät. Er tat wie gewohnt seinen Dienst und machte nur einen unwesentlich schwächeren Eindruck. So entledigte ich mich meines Gesichtsteppichs, bis ich auch die letzten Stoppeln erwischt hatte, reinigte das Waschbecken und zielte auf eine freiwerdende Duschkabine.

Nun kam das Kunststück mit den Viertel-Dollar-Münzen. Acht Stück hatte ich kunstvoll in den metallenen Schieber drapiert, entkleidete mich und schob das Ding in Richtung des Geräts und mit einem vernehmlichen Klacken öffnete sich das Magnetventil oben am Duschkopf. Das warme Wasser strömte herab und die Münzsammlung schepperte in den Auffangbehälter. Auch diese Herausforderung hatte unerwartet gut geklappt, so konnte der Urlaub sauber weitergehen. Acht Minuten dauerte der warme Regen und die kamen mir unter der Dusche länger vor, als gedacht, denn aufgrund des Sommers herrschte fast überall die Devise "Wasser sparen". Gut gereinigt schnappte ich mir meine frischen Sachen, verließ den Sanitärbereich und machte um die Laundry mit Waschmaschinen und Trockner einen Bogen. Zu waschen hatte ich nun wirklich noch nicht genug.

Ich lenkte das Auto zurück zum Platz, baute das Zelt ab, unter dessen Boden sich einiges an Feuchtigkeit gesammelt hatte. So ließ ich es umgedreht in Wind und Sonne trocknen und legte noch eine Tasse Kaffee auf. Die Hubschrauber und Flugzeuge zogen über meinem Kopf ihre Bahnen und allgemein herrschte geschäftiges Treiben rundherum, die Sonne brannte bereits wieder munter vom Einheitsblau herab. Das war dann auch Grund genug, die Haut mit einer ordentlichen Schicht Sonnenschutz zu bedecken, einziehen zu lassen und dann zu packen, ab zum Checkout. Wieder der obligate Blick in die Runde, damit nichts vergessen wurde, was für den weiteren Urlaub essentiell wichtig war. Als letzte Amtshandlung zupfte ich den roten Zettel vom Pfosten an meiner Zufahrt ab und tuckerte rückwärts aus der Parklücke. Der Checkout verlief völlig unaufgeregt und bestand letztlich nur im Abgeben meines roten Papiers mit der 301, keine Unterschrift, keine Belege, alles formlos. Die Rangerin wünschte mir einen schönen Tag und eine gute Weiterreise, "Have a safe trip".

Natürlich wollte ich jetzt noch nicht weiterreisen, denn es zog mich nochmal an die Schlucht, dieses Mal ein Stück nordöstlich von einem anderen Overlook aus. Ich bog also nicht zum Mather Point Visitor Center ab, sondern entgegengesetzt, wo es einen Overlook mit Aussichtsturm geben sollte. Allerdings fand ich diesen Turm nicht und so begnügte ich mich mit einem normalen Parkplatz fast direkt an der Abbruchkante. Etliche weitere Fotos wanderten in den Speicher meiner Handykamera und ich genehmigte mir noch ein paar ruhige Momente am Abgrund, wenngleich ich mich dann doch nicht traute, die Beine dort baumeln zu lassen. Höhenangst hatte ich nicht, aber gesunder Respekt und Vorsicht mahnten mich, wenigstens ein bisschen Abstand zu halten. Der Strom von Besuchern nahm jetzt stetig zu und auch die Busse pendelten bereits wieder und kippten Berge von Selfie-Süchtigen aus ihren Türen, denen ich mich entzog. Außerdem stand mein Auto in der prallen Sonne und ich war nicht sicher, wie sich die Temperaturen jenseits der 50 Grad im Innenraum auf meine Getränke und Lebensmittel auswirkten. Schließlich war eine Magenverstimmung so ziemlich das Letzte, was ich mir hier einfangen wollte. Damit nahm ich schwermütig Abschied vom Grand Canyon, nicht ohne ihm versprochen zu haben, noch einmal wiederzukommen, enterte meinen fahrbaren Untersatz und machte noch einen Zwischenstopp an der Yavapai Lodge, Nachrichten austauschen durch den drahtlosen Draht zur Welt.

In Tusayan zog mich nach Verlassen des Nationalparks der McDonalds noch einmal magisch an für ein paar Burger und einen Besuch der Restrooms, denn vor mir lag jetzt die Strecke bis Kingman, immerhin rund 166 Meilen. Mit dem Fastfood in der Hand ging es wieder südwärts auf der AZ 64 auf bekanntem Terrain, denselben Weg war ich ja gestern in nördlicher Richtung hergefahren. "Gestern?" fragte sich mein Geist widerwillig, denn zwischen gestern und heute lag so viel Neues, so viel Erlebtes. Es fiel mir schwer zu glauben, dass seither nicht einmal 24 Stunden vergangen waren. Die Meilen flogen unter meinen Reifen hinweg, während die nahe Erinnerung an die Erlebnisse des Canyons immer wieder durch meine Gedanken zog. Daher kam es mir auch nicht langweilig vor, die exakt gleiche Strecke zurückzufahren, was mangels geeigneter Alternativen ohnehin kaum zu vermeiden war. Und so bog ich dann auch westwärts wieder auf die Interstate 40 ab und ließ das zweispurige Asphaltband mit Tempomat auf 66 Meilen eher neben meiner Wahrnehmung her an mir vorbeilaufen. Zur Abwechslung bog ich in Crookton wieder auf die Historic Route 66 ab, durchfuhr ein weiteres Mal den Ort Seligman und blieb dann auf dieser Straße für weitere 90 Meilen. So konnte ich dann später behaupten, ich sei sie gefahren, die Mutter aller Straßen, wenn auch nicht für die gesamte Länge von Chicago bis Los Angeles, aber immerhin mehr, als den bloßen Abstecher gestern.

Fernab der Interstate kam mir die Weite und Unendlichkeit der Landschaft gepaart mit der Einsamkeit so richtig wie der Wilde Westen vor. Zwar fehlten die typischen Landschaftsformationen des Monument Valley, aber auch hier an der 66 waren Berge in der Ferne zu erkennen, eine Kette zog sich aufgereiht an der nächsten über den Horizont. Kilometerlang lief der gelbe Mittelstreifen auf einen unendlich weit entfernten Punkt zu, keine Kurve, keine Biegung. Es erschien mir irgendwie passend, den Tempomat hier auf 66 Meilen eingestellt zu haben. Für mich war das ein symbolischer Wert und aus der einen Meile über der erlaubten Geschwindigkeit würde mir sicher niemand einen Strick drehen.

Knapp 50 Meilen vor meinem Ziel in Kingman änderte sich – wie auf der Hinfahrt auch – wieder die Vegetation und fast wie mit dem Lineal gezogen endete die Farbe Grün in der Landschaft links und rechts der Landstraße. Karger, rötlicher Staub und haufenweise Steine, Felsen und schroffe Formationen komponierten von nun ab das Bild, wenn ich durch meine Autoscheiben blickte. Die Menge an Kurven nahm zu und ein paar kleine, verschlafene Nester galt es zu durchfahren. Insgesamt machten diese Ansiedlungen aber auf mich einen eher verfallenen Eindruck, auch wenn viele Gebäude noch bewohnt waren. Aber der Zahn der Zeit nagte an allem, seit die Motherroad, wie die Route 66 liebevoll genannt wird, nicht mehr die Hauptverkehrsstrecke gen Westen war. Immerhin hat der touristische Aspekt der noch vorhandenen Teile dieser ehemaligen Verkehrsader das Potential, einen weiteren Verfall der denkwürdigen Gebäude zu verhindern.

Mich auf meine Gedanken und die Straße zu konzentrieren fiel zunehmend schwerer, da die Temperatur im Innenraum auf Werte jenseits von Gut und Böse gestiegen war, das Außenquecksilber hatte die 100 Grad Fahrenheit-Marke um ein halbes Dutzend hinter sich gelassen und die Klimaanlage war bewusst deaktiviert. Ja, Sie haben richtig gelesen. 106 Grad Fahrenheit entspricht etwa 41 Grad Celsius, doch der Anstieg der Skala kam nicht plötzlich, sondern mit jeder gefahrenen Meile und so hatte ich die Hitze eher nur nebenbei bemerkt und außerdem kühlte der Luftzug aus den Lüftungsschlitzen noch ausreichend. Erst als ich die Stadtgrenze von Kingman erreicht hatte und die Geschwindigkeit und damit der Fahrtwind abnahmen, betätige ich die AC-Taste und kühlte das Wageninnere moderat herunter. Das Navihandy tat übrigens seit dem Neuladen der Karten nachts in Las Vegas seinen Dienst ohne Grund zur Beanstandung und so fand es dann auch recht schnell den Parkplatz des "Arizona Inn" in Kingman unweit des historischen Stadtviertels. Der Auspuff und der Motor knackten mit metallischen Geräuschen um die Wette, als ich den Zündschlüssel abzog und mich aus meinem Backofen herausschälte. Mein T-Shirt bestand auf der Rückenpartie nur noch aus Schweiß und war tropfnass. Also hielt ich meine Hinterseite in die wärmende Sonne, die auch hier vom blauen Himmel brannte. Für die Strecke vom Canyon bis hierher hatte ich rund zweieinhalb Stunden mit Pause gebraucht und der Stundenzeiger bewegte sich gerade über die zwei hinweg. Mein ab 13 Uhr für mich bereitstehendes Motelzimmer sollte also fertig sein und einer Dusche nichts im Wege stehen.

Beim Betreten des Office schlug mir ein kräftig-würziger Geruch indischer Räucherstäbchen entgegen, aber ich wurde freundlich begrüßt und auch hier genügte die bloße Nennung meines Namens. Im Hinblick darauf, ob das Zimmer möglicherweise genauso roch, bat ich darum, wegen "möglicher Allergie" vorab einen Blick ins Zimmer werfen zu dürfen. Auch das war natürlich überhaupt kein Problem und gemeinsam traten wir den kurzen Weg über den Parkplatz an. Dann schloss er das Zimmer auf, aber eine unangenehme olfaktorische Überraschung blieb aus, lediglich ein leicht abgestandener Geruch lag im Raum, vielleicht verursacht durch den hochflorigen dunklen Teppich. Wir trotteten zurück ins Office, während ich die üblichen Fragen zum Wohin und Woher gern beantwortete. Ein paar Formulare später hielt ich den Schlüssel in der Hand und trat wieder in die 40 Grad Celsius heiße Luft hinaus, parkte das Auto mit dem Kofferraum rückwärts fast unmittelbar vor meiner Zimmertür und räumte die wesentlichen Sachen hinein. Da das Zelt morgens noch nicht vollständig abgetrocknet war, kam mir die kuriose Idee, es für eine kurze Zeit auf dem Parkplatz draußen zu "parken" und in die Sonne zu stellen. Allerdings gab es keine Befestigungsmöglichkeiten, also nahm ich es einfach mit ins Zimmer.

Seit dem Kauf des Zeltes grübelte ich bei jedem Abbau darüber, warum ich es nicht auf die ursprüngliche Größe zurückgebogen bekam. Zwar kriegte ich es recht einfach in eine runde, platte Form, sodass es in den Kofferraum passte, aber für die ursprüngliche Tasche war es gefühlt doppelt zu groß. Nun verfügte ich hier über WLAN und nutzte die Gelegenheit, für die namhafte Stoffbehausung nach ein paar Origami-Tipps zu suchen. Dank Videoportal im Internet wurde ich auch schnell fündig und überrascht vom Einfallsreichtum der Inhaber solcher Zelte, die sich die ulkigsten Wege einfallen ließen, das Rund auf Packmaß zu reduzieren. Allen Wegen gemein war, dass man eine Seite des Zeltes auf dem Boden aufstellte und da ich dies nicht auf dem Parkplatz machen wollte, entschloss ich mich kurzerhand, das Procedere im Zimmer zu versuchen. Ich löste den Gurt um den Kreis und überließ es einfach sich selber in der Luft. Mit einem vernehmlichen Geräusch sprang es in seine Häuschenform und lag still auf dem zweiten Kingsize-Bett meines Zimmers, in dem locker vier Personen zum Schlafen Platz gefunden hätten, also auch genug Platz, um sich dem Zelt zu widmen. Ich folgte der Videoanleitung und bog und drehte, zog und drückte am Fiberglasgestänge und tatsächlich bereits im dritten Anlauf bekam ich das Konstrukt gegen seinen eigenen Widerwillen in seine originale Größe gefaltet. Mit Hilfe der bebilderten Kurzanleitung auf der Verpackung war dies schlicht ein Ding der Unmöglichkeit, da diese nur aus vier simplen Fotos bestand, wobei das erste und letzte nur den jeweiligen Endzustand abbildete und irgendwie fehlte einfach ein fotografisch dokumentierter Schritt.

Nun also klappte diese Technik und ich ließ das Zelt jetzt ausgebreitet in seiner Ecke in Ruhe abtrocknen. Dann holte ich noch den gesamten Koffer ins Zimmer, denn jedes Mal stellte ich erneut fest, dass die Packanordnung immer noch nicht optimal war. Also rein mit dem Ding, aufs Bett und dann erst mal raus aus den Klamotten, Kulturbeutel geschnappt und mit Waschzeug ab unter die Dusche. Ich war penibel darauf bedacht, aus dem Bad heraus jeden Schritt mit meinen Badelatschen zu tun, denn allein der Gedanke an das Leben im hochflorigen Teppich jagte mir einen Schauer über den Rücken.

Die Klimaanlage im Zimmer blieb aus demselben Grund aus, aus dem ich auch im Auto drauf verzichtet hatte, denn Halsweh und Schniefnase waren ständige Begleiter und eine Erkältung fand ich gar nicht gut. Da ich noch nach ein paar anderen Sachen schauen und auch noch tanken wollte, suchte ich kurzerhand im Internet nach dem nächsten Safeway und wurde fündig. Mit frischen Sachen also wieder ab ins brütend heiße Auto und auf die Schnellstraße. Wenige Minuten und zwei Abfahrten später fand ich den Markt im nur zweiten Versuch, rekordverdächtig für meine bisherigen Verhältnisse. Der Wechsel zwischen heißem Wageninneren und klimatisierter Kühle der Einkaufstempel war für die Erkältungssymptome nicht gerade förderlich, aber letztlich wurde ich fündig für Nase und Rachen und wollte nun den Tank noch füllen.

Kurioserweise variierten die Spritpreise sehr viel deutlicher, als wir das in Deutschland kennen. Hier lagen zwischen zwei Tankstellen von wenigen hundert Metern Entfernung gerne mal ein Dollar und mehr Unterschied pro Gallone. So erblickte ich auf der gegenüberliegenden Seite eine günstige Tanke und überlegte kurz, was die kuriose Bemalung der Straße zu bedeuten hatte. Zwei Spuren in jede Richtung wurden ergänzt um eine insgesamt also fünfte Spur in der Mitte, die durch verschiedene gelbe Linien auf ihrer beider Seiten markiert wurde. Meine schlichte Unwissenheit darüber, ob ich diese Spur nutzen durfte oder nicht und mein Verstand rieten mir, es nicht zu tun. Also wurde ich langsamer und blinkte links, wollte einen U-Turn machen, um wieder in die Gegenrichtung zur Tankstelle zu fahren. Vor und hinter mir waren weit und breit keine anderen Autos, lediglich im Gegenverkehr kam mir ein großer Pickup entgegen, der zögerlich schien. Vermutlich war ich der Grund, denn als ich zum Wenden ansetzte, fing der Fahrer wild an zu hupen und blinken, auch ohne den Hauch der Gefahr eines Zusammenstoßes. Offenbar hatte ich irgendwas falsch gemacht, aber was, blieb ein Rätsel. So tankte ich dann mit dem unguten Gefühl, irgendwas total Dämliches oder Verbotenes getan zu haben, bezahlte die erfreulich geringe Summe und stellte das Navi wieder auf mein Motel ein. Nach wenigen Minuten erreichte ich es ohne weitere Verkehrswirrungen und verräumte fix ein paar Sachen in den Kühlschrank des Zimmers. So hatte ich mich unter anderem mal mit Obst und Joghurt eingedeckt, dazu noch Kopf- und Halsschmerztabletten, Nasenspray und Desinfektionsgel für die Hände.

Derart ausgestattet gönnte ich mir einen Apfel, schnappte die Kamera, meine Umhängetasche und wollte noch den historischen Teil der Stadt kennenlernen. Über der Straße zog sich ein Begrüßungsbanner zum Historic Part Beale Street und direkt danach begann eine Meile, auf der links und rechts der Straße aufgemotzte Hot Rods und Oldtimer standen, die hier übrigens Vintage Cars genannt werden. Stolze Besitzer hatten die Motorhauben oder Türen aufgestellt, um dem fachkundig Interessierten Frage und Antwort zu stehen. Neben einigen Fotos kamen so ein paar nette, aber wenig tiefgründige Konversationen zustande, während ich die Straße hinauf und wieder hinab zog. Gerne wäre ich durch das ein oder andere Geschäft geschlendert, allerdings hatte ich bei meiner Reiseplanung nicht bedacht, dass heute Samstag war und es hier tatsächlich so etwas wie einen Ladenschluss gab, der unglücklicherweise ziemlich genau um vier Uhr nachmittags war. Folglich sah ich die letzten Ladenbesitzer ihre Ständer einräumen und Türen abschließen.

Damit blieb nur noch der gastronomische Teil geöffnet, von dem aber die Menschen auch rege Gebrauch machten, teils außen, teils innen. Einige der Verpflegungsstätten hatten ihre Speisekarten draußen in Schaukästen ausgestellt, doch fand ich nicht wirklich das, was ich mir für den frühen Abend zum Essen vorgestellt hatte. Immerhin war laut meiner Vorplanung von Deutschland aus in Erinnerung geblieben, dass es in der Nähe der Route 66 durch diesen Ort ein typisches Diner gab, das fußläufig erreichbar war. Nach ein paar Stopps an weiteren historischen Fahrzeugen und interessanten Gesprächen bog ich dann in eine Seitenstraße ein, um nach einem weiteren Abzweig bereits das Diner vorzufinden. Ich freute mich darauf, meinen Rucksack abzusetzen und einen typischen Burger zu verdrücken, öffnete die Eingangstür und wusste dann, dass daraus leider nichts werden würde. Mein nassgeschwitzter Rücken, die Kunstlederpolsterung der Stühle und die auf arktische Kälte eingestellte Klimaanlage, wir würden heute keine Freunde werden. Die Kellnerin sprach mich kurz an und bot mir einen Tisch an, einen Platz mit weniger Kälte konnte sie mir aber nicht anbieten. Also machte ich unverrichteter Dinge wieder kehrt, um meiner Erkältung nicht weiteren Vorschub zu leisten.

Frustriert setzte ich mich auf eine kleine Mauer und grübelte über die Kombination aus Uhrzeit, Hungergefühl und den sich daraus ergebenden Möglichkeiten. Ich hatte mich sehr auf ein leckeres Essen und ein oder zwei einheimische Biere gefreut, aber daraus wurde nun nichts. Noch einmal ins Auto zu steigen, schied als Lösung aus, denn ich hatte meine letzte Dose Bier vorhin angebrochen und ein paar kräftige Schlucke intus. Alkohol und Fahren, das war für mich klar, schloss sich kategorisch aus. Wenn die Polizeikontrolle feststellte, dass beim Fahren Alkohol im Spiel war, dann genügte der bloße Verdacht auf "DUI" (driving under influence), um im schlimmsten Fall für eine Nacht Bekanntschaft mit einem waschechten amerikanischen Gefängnis zu machen, was zumeist dann auch das sofortige Ende des Urlaubs bedeutete.

Was blieb, war der blinkende Schriftzug eines General Dollar-Stores, den ich in ein paar hundert Metern Luftlinie erblickte. Ich trottete durch die warme Luft dorthin und betrachtete, wie die Sonne sich langsam der Bergkette im Hintergrund näherte, genoss die Atmosphäre und dachte nicht mehr an Burger, Bier und Fritten. Stattdessen gab ich mich den kulinarischen Angeboten des Ladens hin und wählte eine Tüte Chips und ein Sixpack Bud light. Wieder einmal, so wurde mir klar, würde ich beim Abendbrot auf einen der Energybars aus dem Safeway zurückgreifen, ergänzt durch ein oder zwei Joghurt, ein Stück Obst und das Angebot des Flachbildfernsehers. So verstaute ich die Sachen in meinen Rucksack, verzichtete auf das Einpacken in Plastiktüten, was die Kassiererin offenbar recht ungewöhnlich fand, zahlte die paar Dollar und schlenderte zurück zum Motel.

Ich sortierte noch fix ein einige Dinge im Koffer um, machte mich bettfein und umgab mich mit meinem ganz persönlichen Abendbrot, was hervorragend mundete und war mit der Welt wieder versöhnt. Ein paar Zeilen Tagebuch, während aus dem Fernseher HBO auf mich herunterplätscherte, ein paar Nachrichten in meinem Handy, dann ließ ich mich vom TV-Programm einlullen. Als die Müdigkeit kam, stellte ich die Flimmerkiste ab, putzte Zähne und kuschelte mich in das weiche, riesige Bett, schloss die Augen und schlief ein.

TAG 5

KINGMAN

BARSTOW

Ich hatte bewusst darauf verzichtet, einen Wecker zu stellen und so überließ ich es dem Verkehr und weiteren Geräuschen, für das Aufwachen zu sorgen. Es war kurz nach acht, als ich erfrischt und erholt aus dem Bett sprang und mich fürs Frühstück fertig machte. Ich verstaute den Koffer und die ersten Sachen schon im Auto und ging dann rüber zum Office, um von dort zum Frühstück zu gehen. Vor meiner Zimmertür stand dann aber bereits ein Begrüßungs-Komitee, bestehend aus vier Pfoten, einem hoch aufgereckten Schwanz und süßen kleinen Äuglein, die mich erwartungsvoll anblickten. Eine offenbar noch junge Katze in grau getigert schnurrte mir um die Beine herum und buhlte um Streicheleinheiten. Unsicher ob möglichen Flohbefalls oder anderer Krankheiten, die ich nicht mitnehmen wollte, blieb es aber bei der einseitigen Liebeserklärung und ich trollte mich Richtung Kaffeeduft.

Als ich in das Office trat, sah ich bereits den "Frühstücksraum", denn es war exakt dieser Raum, einen anderen gab es nicht.

Links an der Wand stand ein Kaffeeautomat, Milch in einer Kanne, Saft, dazu zwei Sorten Cornflakes und Müsli. Rechts davon befand sich ein Ständer mit abgepackten Muffins und Pancakes in drei verschiedenen Geschmackssorten und damit erschöpfte sich das Angebot auch schon weitgehend. Als Geschirr wurde ausnahmslos Styropor und Plastik angeboten und nicht einmal frisches Rührei oder ein schlichtes Brötchen mit Wurst oder Käse standen bereit, eine sehr enttäuschende Angelegenheit. Also schnappte ich mir etwas Kaffee und einen Blaubeermuffin, während ich die Neuigkeiten im Fernseher an der Wand verfolgte und anschließend ein paar Nachrichten auf meinem Handy beantwortete. Nach einer Portion Müsli entsorgte ich meinen Berg Einweggeschirr mit arg schlechtem Gewissen und nahm mir noch einmal vom Kaffee, der aber entgegen vieler Erfahrungsberichte aus dem Internet über Kaffee in den USA erstaunlich kräftig und lecker war.

Die Route für den heutigen Tag war überschaubar, denn sie stellte den zweiten Teil der Überbrückung vom Grand Canyon an die Westküste dar. Kingman, Barstow und auch Buttonwillow, so die drei Stationen dazu, waren nicht gerade die Städte mit dem höchsten Faktor an Sehenswürdigkeiten oder landschaftlicher Schönheit. Aber ich hatte sie so gewählt, dass angenehme Tagesetappen bis maximal 220 Meilen zustande kamen und daher ergaben sich diese Stopps quasi aus der Teilung der Distanz zum Pazifik. Auch Kingman hatte mich jetzt touristisch nicht vom Hocker gehauen, wenngleich es gestern ein paar nette Fleckchen gab und ähnlich würde es bei Barstow sein. So machte ich mich auf den Weg zum Auto, um Etappenteil Nummer zwei in Angriff zu nehmen. Als ich die Tür des Office öffnete, schoss die kleine Katze in den Gastraum und sorgte schlagartig für Tumult, denn sie hatte offenbar schon die für sie lukrativsten Ecken ausgekundschaftet und stürmte

Richtung Mülleimer und zur Milch. Aber die Angestellte hinterm Tresen kam herumgesaust und ergriff die Katze gezielt unterm Bauch und beförderte sie nach draußen. Dann ging sie rein, kam aber nach kurzer Zeit mit einer Schale Milch wieder raus und servierte sie der Katze, die sie genüsslich wegschlabberte.

Mein Aufenthalt hier näherte sich damit seinem Ende und es blieb nur noch, den Schlüssel abzugeben, nachdem ich die restlichen Sachen im Auto verstaut und geschaut hatte, dass nichts zurückgeblieben war. Ich schloss Navi und Handys an – ein Ritual, das mir mittlerweile geübt von der Hand ging. Die Uhr im Auto zeigte noch frühe neun Uhr und ein bisschen an. Der Weg gen Westen betrug laut Navi exakt 203 Meilen. So blieb reichlich Zeit, noch eine Extrarunde zum Safeway zu fahren, wo ich gestern schon war. Leider waren gestern die Energybars bereits aus und mein verbliebener Bestand hatte vor rund zwölf Stunden zum Abendbrot hergehalten, also musste Nachschub her, wofür die Chancen am Morgen sicher deutlich besser standen. Und tatsächlich konnte ich mich in der Backabteilung des Supermarktes reichlich eindecken und so den Vorrat für mindestens zwei bis drei Tage aufstocken. Dann ging es auf die Nahe I-40 West Richtung Los Angeles.

Das Radio hatte ich eingestellt auf einen überregionalen Sender, der erstklassige Country-Musik nach meinem Geschmack spielte. Die Sonne schien bei immerhin schon über 25 Grad Celsius vom erneut stahlblauen Himmel, rechts, links und vor mir erstreckte sich bewegende Landschaft. In der Ferne oder auch mal direkt neben der Interstate hatten sich schroffe Felsen aus dem Boden gehoben oder die Straße wurde durch sie hindurch gebaut. Die Weite der Natur bot so viel, an dem sich meine Augen nicht satt sehen konnten. Manche Monolithen ragten ganz grade vor einem auf und man konnte unterschiedliche Schichten an der Seite erkennen, die die Vergangenheit dieses Teils der Erde über Jahrmillionen abbildeten, eine Vorstellung, die mir Respekt und Ehrfurcht einflößte. Umso mehr stand das Gefühl im Widerspruch zur veranstalteten Müllorgie beim Frühstück.

Die Meilen flogen unter meinen Reifen weg, die Landschaft bot trotz einer gewissen Eintönigkeit spektakuläre An- und Aussichten und ich genoss jeden Meter, den ich hier entlangfahren durfte, der Grenze von Kalifornien entgegen. Oh wie spektakulär hatte ich mir den Übertritt in den Golden State ausgemalt. Anhalten wollte ich an dem Übergang der beiden Staaten, die Schilder fotografieren und den Moment zelebrieren. Aufregung und Vorfreude stiegen in mir auf.

Etwa 30 Meilen vor der Stadt Needles ging dann plötzlich alles ganz schnell. Die Interstate machte einen langgezogenen Bogen und eine Brücke führte mich über den Colorado River und ganz unerwartet war es da, das Schild "Welcome to California". Und so schnell wie es erschienen war, hatte ich es auch schon passiert, keine Möglichkeit zum Anhalten oder den Moment zu feiern. Dennoch übermannte mich ein unbeschreibliches Glücksgefühl. Ein tiefes inneres Zittern durchlief meinen Körper, ich war nun in Kalifornien. Jahrelang war es ein Traum und jetzt war er Wirklichkeit geworden. Tränen standen mir in den Augen, die Emotionen schüttelten mich vor Freude und Erregung und ich war überwältigt.

Links und rechts der Straße waren außer dem Pannenstreifen keine Möglichkeiten zum Anhalten gegeben, dann teilte sich die Straße in mehrere Spuren und eine Art Grenzgebäude kam in Sicht. Nun wusste ich, dass es keine wirklichen Grenzkontrollen mehr zwischen den einzelnen Nationalstaaten gab und umso mehr wunderte ich mich, welchen Zweck diese

Kontrolle haben würde. Ich fuhr an die Spur mit der kürzesten Schlange, die Fahrzeuge vor mir verschwanden in recht schneller Abfertigung und dann rollte ich an den Counter und ließ die Scheibe runter. Heiße Temperaturen deutlich jenseits der 30 Grad Celsius drangen ins Fenster ein und ein sympathischer junger, wenn auch sehr fülliger Mann begrüßte mich. Ein paar übliche Fragen zum Woher und Wohin beantwortete ich wahrheitsgemäß gerne, round trip from Las Vegas, via Grand Canyon to San Francisco and back to Las Vegas on 22nd, ein leichtes Lächeln quittierte. Dann folgte die Frage, von der ich allerdings gehört hatte, nämlich die nach Lebensmitteln, die ich einzuführen gedachte. Auch hier antwortete ich, wenngleich ich die vorhandenen Energybars verschwieg und nur auf den Apfel und eine Banane sowie Getränke verwies, die im Fußraum und auf dem Beifahrersitz verstaut waren. Der junge Mann erhob sich kurz, warf einen Blick durch das Fahrerfenster in meinen Wagen, auf den Rücksitz, dann ein Blick auf meinen Reisebegleiter, den kleinen Teddy. Ein freundliches Nicken, "Have a nice trip" und das war sie schon, die Kontrolle. Der elektrische Fensterheber sperrte die heiße Luft aus und es ging weiter auf der I-40 West.

Die zwei Aufregungen in kurzer Folge mit dem Erreichen von Kalifornien und der Kontrollstelle verflogen langsam und ich saugte die Atmosphäre der weiteren Strecke in mich auf. Das digitale Quecksilber stieg weiter an, kletterte über 90 Grad Fahrenheit hinaus bis zur dreistelligen Grenze. Ein Stück weiter deutete ein Schild am Straßenrand auf die hiesige Umgebung des Mojave National Park, eine der heißesten Gegenden der USA, die ich nun durchquerte. Die Höchstgeschwindigkeit war in Kalifornien auf 65 Meilen auf den Interstates begrenzt, also etwas über 100 Stundenkilometer. In der Weite der großartigen Landschaft und den entsprechend breiten Fahrspuren glich dies dem Gefühl eines Dahinschleichens, aber auch einer unvergleichlichen Entspanntheit des Fahrens, die mir immer wieder den Vergleich mit dem Hetzen und Bekriegen auf deutschen Autobahnen ins Bewusstsein hob.

"Biker share the road" lautete ein Warnhinweis rechts der Straße und deutete darauf hin, dass der Seitenstreifen hier auch von Radlern geteilt wurde. Gesehen hatte ich davon aber bisher keine, die sich als Pedalritter bei den Temperaturen gen Westen strampelten. Rastplätze wie in Deutschland waren sehr selten auf der bisherigen Strecke und das sollte sich auch im weiteren Verlauf nicht ändern. So nutzte ich den ersten nach der Grenze für einen Stopp mit Toilettenpause. Die Uhr näherte sich der Mittagszeit und die Sonne stand am Zenit, viele Leute suchten den Schatten der vereinzelten Bäume auf dem Areal und schlenderten herum, um sich die Beine vom Fahren zu vertreten. Das bisschen Bewegung tat gut, der nasse Rücken trocknete schnell im warmen Wind. Ein paar Minuten später kehrte ich zu meinem Wagen zurück und steuerte wieder auf die I-40, die weiter schnurstracks in Richtung Los Angeles verlief. Die Weite der Landschaft faszinierte mich mit jeder Meile immer wieder aufs Neue und so wurde die Gegend trotz ihrer Gleichartigkeit und der überwiegenden sand- und steinähnlichen Farbgebung in keiner Weise langweilig. Die Gegenfahrbahn verlief in einer Drittel Meile Entfernung, dazwischen lagen Steppe und ein paar Steine. Hier gab es wahrlich genug Platz und Weite.

Ich setzte die Fahrt fort und die Temperaturen kraxelten langsam aber stetig immer höher. Dennoch versuchte ich, die Klimaanlage möglichst oft auszulassen, manchmal blieb aber keine Alternative dazu, weil meine Konzentration in den Gegenden mit höherer Verkehrsdichte deutlich stärker gefordert war. Ich erreichte die Außenbezirke meines heutigen Ziels, der

Stadt Barstow, und es führte kein Weg mehr an der Air Condition vorbei. Runter von der I-40 und gleich rechts nach der Ausfahrt bot sich eine Pause für mich an, als ich auf den Parkplatz zu einem kombinierten Gourmet-Tempel fuhr mit Diner, lokalem Burgerladen und obligatem McDonalds. Da es kurz vor ein Uhr mittags war, herrschte hier entsprechend Betrieb und Andrang auf Essbares. Ich erhaschte glücklicherweise gerade einen Parkplatz, als ein Auto direkt vor mir ausparkte, etliche andere kreisten weiter auf der Suche nach einer Stellmöglichkeit.

Das Autothermometer für die Außentemperatur hatte die dreistellige Grenze schon lange überschritten und so erwartete mich nach dem Öffnen der Tür eine echte Backofen-Umgebung, noch ergänzt durch den heißen Asphalt unter meinen Füßen. Meinen Rücken hielt ich in die wärmende Sonne, aber das völlig durchnässte T-Shirt war nicht in kurzer Zeit trocken zu bekommen. So bediente ich mich an einem T-Shirt aus dem Heck des Fahrzeugs. Insgesamt pflegte ich eine gewisse Kleidungs-Ökonomie. Zu Hause zog ich ein T-Shirt an und nach dem Tragen eines Tages wurde es in der Wäsche entsorgt. Hier ließ meine begrenzte Kleidungskapazität eine solch sorglose Nutzung nicht zu, weshalb ich insbesondere T-Shirts quasi im Schichtbetrieb verwendete. Gerade beim Autofahren waren die Dinger ruckzuck durchnässt, aber im warmen Auto ebenso schnell auf der Rückbank wieder getrocknet. So wechselten sie zum Fahren oftmals den Platz zwischen meinem Oberkörper und den heißen, weil dunklen Rücksitzen oder gar der Hutablage im Heck. Das sah etwas unorthodox aus, erfüllte aber durchaus seinen Zweck, die Kleidung so effektiv zu nutzen, bis sie wirklich dreckig war.

Ich zog mir ein frisches Shirt raus, streifte es mit bloßem Oberkörper auf dem Parkplatz über und rechnete damit, dass dies möglicherweise Stress geben könnte im prüden Amerika, wenn man seine Haut in der Öffentlichkeit entblößte. Aber es geschah glücklicherweise nichts und so betrat ich wieder einigermaßen aufgefrischt das klimagekühlte Schnellrestaurant, orderte zwei Cheeseburger, so wie ich sie aus Deutschland kannte, und setzte mich in eine ruhigere Ecke des trubeligen Ortes, der aussah wie mehrere nebeneinandergestellte Eisenbahnwaggons. Ich klinkte mich in das kostenlose WLAN ein, weil sich die Verbindung mit meinem normalen Handytarif eher langsam gestaltete. So checkte ich die Nachrichten aus Deutschland und tauschte mich mit meiner Familie aus, die unter Berücksichtigung des Zeitversatzes kurz vor dem Zubettgehen stand und sich über einen kurzen Statusbericht freute. Nebenbei mümmelte ich die Burger und stellte ein paar der unterwegs gemachten Bilder in den Status, damit meine Kontakte an dieser Reise teilhaben konnten. Rückmeldungen zeigten mir, wie viele sich freuten, mich damit auf dieser Reise begleiten zu können.

Ich kramte in meinem Rucksack nach den Ausdrucken meines Hotels und stellte fest, dass dessen Checkin erst ab 15 Uhr vorgesehen war. Es blieben somit noch knapp anderthalb Stunden, aber ich wollte trotzdem gleich einen Versuch wagen, ob ein früherer Zugang möglich war, um schon mal eine erfrischende Dusche zu nehmen. So entsorgte ich meinen schmalen Papiermüll, räumte meinen Platz für wartende Gäste und ging raus in die Wärme zu meinem Auto und startete.

Die Stadt Barstow war für mich gezeichnet durch viel Stein und wenig Grün, Bäume und Sträucher absolute Seltenheit. Wenige hundert Meter die Straße bergauf wies rechts ein Schild auf mein Motel hin und ich parkte wieder und hüpfte ins eisgekühlte Office. Ein etwas reservierter junger Mann grüßte und fand auch meine Buchung, verwies aber darauf, wirklich erst ab 15 Uhr sei das Zimmer bezugsfertig. Auch meine Bitte, vorher einen Blick ins Zimmer zu werfen, wurde auf später verschoben. Immerhin erklärte sich der Bedienstete bereit, mir dann das Zimmer vorab zu zeigen und danach oblag es meiner Entscheidung, ob es in Ordnung war. Meine Recherche im Internet hatte ergeben, dass man sich das Zimmer zwingend zunächst zeigen lassen und erst nach Besichtigung der Bezahlung zustimmen sollte. So wollte ich auch hier verfahren, musste nun aber noch gut eine Stunde Geduld aufbringen. Ich wollte die Zeit nutzen und mich nach einer Erfrischung in der Gegend umsehen, ein See, Fluss oder Park. Der Mann hinter dem Tresen konnte mir hier aber nicht weiterhelfen, verwies lediglich auf einen Pool in einem Motel ein Stück die Straße runter.

So zog ich mit dem Auto los und folgte dem Navi in Richtung Mojave River. Als ich aber über eine Brücke fuhr und laut Anzeige der Fluss hätte unter mir sein müssen, bot sich links und rechts nichts als ein ausgetrocknetes Flussbett mit Sand und Stein soweit das Auge reichte. Auch in der Umgegend waren keine weiteren blauen Flecken auf der Karte zu erhaschen und so entschied ich mich für einen Abstecher ins Mini-Shopping-Center, das ich auf dem Weg zwischen McDonalds und Hotel auf der anderen Straßenseite gesehen hatte. Nachdem ich hinter der Brücke gedreht hatte, erblickte ich das Schild auf das Western American Railroad Museum direkt an dieser Straße und nahm mir vor, im Hotelzimmer darüber ein wenig zu recherchieren, ob sich ein Besuch lohnte. Wenig später bog ich auf den Parkplatz der verschiedenen Geschäfte ein und stellte den Wagen ab. Schatten gab es hier leider nicht, so parkte ich nahe eines Sport- und Outdoor-Geschäfts, dessen Besuch ich ins Auge gefasst hatte. Vor einigen Geschäften standen sehr zwielichtige Gestalten, zwei ältere Penner wühlten in den umstehenden Mülleimern und eine sehr laute Frau stritt sich auf dem Vorplatz am Telefon mit einem unsichtbaren Dritten. So laut, wie sie sprach, konnte der Gesprächspartner sie aber vermutlich auch ohne Telefon noch hören.

Einen Moment überlegte ich, ob ich hier wirklich mein Auto samt aller Sachen alleine stehen lassen sollte, entschied mich letztlich dafür, jedoch nicht, ohne Rucksack und alle Handys und Navi an mich zu nehmen. Ich betrat das Outdoor-Geschäft, schlenderte durch das sehr umfangreiche Angebot und begab mich auf die Suche nach einer Zusatz-Gaskartusche für meinen Coleman-Kocher, da ich nicht abschätzen konnte, ob die vorhandene Kartusche vom Walmart bis zum Ende meiner Reise reichte. Bei Preisen um fünf Dollar war klar, noch eine mitzunehmen, schlimmstenfalls würde ich sie in Las Vegas auf dem Campingplatz zurücklassen oder verschenken, ein Abnehmer dafür würde sicher schnell gefunden sein, der finanzielle Verlust war vertretbar. Sollte ich aber an der Westküste stehen und das Gas wäre ausgegangen, wäre Ersatz nur mit erheblichem Aufwand zu besorgen. Also ließ ich weiter meine Devise walten: Sicher ist sicher. Mit Blick auf die Temperaturen draußen und die im Auto war es allerdings besser, den Kauf auf morgen zu verschieben. Also erkundigte ich mich nach den Öffnungszeiten und verabschiedete mich.

Die Uhr zeigte kurz vor drei, sodass nun gleich das Zimmer für mich fertig sein sollte. Ich erschien wieder an der Rezeption und der junge Mann schnappte sich den Schlüssel und wir sahen uns den Raum gemeinsam an. Er war wirklich okay und roch nicht, auch kein hochfloriger Teppich. Stattdessen eine Art Laminat, nicht gerade bester Zustand, aber alles schien sauber und so nahm ich den Schlüssel in Empfang, nachdem ich den Anmeldebogen ausgefüllt und bezahlt hatte.

Ich bezog das Zimmer und richtete mich ein, nahm eine flotte Dusche, um mich vom Schweiß des Vormittags zu befreien, dann wollte ich noch ein bisschen was von Barstow sehen. Ich stöberte im Internet nach den typischen Sehenswürdigkeiten der Stadt, stieß aber auch auf keine anderen Ergebnisse, als bei meinen Vorbereitungen in Deutschland. Möglicherweise tat ich der Stadt Unrecht, aber es zeigte sich für mich, dass die Stadt lediglich am vergangenen Ruhm der Route 66 zehrte und über diesen und das Eisenbahn-Museum hinaus keine nennenswerten Attraktionen auf mich als Besucher warteten. Es blieb dann nur noch die Frage, womit ich meinen Nachmittag füllen konnte und entschied mich für die Suche nach einem Park, in dem ich unter einem schattenspendenden Baum lesen und relaxen wollte. Es gab ein paar Treffer im Netz zu dem Stichwort und ich entschied mich für den Lilian Park am Adele Drive, nicht allzu weit vom Motel entfernt.

Meinen Wagen parkte ich dort am Straßenrand, bei dem ich wieder auf die Farben am Bordstein stieß. Hier musste ich fix in meinem Reiseführer nach deren Bedeutungen nachschlagen, um nicht abgeschleppt zu werden. Auch wenn ich das Auto im Blick haben könnte, wollte ich hier kein Risiko eingehen. So entfloh ich der gelben Halte-Kennzeichnung und suchte ein Stück, an dem kein Hydrant behindert wurde und keine Farbe aufgepinselt war, verschloss das Fahrzeug, nahm meinen Rucksack und mein Getränk und breitete meine Zeltverpackung auf dem Rasen aus.

Der Lilian Park hatte etwa die Größe eines Fußballplatzes und war in verschiedene Bereiche unterteilt, wobei das Areal auch dem Geländegefälle folgend terrassiert war. Im oberen Bereich war ein Spielplatz mit vielen Spielgeräten, auf dem etliche Kinder turnten und Spaß hatten. Daneben waren Sitzgelegenheiten und ein Gebäude, dessen Funktion ich nicht zu deuten wusste. Davor saß eine dunkelhäutige Familie und diskutierte laut über etwas, das ich nicht verstand. Ein Stadtstreicher durchstreifte den Park und suchte in den Mülleimern nach Essbarem. Zusammen mit den Eindrücken vom Parkplatz am Outdoor-Geschäft bekam ich den Eindruck, wonach Barstow sicher nicht zu den wohlhabenderen Gegenden in Kalifornien gehörte. Dennoch genoss ich trotz des unschönen Beigeschmacks den Schatten der zahlreichen Bäume und widmete mich meinem Buch und füllte mein Flüssigkeitsdefizit mit einer Flasche Diet Coke auf. Einige neugierige Vögel zwitscherten um mich herum, dazu gesellte sich ein Eichhörnchen, das in sicherer Entfernung blieb. Vermutlich hatten auch hier die Tiere die Erfahrung, dass von Menschen für sie immer etwas übriggelassen wurde und hofften, ein paar Krümel von meinen Keksen würden für sie abfallen. Das Füttern der Tiere war und blieb aber tabu für mich, also las ich weiter und ignorierte meine neugierigen Zaungäste.

So ruhig und entspannt die Reise aus Kingman hierher auch verlaufen war, so merkte ich doch, wie jetzt im Park eine gewisse Anspannung abfiel und ich müde wurde. Ich legte meinen Kopf auf den Rucksack und schloss die Augen für ein paar Minuten, hörte dem Zwitschern der Vögel zu und dem Rauschen des warmen Windes in den Bäumen. Wieder und wieder redete ich mir die Wahrheit ein, hier tatsächlich im Westen der USA zu sein und gerade meinen Traum zu erleben, immer noch kam es mir unwirklich und nicht real vor. Und war es doch.

Mein Tagebuch brachte ich noch auf den neusten Stand und notierte die Geschehnisse seit gestern, warf einen Blick auf die Uhr und entschied mich dafür, zurück zum Motel zu fahren, hatte sich der Stundenzeiger doch gerade über die unterste Stunde auf dem Ziffernblatt hinwegbewegt. Ich verabschiedete mich vom Park und navigierte mein Auto zurück zu meiner Unterkunft.

Gegenüber auf der anderen Straßenseite blinkte die Leuchtreklame von Denny's Diner durch mein Fenster und im Hotelzimmer überlegte ich einen Moment, ob meinem Magen der Sinn nach einem Burger bei dieser Kette stand. Ich zog mich um und packte meine wichtigen Unterlagen, Wertsachen und Handys in meine Tasche und überquerte die Straße zum Diner.

"Wait to be seated" galt hier und so nahm mich die Bedienung in Empfang und fragte mich nach der Zahl der nötigen Plätze. Ich bekam dann einen für mich allein, allerdings in einer Vierergruppe, was aber angesichts der geringen Auslastung der Sitzgelegenheiten nicht tragisch war. Sie stellte sich als Catherine vor und sagte mir zu, an diesem Abend die für mich zuständige Servicekraft zu sein, bei der ich kurzerhand eine Diet Coke bestellte, aber – wie immer – ohne Eis. Sie notierte und erklärte mir dann die Karte, nachdem ich die Frage verneint hatte, ob ich schon einmal Gast dort gewesen sei. Kurze Zeit später kam sie mit der Cola wieder, natürlich mit Eis. Ich wies sie höflich aber bestimmt darauf hin, dass ich das Getränk gerne ohne Eis haben wollte. Sie verzog leicht den Mund, verschwand und kam anschließend mit der Cola ohne Eis wieder.

Einen "Selbstbau-Burger" wollte ich haben, da mir die fertig konfektionierten Menüs nicht so zusagten und Catherine beantwortete mir dann gerne meine Detailfragen. Wir klärten die Beilagen und den Preis und sie schob mit ihrem Notizzettel ab in Richtung Küche. Nahe der Decke an der hinteren Wand hing ein riesiger Flachbildfernseher, auf dem der Nachrichtenkanal lief und gerade den Wetterbericht präsentierte. Zwar musste ich im Kopf die Umrechnung zwischen Fahrenheit und

Celsius noch jedes Mal einzeln überschlagen, aber eine Zahl nahe der 32, so wusste ich, bedeutete in etwa Gefrierpunkt und exakt die Zahl 36 prangte direkt über dem Mono Lake in Kalifornien als Prognose für die nächste Woche. Nach San Francisco stand auf meinem Plan eine Übernachtung nähe Lee Vining am Mono Lake und diese Temperaturen hätten bedeutet, nahe der Null Grad Celsius im Zelt zu übernachten. Das Wetter sprach von einem Temperatursturz innerhalb der nächsten Tage, der längere Zeit anhalten würde, so war es also vorbei mit den warmen Nächten im Zelt. Ein paar Grad kühler würden mich nicht schocken, alles bis etwa zwölf Grad Celsius wäre bequem und kuschelig mit meinen Schlafsäcken zu bewältigen, aber deutlich darunter konnte es empfindlich kalt werden.

In diesen Gedanken hinein platzte Catherine mit einem Teller voller French Fries und meinem Burger. Ich trug etwas Desinfektionsgel auf meine Finger auf und beschloss, das Trumm stilgerecht mit den Händen zu essen. Käse, Gurken, Barbecue-Sauce, Röstzwiebeln und natürlich Fleisch schmatzten zwischen meinen Zähnen und die Portion war reichlich genug, um richtig gut satt zu werden. Demzufolge verneinte ich die Nachfrage nach einem Dessert. Nachdem alles auf dem Teller verputzt war, zahlte ich und hinterließ ein angemessenes Trinkgeld. Der Burger war alles in allem ganz okay, aber die kulinarische Offenbarung stellte er jetzt nicht dar, hier hatte ich mir irgendwie mehr erhofft.

Sattsam gefüllt lief ich für einen kurzen Verdauungsspaziergang die Straße einmal runter und wieder rauf und ließ mich dann im Motelzimmer auf meinem Bett nieder. Die Aussicht, auf die Temperaturen, die mich am Mono Lake erwarteten, dämpften meine Stimmung doch merklich. Auch die erwarteten Gradzahlen an der Westküste auf den Zeltplätzen machten mich nicht wirklich fröhlich, aber zwölf Grad Celsius ließen sich noch gut aushalten. So entstand kurzerhand der Entschluss, die Reise umzuplanen. Schlimmstenfalls hätte es ein paar Euro Stornogebühren gekostet, denn der Campground nahe des Mono Lake war ja bereits verbindlich gebucht. Ich zückte also die Karte der Gegend und breitete sie vor mir auf dem Bett aus und aktivierte parallel dazu den Routenplaner im Navi und spielte diverse Ausweichrouten durch, bei denen ich auch immer die Höheninformationen mit einbezog. Ich kam zu dem ernüchternden Fazit, dass Camping in dem Fall schlicht ins Wasser – oder besser in den Schnee – fiel, da ich mich parallel zu den höher gelegenen Gebieten des Yosemite und damit auf ständig über 1500 Metern bewegte, was die Temperaturen nicht wirklich besser werden ließ. Meine Suche wich damit aus auf diverse Motels und so landete ich schließlich mit einer verträglichen Tagesetappe in Fresno, wo ich noch ein Zimmer ergattert hatte, das zwar nicht zu den preiswertesten zählte, aber immerhin war es verfügbar, lag entlang meiner Strecke und hatte gute Bewertungen. Da ich die Stornierung per Mail etwas unpersönlich empfand, schnappte ich mir mein Handy mit der US-SIM-Karte und rief mutig am Campground an und erklärte die Situation. Völlig unproblematisch und sehr entgegenkommend hatte die junge Dame am Telefon Verständnis dafür und fand meine rechtzeitige Absage sehr nett. Wir verblieben gemeinschaftlich in der Hoffnung, dass ich bei einer nächsten Reise dort Station machen würde, was ich Ihr dann auch versprach. Stornogebühren waren kein Thema, sie wünschte mir alles Gute und somit war die Planänderung in trocknen Tüchern. Die Reservierungsbestätigung für das Motel in Fresno kam fast zeitgleich an, damit konnte ich der gröbsten Kälte nun mit Gewissheit aus dem Weg gehen, ohne mich im Schlafsack in Tiefkühlware zu verwandeln. Mein Puls beruhigte sich allmählich wieder und ich aktivierte den großen Flachbildfernseher mit den Nachrichten und dem Weather-Channel und erblickte Fresno dort auf der Karte mit angenehmen Temperaturen. Eine gute Wahl. Ich genehmigte mir eine bereits angebrochene Tüte Kartoffelchips, die ich noch in meinem Fundus hatte, zappte durch das Fernsehprogramm und machte es mir dann auf dem Kingsize-Bett bequem, als ich einen Spielfilm gefunden hatte, der nach meinem Geschmack war.

Sicher hatte ich mich schon lange auf den Urlaub in den USA vorbereitet und auch viel Englisches gelesen, aber das Hörverstehen war immer nochmal eine andere Liga, zumal ja nicht in der Deutlichkeit und im Schneckentempo einer "Telekolleg Englisch"-Folge aus den deutschen Sendern gesprochen wurde. Hier ging es einschließlich Slang und Hintergrundgeräuschen in Echtzeit ab. Das aber, so stellte ich auch fest, gelang mit jedem Tag ein Stück besser und neben Fernsehen und Radio kam auch in den normalen Konversationen eine ziemlich Entspannung ins Hören und Verstehen, weil mein Kopf offenbar langsam in den US-Modus umgeschaltet hatte und das bereits nach vier Tagen im Land. Das ließ für die verbleibenden rund zehn Tage hoffen. Hoffen tat ich auch darauf, dass die Erkältung nicht schlimmer wurde und so warf ich mir ein paar Drops aus meiner zusammengekauften Apotheke ein und legte mich schlafen.

TAG 6

BARSTOW

LAKE ISABELLA

BUTTONWILLOW

Wie herrlich, wenn die Nacht mit gutem Schlaf gesegnet war. So sprang ich freudig unter die Dusche, nachdem ich einen kurzen Blick aus dem Fenster geworfen hatte. Die Sonne strahlte bereits wieder vom blauen Himmel und es würde wieder ein toller Tag werden. Im Kopf hing ich noch etwas unsicher der Nacht nach, denn ich hatte das Gefühl, dass ich erstmals tatsächlich in Englisch geträumt hatte und offenbar war auch Dank meiner Medikamente ein Teil der Erkältung ausgeschwitzt. Tagfein zurecht gemacht, räumte ich dann meine Sachen zusammen. Mittlerweile ein bekanntes Ritual, das mich aber erstaunlicherweise kein Stück nervte, auch wenn es sorgsam und gewissenhaft zu geschehen hatte, um nichts zu vergessen.

Ich öffnete die Tür und trat kurz vor neun Uhr aus dem Motelzimmer raus, um ein Frühstück zu mir zu nehmen, so wie ich es gebucht hatte. Nach den Erfahrungen der letzten Tage war ich gespannt, was mich heute erwartete. Die Luft hatte sich merklich abgekühlt und war in der Nacht sicher unter die 20-Grad-Marke gerutscht. Für den Tag hatte der Wetterbericht eine leichte Abkühlung verkündet, im Auto würde es dennoch muckelig warm werden. Ich schlenderte also über den Parkplatz zum Office und trat ein, direkt quasi ernüchtert hinsichtlich meiner Hoffnung auf Frühstück, denn das bestand sehr spartanisch wirklich nur aus Kaffee aus Styroporbechern. Einziger Trost war, dass der Kaffee recht gut war und man im gefüllten hellen Becher den Boden nicht erkennen konnte. So trottete ich die knapp 50 Meter zurück über den Parkplatz zurück zu meinem Zimmer und mümmelte mir aus meinem eisernen Vorrat wieder einmal einen Energybar vom Safeway, mein Retter in der Ernährungsnot. Auf meine gedankliche Merkliste für die nächsten Urlaube kam der Punkt "Ohne Frühstück buchen" hinzu, denn laut Angaben im Internet bestand hier doch ein Unterschied von einigen Dollar im Preis, für einen Styroporbecher voll Kaffee eindeutig zu viel.

Die bereits zusammengestellten Sachen waren schnell im Kofferraum verstaut, das Auto hatte ich praktischerweise mit seiner Rückseite zum Zimmer geparkt und so ließ sich der ganze Kram fix einladen. Die Uhr zeigte 9 a.m. und ein paar Minuten an und so war ich bereits zu früher Stunde reisefertig auf dem Weg zur Interstate 15. Ein kurzer Blick zurück ins Zimmer einschließlich Kühlschrank und Bad, alles dabei, so konnte ich den Schlüssel abgeben und los ging es. Als Tagesetappe stand heute ein Motel in der Nähe von Bakersfield auf dem Programm. Allerdings wollte ich nicht den direkten Weg nehmen, sondern hatte mir eine Strecke über den Lake Isabella ausgesucht und hoffte, dort eine Stunde oder zwei am Wasser relaxen, lesen und vielleicht sogar baden zu können.

Nach wenigen hundert Metern vom Motel entfernt hielt ich noch einmal auf dem Parkplatz des Sporting Goods-Geschäft und kaufte die Ersatz-Gaskartusche, die ich mir gestern angesehen hatte. Im Ausblick auf die sinkenden Temperaturen der nächsten Tage machte ich mir dann auch noch kurz Gedanken, ob nicht eine zusätzliche Isomatte sinnvoll, weil wärmend wäre. Die Preise für aufblasbare Matratzen waren mir aber zu hoch, auch eine Pumpe wäre ja dann noch dazu gekommen. Also stöberte ich noch eine Weile und erblickte dann ein rollbares Modell einer Isomatte aus geschäumtem Styrodur, das haltbar und leicht und dazu auch noch recht preiswert war. Mit meinen Artikeln ging ich zur Kasse, bezahlte und kehrte zurück zum Auto. Jetzt war ich etwas beruhigter wegen der erwarteten Temperaturentwicklung der nächsten Tage, erfrieren würde ich gewiss nicht.

Dann bog ich auf die I-15 South ab, alles lief perfekt. Das Radio beglückte mich wieder mit hervorragender Country-Musik und ich hatte viel Zeit für die heutige Strecke. In der direkten Verbindung wäre es eine Tagesetappe von 160 Meilen, also etwas mehr als 250 Kilometer, gewesen, die der Routenplaner ermittelt hatte. Mit dem "Umweg" über den Lake Isabella kamen knapp 50 Meilen hinzu, also zusammen etwa 330 Kilometer, kein Grund, in Hetze zu geraten. Schilder wiesen auf den Verlauf der Interstate in Richtung San Bernardino County hin und ich wusste aus meiner Grobplanung, dass ich irgendwo auf den Highway 58 würde rechts abbiegen müssen, ungefähre Richtung Bakersfield. Dann die knappe, aber endgültige Meldung aus dem Navi "Kartendienst kann nicht gestartet werden", untermalt von einem mitleiderregenden Quäkton! Ich musste kurz schlucken und versuchte, mit einigen Klicks auf das Navihandy etwas zu retten. Immerhin steckte das Ding auf einer Handyhalterung im Lüftungsschlitz für den

Beifahrersitz, sodass ich dabei den Verkehr nicht aus den Augen lassen musste. Dem Gerät war aber auch durch Tippen und gut Zureden kein weiterer Zugriff auf die Kartendaten zu entlocken. So konzentrierte ich mich erst mal wieder auf den Verlauf der Straße und in der Tat war die Ausschilderung in Richtung Westen bei bestem Willen nicht zu übersehen. Der Highway 58 würde mich westwärts führen und dort hätte ich Zeit und Gelegenheit, bei einem Stopp meiner "Routen-Zicke", wie ich das Gerät verdient betitelt hatte, wieder Manieren beizubringen. Zuerst wollte ich ihr einfach den Saft abdrehen, also den Akku rausnehmen. Da ich dabei aber möglicherweise weiteren Schaden an geöffneten Dateien angerichtet hätte, entschied ich mich dafür, es regulär herunterzufahren. Das tat es dann auch, ließ sich dabei aber über Gebühr Zeit. Nachdem der Bildschirm schwarz war, sprang es selbsttätig wieder an und begrüßte mich, als wäre nichts gewesen, mit scheinheilig-fröhlichem Geklingel. Nun gut, letzte Chance. Ich startete die Software neu und siehe da, nach wenigen Sekunden hatte das Teil meine Position und meine Route und wies mir mit einem Pfeil und ein paar Sprachansagen den weiteren Verlauf. Damit kam mein Puls nun wieder auf Normalniveau herunter und ich genoss die Landschaft, die sich nach Verlassen des urbanen Bereichs rund um Barstow nunmehr in den Vordergrund drängte. Jetzt hatte ich auch Augen dafür und die erblickten wieder einmal unendliche Weite und viel karge Landschaft, die mich immer wieder neu beglückte. Es war diese Masse an Nichts, die sich mit Worten kaum beschreiben ließ, mir bei ihrem Anblick aber regelmäßig den Atem raubte.

Der Verkehr wurde auf dem Highway merklich dünner und bald konnte ich nur noch im Rückspiegel oder vor mir ein paar Scheinwerfer erkennen, kleine Punkte in der Ferne. So zogen sich die Meilen unter den Reifen dahin und ich schwelgte im

Glück bei diesem Erlebnis. Trotz der Kargheit der Welt um mich stellte ich fest, dass sich die Umgebung wandelte. Es waren kleine Veränderungen, die sich im Gesamtbild kaum ausmachen ließen. Sicher mag es lächerlich erscheinen, die Größe der Steine rechts und links der Straße zu vergleichen, aber auf einem Abschnitt der Strecke türmten sich große Geröllbrocken aufeinander, dann wieder waren wüstengleiche Bereiche dabei, in denen kaum Steine oder Felsen zu erkennen waren, dafür wuchsen an der ein oder anderen Stelle wieder Bäume, verschiedene Kakteenarten oder Gräser aus dem Boden. Folglich musste hier irgendwo auch Wasser verfügbar sein.

Das Navi schob mich nach rechts auf den Highway 395 in Richtung Norden. Lake Isabella lag ein Stück westlich davon, somit musste ich dann irgendwann nochmal links abbiegen. Bis dahin aber setzte sich die grandiose Kulisse weiter fort, die Straße wurde kurviger und ich hatte das Gefühl, bergauf zu fahren. Leider zeigte mein Navihandy keine Höhenposition an, um diesen Eindruck zu überprüfen und irgendwie war die Beschleunigung des Fahrzeugs auch nicht schlechter als sonst. Vielleicht unterlag ich einfach einer Sinnestäuschung, weil es vor mir bergiger aussah als hinter mir.

In den vergangenen Tagen hatte ich im Auto hin und wieder die Sitzposition verändert, mal ein Stück näher ans Lenkrad, dann den Sitz etwas höher gestellt, dann wieder runter, zurück und so fort, jetzt hatte ich wohl die Position gefunden, in der die zahlreichen Meilen in den nächsten Tagen am besten abzureißen sein durften. Das Auto insgesamt gefiel mir von Tag zu Tag besser. Seidenweich beschleunigte es unaufgeregt, ohne dass sich der Motor akustisch in den Vordergrund drängte. Die Automatik agierte ruckfrei und ohne merklichen Übergang zwischen einzelnen Übersetzungen, auch den diversen Knöpfen und Schaltern im Interieur hatte ich das Geheimnis ihrer Bedeutung entlockt, denn sicher hätte ich mich nicht vor Fahrtantritt hingesetzt und zig hundert Seiten instruction manual durchgearbeitet.

Was sich bisher meiner Kenntnis noch entzog, war die Anbindung meines Telefons an das bluetoothfähige Radio, aber hier weigerte sich die Elektronik offenbar, eine Verbindung aufzunehmen, während das Fahrzeug sich bewegte. Oder wusste sie etwa, dass die Bedienung nicht vom Beifahrersitz kam? Da ich vor dem Losfahren regelmäßig vergessen hatte, das Pairing der Geräte zu aktivieren, arbeitete eben jedes Gerät für sich, viele Anrufe hatte ich ohnehin nicht erwartet. Also lümmelte ich mich weiter in meinem bequemen Autositz, bog den Anweisungen der Routen-Zicke folgend endlich links ab und begegnete hier auch zum ersten Mal einem Schild zum Lake Isabella. Von nun ab änderte sich das Straßenbild schlagartig, eine Kurve reihte sich hinter die nächste, mal langgezogen, mal eng, und nun ging es wirklich bergauf. Den Walker-Pass galt es zu erklimmen auf immerhin über 5200 Fuß, was rund 1600 Metern entsprach.

Die Straße wurde 1834 gebaut und orientierte sich an den landschaftlichen Gegebenheiten. Sie zählt heute zu den National Historic Landmarks, also zu den nationalen historischen Sehenswürdigkeiten, und bietet mit vielen Kurven und rauf und runter auch etliche schöne Aussichtspunkte. Im Verlauf durchschneidet sie als State Road 178 einen Teil der südlichen Sierra Nevada und auf ihr erreichte ich auch den höchsten Punkt der rund 50 Meilen, an dem eine unscheinbare Gedenkstätte auf ihre Geschichte hinwies. Nach dem Überfahren des Passes ging es weiter westwärts, wobei die Durchschnittsgeschwindigkeit wegen der zahlreichen Kurven sank und auch wegen wiederholter Hinweise auf Tiere auf der Fahrbahn. "Watch out for cattles on the road" ließ die eindringliche Warnung in regelmäßigen Abständen verlauten, aber kein einziges Vieh ließ sich wirklich auf dem Teer blicken. Allerdings lagen schon häufiger Überreste von kleineren Lebewesen auf oder neben der Straße. Um was es sich handelte, war nicht mehr genau auszumachen, aber von der Größe her hätte ich auf Marder oder etwas ähnlich Längliches getippt, das nicht schnell genug dem herannahenden Verkehr ausgewichen war.

Über viele Kurven ging es stückweise immer weiter bergab und dann wies ein Schild auf den Lake Isabella in wenigen Meilen Entfernung. Endlich hatte ich die unzähligen Serpentinen hinter mir gelassen und eigentlich darauf gehofft, einen strahlend blauen See unter einem strahlen blauen Himmel mit entsprechend touristischer Infrastruktur zu finden. Aber, so war mein erster Gedanke, irgendwer hatte den See geklaut! Ich erblickte ein paar nasse Reste auf einer ansonsten überwiegend trockenen Ebene ein paar hundert Meter unter mir. Laut Anzeige meines Navis hätte ich soeben nah am Rand des Lakes entlangfahren müssen, aber mangels Wasser umgaben mich nur trockenes Gestein und die Reste von Pflanzen in der Nähe dessen, was scheinbar einmal das Ufer war. Ein Hinweisschild auf einen Campground weckte mein Interesse, darauf hoffend, doch noch eine Art Bademöglichkeit aufzutun. So bog ich links vorsichtig auf einen geschotterten Weg ab und rollte durch eine offene Schranke auf Privatgelände, das sich als der Campingplatz auswies. Nach der Karte auf dem Handy zu urteilen, gab es hier einen Weg, der unmittelbar bis ans Wasser heranführte, also folgte ich dem Verlauf. Dieser aber endete recht unspektakulär ebenfalls in einem trockengefallenen Bereich. Immerhin waren hier noch einige größere Pfützen verblieben und ein paar Personen ließen sich ausmachen, die dort umherspazierten. Der Rest vom Campground war schlicht verlassen und mein Fahrzeug war das einzige auf dem ganzen Areal. Ich drehte etwas enttäuscht um und überlegte nach einer Alternative, fuhr auf die Straße zurück, von der aus ich auf den Platz abgebogen war, und ließ den Lake Isabella oder das, was davon übrig war, links liegen.

Die Anzeichen von Zivilisation nahmen jetzt stetig zu, obwohl ich vom Lake immer noch nicht viel gesehen hatte, und ein Hinweis am Straßenrand verwies auf das naheliegende Städtchen Kernville am Kern River. So hoffte ich, dass wenigstens dieser Fluss ein würdiges Fleckchen für eine Mittagspause bot und rollte in die Ortschaft ein. Es war ein Volltreffer, denn dieses Stück Erde war eine sehr gepflegte und sehr typische Country-Kleinstadt mit urigen Geschäften, Bäumen, gepflegten Grünanlagen und vielem mehr. Nachdem ich eine Brücke überquert hatte, erreichte ich offenbar so etwas wie das Zentrum direkt am Fluss. Ich parkte den Wagen, dessen Motor sich mit lautem Knacken abkühlte, schnappte mir etwas von meinen Lebensmittelvorräten und eine Flasche Diet Coke und ging ein paar Schritte abwärts zu einem River Walk, der sich wie ein kleiner Park an den Flusslauf schmiegte. Entgegen dem Lake Isabella führte der Fluss sogar Wasser und dort ließ ich mich auf einer Parkbank mit meinen Habseligkeiten für die Mittagspause nieder. Das Rauschen des Flusses, die satt-grünen Bäume und der ebenso gewachsene Rasen ließen den Vergleich mit einer Oase in der Wüste aufkommen und ich war glücklich, für meine Rast doch noch ein schönes Plätzchen gefunden zu haben. Ein weiterer Energybar und ein wenig Obst stopften meinen hungrigen Magen und langsam trocknete auch das schweißnasse T-Shirt. Das Thermometer hatte wieder über 30 Grad auf dem Programm und die Sonne brannte vom wolkenlosen Himmel, sodass ich mich zur Sicherheit noch einmal an allen sichtbaren Hautpartien mit Lichtschutzfaktor 30 einschmierte. Etliche Passanten schlenderten an mir vorbei, grüßten freundlich, aber eine wirkliche Konversation kam leider nicht zustande. Ich widmete mich meinem Tagebuch und brachte die Erlebnisse stichwortartig auf den neusten Stand, begann ein Sudoku auf meinem Handy und beschloss, wenigstens meine Füße in den Fluss zu hängen. Vorsichtig stieg ich den guten Meter Höhenunterschied zur Wasserkante hinab und entledigte mich meiner Socken und Schuhe. Einen Moment hatte ich die irrige Idee, weiter ins Wasser zu gehen, aber nach dem ersten Kontakt mit dem eiskalten Element war dieser Gedanke ganz schnell verflogen. Die Kühlung von unten genügte wirklich, um für eine schöne Erfrischung zu sorgen. Ein paar Fotos wanderten in meine Kamera und viele Eindrücke in meinen Kopf. Gut eine Stunde hatte ich jetzt hier gerastet und war bereit aufzubrechen, auch etwas getrieben von dem verbleibenden Hunger, der in meiner Magengegend rumorte. Zwei Energybars, ein Apfel und eine Banane waren meinem Bauch offenbar nicht genug. So wollte es der Zufall, dass auf der benachbarten Parkbank ein Pärchen um die 60 ein opulentes Fastfood-Mahl aus zwei Tüten emporhievte. Ich unterbrach sie kurz und fragte, wo sich der entsprechende Laden befände. Der Mann zeigte nur mit der Hand in eine Richtung und murmelte "Five minutes", worauf er herzhaft in seinen Burger biss und mich nicht mehr beachtete.

Mit dieser überaus exakten Ortsangabe machte ich mich auf zum Auto und drehte, um der gezeigten Himmelsrichtung halbwegs nahezukommen. Parallel startete ich das Navi mit Ziel des Motels in Buttonwillow. Damit hatte ich eine bessere Orientierung, die allzu große Umwege vermeiden sollte. Fünf Minuten waren natürlich schon längst um, aber einen Burger King bekam ich nicht zu Gesicht, so verwarf ich den Gedanken und zollte dem Navi Tribut und wendete. Keine zehn Minuten später meinte es das Schicksal dann doch noch gut mit mir und bescherte mir einen Wegweiser zur Konkurrenz und gerade mal eine Minute später kurbelte der Motor in meiner Tür die Scheibe herunter am Bestellpunkt des lokalen McDonalds Drive-In. Zwei Cheeseburger wechselten die Seiten, knappe drei Dollar ebenfalls und so kam ich dann doch noch in den Genuss, mich von etwas anderem als Brötchen zu ernähren.

Die Straße führte wieder direkt auf die 178 Richtung Bakersfield und der Verlauf auf dem Navidisplay ließ eine wahre Kurvenflut erahnen. Anfangs noch in weit geschwungenen Bögen zogen sich die Kurvenradien verstärkt zu. An der einen Seite der Straße begleitete mich der deutlich wilder gewordene Kern River, an der anderen türmten sich zunehmend Berge auf. Große Felsblöcke lagen im Flussbett, das an Breite mehr und mehr zunahm. Die State Road ging kontinuierlich bergab und hatte in regelmäßigen Abständen Buchten zum Halten, von denen ich auch gelegentlich Gebrauch machte für ein Foto oder auch mal der Notwendigkeit, sich von der verarbeiteten Diet Coke zu trennen. Zahlreiche Felsen lagen so, dass man direkt vom Halteplatz aus bis in den Fluss hätte hinabsteigen können. Zwar war es reizvoll, von dort unten ein Foto zu machen, aber die Bergsteigerei schien mir doch etwas zu abenteuerlich. Ich hatte keine Lust, mit umgeknicktem Fuß oder gebrochenen Knochen irgendwo in einer Ambulanz zu sitzen. Also beließ ich es bei ein paar Hüpfern vom Parkplatz weg und zog dann weiter. Landschaftlich, so kann ich im Rückblick auf diesen Streckenabschnitt sagen, war es einer der schönsten und spektakulärsten Straßenverläufe, die ich während der gesamten Tour erleben durfte. Die rund 50 Meilen boten so viele grandiose Ausblicke, dass ich sie gleich hätte nochmal rauf und dann wieder runterfahren können, hätte meine Zeit dafür gereicht. An dieser Stelle sollte ich übrigens noch nicht ahnen, dass die wetterbedingte Ausweichroute über Fresno mir später tatsächlich noch einmal das Vergnügen bescherte, ein Stück genau dieser Straße erneut zu fahren, soviel sei hier vorab verraten.

Ich passierte eine Brücke über ein Stauwehr mit einigen angrenzenden Gebäuden, was sich meinem laienhaften Blick als Anlage zur Stromerzeugung aus der Wasserkraft des Kern River erschloss, denn von den Bauten gingen etliche Stromleitungen weg. So scharf die Biegungen und so hoch die umgebenden Gesteinsmassive waren, so schnell war der Spuk dann auch zu Ende, als es nach einer knackigen Kurve plötzlich fast schnurgerade wurde, die Berge rechts und links hörten auf und der Kern River war wie von Geisterhand verschwunden. Stattdessen füllten sanfte Erhebungen die Gegend vor mir. Der Asphalt bekam wieder seine Linien und die ersten Geschäfte und kleine Industriegebiete schlossen sich an die Straße an, Bakersfield war erreicht. Das kleine Örtchen Buttonwillow lag von meiner jetzigen Position aus gesehen hinter Bakersfield, aber ich musste Gott sei Dank nicht komplett durch das Stadtgebiet, sondern konnte dem Navi folgend fast direkt von der 178 auf die 58 gen Westen abbiegen.

Die Außenbezirke von Bakersfield waren wieder von großen Einkaufszentren, dann von Landwirtschaft und Industrie geprägt. Die schnurgerade State Road hielt exakt westlich auf die in nordwestlicher Richtung verlaufende Interstate 5 zu und Buttonwillow war quasi der Schnittpunkt dieser zwei Linien. So kam ich dann voller Vorfreude dort an, hatte das Motel doch dafür geworben, einen eigenen Pool zu haben. In Hotelbeschreibungen oder -prospekten sehen die Dinge aber oftmals anders aus, als in der Wirklichkeit und das bedeutete, dass dieser Teil von Buttonwillow aus nicht viel mehr als dem Motel, einer Tankstelle mit Werkstatt und einem Quäntchen Fastfood bestand. Der durstige LKW-Verkehr der gesamten

Interstate schien hier zum Tanken rauszufahren und damit war die gesamte Hotelanlage wie in Hufeisenform von einer Schlange von Trucks umzingelt, die natürlich wegen der Hitze ihre Fahrzeuge laufen ließen, um in den Genuss der Klimaanlage zu kommen.

Immerhin hatte meine Zeit bis hierher perfekt geklappt. Der Checkin am Motel war ab 15 Uhr möglich und die Uhr zeigte exakt wenige Minuten nach 3 p.m. Ich holte mir die Schlüsselkarte und bezog mein Zimmer, nahm gleich die ersten paar Sachen aus dem Auto mit ins kühle Dunkel. Die Klimaanlage war auf frostige 16 Grad gedreht, was ich gleich in moderate 25 Grad änderte. Von draußen tönte das Grummeln der Diesel-Aggregate durch die Wände und so erwartete ich, in dieser Nacht nicht allzu viel Schlaf zu bekommen. Trotz der anders als erwarteten Pool-"Landschaft" und der sehr verkehrsgünstigen Lage war ich bester Laune und inspizierte meinen Lebensmittelvorrat. Es war mir noch zu früh, um mich in den Dieselabgasen samt Buch an den Pool zu legen, der immerhin von ein paar schönen Palmen flankiert wurde. So entschied ich, noch einmal den Weg zurück nach Bakersfield zu machen und einem der dortigen Safeways einen Besuch abzustatten. Dabei stellte sich heraus, dass es erschreckend wenig Filialen in dieser großen Stadt gab. Doch das Geheimnis lüftete sich schnell, denn einige firmierten hier unter dem Namen "Vons", unterschieden sich aber außer dem Namen kaum und das Angebot auch in der Bakery des Ladens war dankenswerterweise identisch. So erstand ich schließlich meine Energybars, ein wenig Obst, ein paar Chocolate Cookies sowie Foster's Bier.

In Sachen Bierauswahl war ich arg überrascht. Zum einen, weil die meisten Angebote mindestens im Sixpack in den Regalen standen und einzelne Flaschen oder Dosen dabei nicht verkauft wurden. Zum anderen, weil ich wenig bekannte Sorten vorgefunden hatte, denen ich eine ungefähre Geschmacksrichtung zuordnen konnte. Folglich glich meine mitgebrachte Auswahl dann immer einer Wundertüte und ich ließ mich überraschen, was für ein Geschmack sich dahinter verbarg. Es war klar, dass es keine alkoholischen Exzesse für mich gab, da ich ja jeweils am nächsten Tag wieder fahren wollte und ein Auto unter Einfluss von Restpromille zu führen, kam in keinem Fall in Betracht. Daher blieb es bei einer etwas größeren Dose oder maximal zwei kleinen Dosen Bier pro Abend, also bei weitem nicht genug, um ein durchschnittliches Regal einmal durchzuprobieren. Aber dieser würde ja wohl nicht der letzte Aufenthalt in den USA sein.

Als weitere Überraschung kam hinzu, dass meine Suche nach kleinen, lokal gebrauten Biersorten mit Ausnahme der Dosen am Grand Canyon bisher gar nicht von Erfolg gekrönt war. Massenprodukte größerer Brauereien blieben mir damit zur Auswahl, auch wenn sie einen australischen Ursprung für sich reklamierten wie bei der Marke "Foster's".

Mit den nötigen Einkaufsutensilien ging es zurück ins mittlerweile wieder kochende Auto und dann zurück zum Motel. Die Uhr schob sich schon Richtung fünf und ich bremste nur noch kurz, um den Tank für morgen aufzufüllen, gerade als sich mir eine günstige Gelegenheit dazu bot. Ich steckte die Karte in den Schlitz und wählte die Kraftstoffart, dann blaffte mich das Display an, ich möchte bitte beim Cashier, also dem Kassierer, vorsprechen. Im ersten Moment dachte ich an eine defekte Karte und mir fuhr kurz ein Schreck durch die Glieder, denn eine nicht lesbare Karte oder ein kaputter Chip hätten mich ernsthaft vor Probleme stellen können. Aber der Kassierer gab Entwarnung. Er fragte mich nach dem Betrag, den ich maximal zu vertanken gedachte. 30 Dollar schienen mir absolut ausreichend zu sein und so zog er die Karte durch sein Gerät und ich musste meine Geheimzahl eingeben. Anstandslos ratterte der kleine Bon-Drucker los und bestätigte mir die Einzahlung des Betrages auf meine Zapfsäule. Als ich zum Auto ging und den Rüssel in den Tank hielt, plätscherte der Sprit hinein und ich war beruhigt. Ganze 22 Dollar und ein paar Cent waren nur verbraucht, so ging ich dann abermals zum Kassierer und bekam den Differenzbetrag einfach in Banknoten und Münzen ausbezahlt. Ich erzählte ihm von der Sorge um die defekte Karte, aber er konnte mich beruhigen. Viele Zapfsäulen waren nicht geeignet für Karten mit PIN-Eingabe, in diesen Fällen musste man beim Kassierer zahlen und alles war gut. Übrigens haben fast alle Säulen in den USA immer nur einen Schlauch mit einer Pistole, dazu aber die Wahlschalter für den Kraftstoff. So schnorchelte sich der jeweilige Kraftstoff durch ein und denselben Schlauch. Probleme habe ich deshalb aber nicht feststellen können.

Wieder on the road für die knapp 20 Meilen bis zum Motel wusste ich ja bereits um die Strecke und konnte jetzt auch ein wenig links und rechts der Straße Ausschau halten. Neben den weitläufigen Industriekomplexen fuhr ich eine ganze Zeit an einer eingezäunten Plantage kleinerer Bäumchen vorbei, die in Reihe und Glied standen. Auf den ersten Blick schauten sie aus wie seltsam geschrumpfte Olivenbäume, aber dann sah ich das Firmenschild dazu. Hier also kamen meine heißgeliebten kalifornischen Pistazien her, natürlich geröstet und gesalzen.

Linksseits der Straße kreisten kleine Metallungetüme in einiger Entfernung, die ich wiederum sofort erkannte. Es waren die spätestens seit der Fernsehserie "Dallas" bekannten Ölpumpen, die das schwarze Gold aus dem Boden emporbeförderten. Die Ölförderung hatte ich immer mit riesigen Gerätschaften in Verbindung gebracht, aber offenbar waren die nur zum tatsächlichen Bohren erforderlich. Sobald eine Ölquelle erschlossen war, kamen die Pumpen zum Einsatz, bis das Feld abgeerntet war.

Zwischen mir und Buttonwillow lagen nur noch wenige Meilen und nunmehr war außer Staub, Sand und einer Bahnlinie nichts mehr zu sehen. Da plötzlich nahm ich aus dem Augenwinkel wahr, dass etwas Großes sich neben mir bewegte und ich blickte nach rechts. Ein Staubwirbel von immenser Ausdehnung hatte sich dort aus dem Nichts materialisiert und drehte sich kreisförmig. Er sah aus wie die Bilder aus Katastrophenfilmen, in denen ein Tornado alles in seinem Umkreis zu Kleinholz verarbeitete und er bewegte sich tatsächlich entlang meiner Fahrtrichtung. Für einen Moment wurde es mir etwas mulmig, denn ich hatte keine Erfahrung mit diesen Dingern. Aber die meisten Autos in meiner Richtung und auch die auf der Gegenfahrbahn beachteten das Phänomen nicht einmal, geschweige denn, dass jemand anhielt oder ausstieg und Fotos machte. So gehörte diese Erscheinung hier wohl zum eher alltäglichen Bild und ich war beruhigt. Keine zwei Minuten später löste sich der Wirbel dann auch genauso schnell auf, wie er entstanden war und alles war wieder in bester Ordnung. Lediglich einen ganz feinen Sandfilm konnte ich erkennen, nachdem ich am Parkplatz meines Motels angekommen und ausgestiegen war. Es war kurz nach 5 p.m. und ich sprang im Zimmer fix in meine Badehose, schnappte mir meine Sonnencreme, Cookies, ein Bier und mein Buch. Mit dem Hotelhandtuch bewaffnet ging ich zum umzäunten Pool, jedoch war ich anscheinend zu blöd, mit der Chipkarte das Tor aufzubekommen. Auch nach mehreren Versuchen rührte sich da nichts, nicht einmal eine rote oder grüne LED leuchtete. Offenbar hatte der Rezeptionist meinen gescheiterten Versuch erkannt, denn er kam aus seinem Office regelrecht herausgerannt und stürmte auf mich zu. In dem typisch indischen Englisch-Slang erklärte er, dass das Schloss nur Fake sei und ein Griff über den Zaun zu einem kleinen Riegel die Tür freigäbe. Das sei wegen der ganzen Trucker, führte er dann noch aus, lächelte und verschwand.

Zwar trommelten in einiger Entfernung die Motoren der Trucks, aber ich stöpselte mir meine Ohren mit schöner Country-Musik zu und haute mich auf eine Liege am Wasser. Ein leichter Ölfilm spiegelte sich auf der Wasseroberfläche des Pools, der ansonsten sehr sauber und gepflegt aussah. Dennoch wollte ich das Risiko nicht eingehen, mir hier etwas mitzunehmen, das ich nicht gebrauchen konnte. So blieb es beim Sonnenbad ohne Bad mit Musik, Keksen, Bier und meinem Buch. Zwischendurch drehte ich mich wie ein Brathähnchen auf die unterschiedlichen Seiten, damit ich keinen Sonnenbrand bekam, denn der Lorenz briet ganz ordentlich vom immer noch tadellos azurfarbenen Himmel. Ein Vogel saß auf dem Zaun und leistete mir Gesellschaft, sang und zwitscherte und freute sich seines Lebens wie auch ich. Trotz einiger Dinge, die heute anders als erwartet verlaufen waren, war ich rundum zufrieden und freute mich. So einfach schön konnte das Leben sein, wenn letztlich doch irgendwie alles passte.

Mehrere hundert Trucks später verschwand der glühende Ball hinter einem der Auflieger und ich warf einen scheuen Blick zur Uhr. Kurz nach sieben. Gefühlt noch zu früh für mich, um ins Zimmer zu gehen, so blieb ich noch ein Weilchen, aber mit der sinkenden Sonne ging auch die Wärme und plötzlich wurde es mir fast ein bisschen fröstelig. Ich packte also meine Sachen, verkrümelte mich ins Zimmer und nahm eine gepflegte Dusche, um den Schweiß und den Dreck des Tages von mir zu waschen und tatsächlich hatte auch ich etwas von dem feinen Sandfilm abbekommen, der sich nun auf der weißen Keramik des Bodens in der Dusche abgesetzt hatte. Danach stieg ich nochmal in meine Jeans und ein frisches Shirt und wollte die überschaubare Gourmet-Infrastruktur rund um die Tankstelle erkunden. Mangels Masse war dies in wenigen Minuten erledigt, denn außer den üblichen Snacks im Tankstellenshop selbst blieb nur ein Subway als gastronomische Verlockung. Doch mir stand nicht so sehr der Sinn danach und so verzog ich mich wieder ins Motel und kuschelte mich ins Bett, während ich noch einen Energybar vertilgte. Unfassbare 200 unterschiedliche Fernsehkanäle bot mir das Fernsehen einschließlich des im Preis enthaltenen Pay-TV. Und trotz dieser horrenden Anzahl von Sendern fand ich als einzig akzeptablen Spielfilm nur einen älteren Schinken, den ich bereits in Deutsch kannte. Langsam fielen mir die Augen zu, also noch flott Zähneputzen und wieder ab ins Bett. Das leise Dröhnen der Motoren draußen störte nicht wirklich beim Einschlafen und so drehte ich mich um und war kurze Zeit später in meinen Träumen.

TAG 7

BUTTONWILLOW

HIGHWAY 1

PFEIFFER BIG SUR STATE PARK

Vielleicht war es das Geräusch der Motoren, das mich aufwachen ließ, vielleicht hatte ich aber auch wirklich genug geschlafen, jedenfalls hatte ich mich in der Nacht prächtig erholt. Die abends noch eingeworfene Medizin bestehend aus Kopfschmerz- und Hustendrops hatte die Erkältung weiter zurückgedrängt und ich fühlte mich frisch und tatendurstig. Ich steckte die Nase kurz aus der Tür und stellte fest, dass es sich über Nacht erheblich abgekühlt hatte. Als ich ein paar Sachen ins Auto brachte, drehte ich kurz den Zündschlüssel und warf einen Blick auf die Temperaturanzeige. 60 °F zeigte das Display, was auf unserer geläufigen Skala gut 15 Grad waren. Der Stundenzeiger stand kurz davor, die acht zu erreichen und ich verräumte den Rest von meinem Hab und Gut im Auto, bevor ich zur Rezeption rüberging. Die Spannung stieg, wie karg das Frühstück hier und heute wohl ausfiel, doch ich erlebte eine freudige Überraschung, als ich das rund 20 Quadratmeter große Office betrat. Der Duft von frisch zubereiteten Waffeln zog mir in die Nase und darüber schwebte herrlicher Kaffeeduft. In der Nähe des Tresens stand eine junge Frau und füllte Waffeleisen mit flüssigem Teig, zwar keine stilechten Pancakes, aber immerhin warm, frisch zubereitet und hoffentlich lecker. Dazu gab es verschiedene Sorten Müsli und die obligaten, fertig abgepackten Muffins in verschiedenen Geschmacksausprägungen. Ich zapfte mir einen Kaffee, als ich an der Reihe war, und schnappte mir Besteck und Teller, um mich für ein paar Waffeln anzustellen. Leider war kurz vor mir eine Jugendgruppe mit ihren Betreuern eingefallen, die offenbar unter erheblichem Zeitdruck standen. Überwiegend Mädchen zwischen 14 und 20 Jahren und ein paar gleichaltrige Jungs scherten sich aber kaum um die Aufrufe der Betreuer und aßen in aller Gemütsruhe, daddelten auf ihren Handys und juxten miteinander rum.

Meinen Kaffee ließ ich mir mangels Sitzplatz im Stehen schmecken, bis ich an der Reihe für die Waffeln war. Die junge Frau packte mir gleich das Produkt beider Maschinen auf den Teller und wünschte mir guten Appetit. Ich bedankte mich artig und erhaschte einen Platz an den Stehtresen, die sich an den Außenwänden des Raums befanden und etwa so breit waren wie ein DinA4-Blatt, zum Abstellen des Tellers und Kaffees ausreichend. Im Hintergrund plärrte ein Nachrichtensender in Endlosschleife, durchwirkt von Werbung, und einer der Betreuer ermahnte mit stoischer Regelmäßigkeit, langsam zum Ende zu kommen, was breitflächig auf taube Ohren stieß. Erst als er wutschnaubend den Raum verließ, demonstrativ in einen der beiden großräumigen Vans stieg und drohend zwei Meter vorwärtsfuhr, kam Bewegung in die Truppe. Ein riesiger Berg Styropormüll wurde in den übervollen Schwingdeckeleimer gestopft und keine zwei Minuten später war ich schlagartig umgeben von Ruhe und Platz. So breitete ich mich aus und holte noch ein Müsli, während ich amüsiert das Treiben vor der Tür betrachtete. Die Jungs und Mädels schleppten ihre Reisetaschen und Rucksäcke zu den Vans und die Betreuer schmissen die Sachen völlig unsortiert und sorglos in die Kofferräume, während das Jungvolk lautstark diskutierte, wer neben wem auf welcher Sitzbank sitzen durfte oder musste. Einen beherzten Pfiff der Betreuer später hatten die Fahrzeuge die Jugendlichen geschluckt und der Mini-Konvoi brauste vom Parkplatz des Motels.

Ich verband mich mit dem kostenlosen WLAN des Hotels, checkte meine Nachrichten und nahm kurz Kontakt mit meiner Familie auf, um sie über die Reisepläne für den heutigen Tag zu informieren sowie die neusten Neuigkeiten aus der Heimat zu erfahren. Die schriftliche Konversation mit Deutschland war durch den Zeitunterschied und die Tagesabläufe schwieriger als gedacht. Wenn ich zur üblichen Frühstückszeit verfügbar war, war daheim Kaffeezeit und meine Lieben waren schwer erreichbar und antworteten erst später. Da ich dann meine Fahrten zum nächsten Ziel antrat, war ich für die nächsten Stunden wiederum nicht verfügbar, um dann, wenn ich am Ziel war, festzustellen, dass meine Familie kurz vor dem Zubettgehen war. Aber immerhin ließen sich die Nachrichten in Schriftform einfach eintippen und jeder konnte sie lesen, wenn es die passende Zeit und Gelegenheit gab und bisher hatte ich auch an jedem Punkt der Reise eine Möglichkeit, mir einen Zugang zum Netz zu verschaffen. So schmauste ich mein Müsli zu Ende, füllte mir noch einmal Kaffee nach und ging rüber in mein Zimmer. Dies war nach den vergangenen Tagen meine vorerst letzte Motel-Übernachtung, demzufolge musste das Gepäck im Kofferraum mit Koffer, Zelt und anderen Utensilien wieder in eine neue Reihenfolge gepackt werden. Ich ließ mir Zeit dabei und trank zwischendurch immer wieder einen Schluck Kaffee und stellte mit Freude einen Anflug von Entschleunigung fest. Obwohl die ersten Tage mit viel Unruhe und Unterwegssein verbunden waren, konnte ich doch auch entspannen und Ruhe finden auf dem Weg zu meinen jeweils neuen Zielen. Vor meiner Reise hatte ich befürchtet, ich bräuchte nach der Rückkehr aus den USA erst mal richtigen Urlaub, um mich vom Trip zu erholen. Aber davon war bis jetzt nichts zu bemerken.

Für heute stand auf dem Reiseplan wieder eine Distanz von unter 200 Meilen. Bis zum Pfeiffer Big Sur State Park sollten es laut Navi 184 sein, wobei ein beträchtlicher Teil nicht auf der Interstate war, sondern auf dem Highway 1 entlang des Pazifiks gen Norden. Und wieder war damit ein Traum in greifbare Nähe gerückt, den Pacific Coast Highway, den PCH, zu fahren. Inbegriff dafür, im gelobten Land angekommen zu sein. So ging es nun Schlag auf Schlag, in dem sich meine Wünsche und Vorstellungen, die sich über Jahre gesammelt hatten, fast im zwei-Tages-Rhythmus in Realität verwandelten und das Erreichen der Westküste war noch nicht das Ende.

Als ich nach Zelt-Ordnung fertig gepackt hatte, gab ich die Schlüsselkarte zurück, entsorgte noch meinen Müll und startete die heutige Etappe mit der Auffahrt auf die nahe I-5 North, die sich vierspurig unter blauem Himmel schnurgerade zum Horizont zog. Das Navihandy verrichtete in den letzten Tagen seinen Dienst anstandslos und ohne weitere Abstürze, worüber ich sehr froh war. Offenbar hatte es eingesehen, dass es keinen Zweck hatte, mich zu ärgern und so arbeitete es brav und zielsicher. Aus der Ferne waren auf der I-5 bereits die Ausfahrten mit ihren Rasthöfen und Tankgelegenheiten gut zu erkennen, da die Benzin- und Dieselpreise mit Leuchtanzeigen auf hohen Pfählen präsentiert wurden. So klappte auch der

Preisvergleich vereinfacht, weil man dazu nicht erst von der Straße abfahren musste. Mein Tank war noch reichlich voll und ich konnte auf eine günstigere Tankgelegenheit warten. Die Preise an der 5 waren doch merklich höher, als gestern in Bakersfield. So rollte ich das Teerband nordwestlich rauf bis zum Abzweig der CA 46 West und fand dann nach wenigen Meilen etwas, das man hierzulande als Autohof bezeichnen würde. Dort wurden vergleichsweise günstige Spritpreise offeriert und ich entschied, nachzutanken. Mehr aus Sorge darum, dass die Kreditkarte vielleicht doch kaputt war, als um die Reichweite meines Tanks, steckte ich also das Plastikding mit dem Chip voran direkt in den Schlitz an der Zapfsäule und gab meinen ZIP-Code ein, also meine Postleitzahl. Dies war mir schon an einigen Tankstellen aufgefallen, aber ich hatte noch keine Regelmäßigkeit feststellen können. Immerhin hatte zwei Mal das Tanken mit Karte bereits ohne Eingabe einer PIN funktioniert, obwohl das laut Aussage meiner Bank unmöglich sein sollte. Wieder meckerte das Gerät und bat mich ins Kassenhäuschen. Die freundliche ältere Dame fragte mich unaufgeregt nach dem Maximalbetrag, 30 Dollar sollten reichen. Sie zog meine Karte durch, ich tippte meine PIN ein und erhielt mein Zettelchen. Tank voll, den Rest gab es in Bargeld zurück. Dann schien es also doch mit der Art der Legitimation zu tun zu haben und solange ich beim Kassierer mit meiner Geheimzahl weiterkam, war alles gut.

Die CA 46 W zog sich zunehmend einsamer werdend durch Kaliforniens Weite. In einer langgezogenen Linkskurve unweit des Ortes Cholame sah ich weit vor mir am rechten Rand mehrere Leute neben der Straße stehen. An dieser wirklich übersichtlichen Kreuzung der 46 mit der California State Route 41 kam der Schauspieler James Dean im Jahre 1955 bei einem Unfall ums Leben, als sein Porsche mit einem anderen Auto kollidierte. Es war mir unverständlich, wie bei dieser Weite und Übersichtlichkeit überhaupt ein Unfall passieren konnte, zumal die momentane Verkehrsdichte sehr überschaubar war, im Jahre 1955 durfte die noch erheblich geringer gewesen sein. Dennoch war es passiert und etliche Fans hatten an diesem Ort zum Gedenken Blumen und Kerzen niedergelegt, obwohl der eigentliche Todestag sich erst in knapp zwei Wochen jährte.

Mein Weg führte mich weiter westwärts auf der 46 in Richtung Paso Robles, von dort an wurde es städtischer und der Verkehr nahm zu. Ich bog links auf den Highway 101 S und dann kurze Zeit später wieder auf die 46 immer dem Pazifik entgegen, der Beschilderung zum Hearst Castle folgend. Die Nähe des Wassers ließ sich an der veränderten Flora ablesen. Seit einigen Meilen beherrschte die Farbe Grün das Bild der Natur, vorbei mit den steinigen und kargen Weiten der vergangenen Etappe. Hier stand dichter Wald, es gab Rasenflächen und die Berghänge waren durchweg bewachsen. Aber auch sonst hatte sich einiges verändert. Alles wirkte irgendwie wohlhabender, gepflegter, organisierter. Neben der Straße fanden sich zahlreiche Weingüter. Rinder standen vereinzelt auf den Weiden und mümmelten das frische Gras. Das Straßenniveau senkte und hob sich, es war bergig, der weitere Verlauf der Straße blieb mir verborgen. Und dann plötzlich kam ich über eine Bergkuppe und vor mir lag er, der Pazifik. Ich stoppte an einem Haltestreifen und stieg aus. Meine Emotionen und die kühle Luft schüttelten mich gleichzeitig, Tränen liefen mir über die Wange, vor Freude. Wie lange hatte ich davon geträumt?

Mein nasser Rücken forderte mich unmissverständlich auf, wieder ins Auto zu steigen und so setzte ich die Fahrt fort und erreichte kurze Zeit später die Kreuzung zum Highway 1, allerdings vorerst noch ohne Blick aufs Wasser, denn kleine Berge standen zwischen mir und der Küste. Dann senkte sich die Straße fast auf Meeresniveau ab und links vor mir konnte ich endlich direkt auf die Wellen und den Horizont blicken. Es fiel mir schwer, meine Augen auf der Straße zu lassen, so traumhaft schön war der Ausblick. An jeder größeren Gelegenheit stoppte ich und querte die Straße, um ein paar Fotos zu machen. Der Wind zerrte heftig an meinem hastig übergestreiften Fleece-Pullover und der durchgeschwitzte Rücken drängte zur schnellen Rückkehr ins schützende Fahrzeug, also genoss ich die raue Atmosphäre durch die Fenster. Wellen brandeten in unmittelbarer Nähe und rieben sich an zerklüfteten Felsen und steinigem Strand. Die Kontur der Küstenlinie schien regelrecht weggeknabbert zu sein von den Gewalten der Natur und ich stellte mir die Frage, wie lange es wohl noch brauchen würde, bis die Straße hiervon weggerissen wurde. Zum Baden lud diese unwirtliche Situation wahrlich nicht ein und obwohl erst September, hatte das Wasser sicher Temperaturen, die nur noch im einstelligen Bereich lagen. Schwimmer oder Windsurfer sah ich keine, hatte ich doch an der Küste fest damit gerechnet.

Immer wieder wiesen die Straßenschilder auf das nahe Hearst Castle hin. Dieses prunkvolle Anwesen, erbaut vom damaligen Zeitungstycoon William Randolph Hearst, war mir bekannt aus vielen Fernsehfilmen oder Dokumentationen. Der opulente Neptun-Pool unter freiem Himmel, eingefasst von Säulen nach antikem Vorbild und durchwirkt von Intarsienmustern, die durch das strahlend blaue Wasser ins Auge des Betrachters stechen, steht ebenso für den prächtigen Bau, wie hochherrschaftliche Säle mit teils kitschiger und überladener Fülle von Antiquitäten. Dennoch reizte mich die Möglichkeit, hier einmal einen näheren Blick hineinzuwerfen und so bog ich vom Highway rechts ab, den Hinweisschildern folgend. Als erste Enttäuschung zeigte sich mir, dass das Castle gar nicht in der Nähe zum Pazifik gebaut wurde, sondern hoch oben thronte, mit dem bloßen Auge vom Parkplatz des Visitor Centers kaum auszumachen. Die zweite Enttäuschung war, dass ein Besuch infolge der Schlange am Eingang für mich nicht infrage kam. Jedoch hellte sich meine Laune wieder auf, als ich die Preise für die jeweiligen Führungen auf meinem Handy sah, die zwar eine Busfahrt bis zum Anwesen auf dem Berg enthielten, aber eher den Eindruck vermittelten, als ob man einen kleinen Teil von Bus und Anwesen gleich mit erwarb.

So drehte ich auf dem Parkplatz wieder um, denn eine Parklücke war eh nicht zu finden, und hielt auf die am Highway gegenüberliegende Zufahrt zum Hearst Memorial State Beach zu. Dieses Gelände war ebenfalls eine Spende vom Zeitungsmacher, der als Erfinder der sogenannten Regenbogenpresse gilt, doch im Gegensatz zu seinem Anwesen war der Zutritt kostenlos. Ich parkte also unter einem schattenspendenden Baum, mummelte mich ein mit Pulli und Mütze, verstaute alles von Wert im Rucksack und schlenderte auf den langen Pier zu, der wie ein Finger etwa 250 Meter ins Blau des Pazifiks hineinreichte. Zahlreiche Möwen umschwirrten mich in respektvollem Abstand, offenbar aber an Menschen gewöhnt und verbunden mit dem Ausblick auf Essbares. Sei es durch Reste oder direkte Fütterung, es war und blieb absolutes Tabu für mich, zumal Schilder unmissverständlich darauf hinwiesen.

Unterhalb des Piers zog sich ein flacher Sandstrand entlang der Küstenlinie, der nordwärts durch die felsige Kante der San Simeon-Halbinsel beendet wurde, aber südwärts dem Verlauf des Meeres folgend aus dem Blick entschwand. Ich stieg einige Treppenstufen hinunter und direkt zwischen Strand und Parkplatz lagen knapp zwei Dutzend Stellplätze für Wohnmobile und Wohnwagen eingerichtet, die jedoch so gut wie gar nicht ausgelastet waren. So war ich am Strand fast allein, eine Dame mit Hund, die in einiger Entfernung Stöckchen warf, und ein älteres Ehepaar auf einer kurzen Rast mit dem mitgebrachten Lunchpaket. Ansonsten gab es nur mich, das Meer, den Wind und die Sonne, die trotz der kühlen Luft noch kräftig piekte.

Ich zog meine Schuhe aus, entledigte mich der Socken und wagte ein paar vorsichtige Schritte ins flache Wasser. Die Idee, im Pazifik wenigstens einmal gebadet zu haben, vergaß ich an dieser Stelle ganz schnell wieder und begnügte mich damit, das Wasser des größten Ozeans wenigstens berührt zu haben, was mir für meine höchstpersönliche To-Do-Liste absolut genügte. Und wieder ein Traum erfüllt, wenngleich ich vielleicht auf einer späteren Reise nach Südkalifornien im wärmeren Teil des Pacific Ocean dieses Bad nachholen werde.

Die starke Brise trocknete die Schleimhäute stärker aus als gedacht und so füllte ich zwischendurch immer wieder mit Mineralwasser oder Diet Coke nach und machte mich dann zurück auf den Weg zum Auto. Dabei war es gar nicht so leicht, die Füße wenigstens halbwegs frei von Sand zu bekommen, denn das körnige Zeug war keineswegs pudrig fein und trocken, sondern nass, klebrig und äußerst anhänglich. Meine Socken nahmen damit dann sicher das ein oder andere Schüppchen Sand mit, das ich nachmittags am Zelt oder in der Dusche würde ausschütteln können. Von zeitlicher Bedrängnis war ich Dank meines frühen Aufbrechens weit entfernt, damit konnte ich die Fahrt auf der CA 1 North, so die offizielle Bezeichnung, gemütlich fortsetzen und den Ausblicken frönen. Zahlreiche Brücken galt es dabei zu überqueren, von denen manche durch Bauarbeiten nur einspurig befahrbar waren. Hier war höchste Konzentration geboten, weil es recht eng zuging, aber die Beschilderung ließ keine Zweifel daran, wie man sich zu verhalten hatte.

Hier auf dem Teil des Highway 1 nördlich von San Simeon überholte ich dann auch die ersten Radfahrer oder sah selbige in südlicher Richtung radeln. Aus meinen Recherchen in den Jahren vor meiner Reise wusste ich, dass die Fahrrad-Route gen Süden grundsätzlich beliebter war. Durch die Benutzung der meerseitigen Fahrspur hatte man dann keine störenden Autos im Blick zum Meer und angeblich sollten in Richtung Süden die Steigungen besser zu fahren sein. Im PKW machte dies für mich sicher keinen Unterschied und auch in Richtung San Francisco konnte ich genug Ausblicke aufs Wasser mitnehmen. Nur das Überqueren der Straße für Fotos erforderte manchmal ein wenig Geduld, aber Zeit hatte ich ja wie gesagt genug.

In meinem Streckenverlauf wurde der Asphalt zunehmend bergiger und kurvenreicher und die Geschwindigkeit nahm immer weiter ab. Viele Haarnadelkurven reihten sich S-förmig aneinander, Felsüberhänge klauten der Straße teilweise spektakulär die freie Sicht in den Himmel und eine unendliche Anzahl von Schildern begrenzte das Speedlimit auf ungefährliche Meilen. Neben zahlreichen Autos und ein paar LKW begegneten mir nun auch mehrere Biker, stilecht mit Harley oder Goldwing, Chopperhaltung und Halbschalenhelmen. Und dann hatte ich so eine Erscheinung auch vor mir. Unglücklicherweise hatte der Fahrer mit seinem Sechszylinder-Motorrad, der stark übergewichtigen Sozia und seinen eigenen Pfunden sowie dem Gepäck sicher erheblich mehr als eine halbe Tonne Gewicht auf zwei Rädern durch die engen Wendungen der Straße zu zirkeln. Von Sicherheit keine Spur und so ging seine Geschwindigkeit immer weiter runter, was nur zu noch mehr Pendeln der Fuhre führte. Eine lange Autoschlange mit mir an der Spitze bildete sich, denn Überholen war hier nicht nur strikt verboten, sondern auch schlicht unmöglich. Längere gerade Passagen mit Einsicht in den Gegenverkehr waren Mangelware. Nach quälend langsamen Meilen hatte der Biker aber seine Überforderung eingesehen und brachte seinen Tross auf einem Turnout zum Stehen und die Fahrt konnte vergleichsweise flott weitergehen, vorbei am Schild zum Julia Pfeiffer Burns State Park. Hinter diesem etwas sperrigen Namen verbarg sich eine sehr schöne Bucht mit steilen Felsen zum Highway hinauf. Der Park dehnte sich ins Landesinnere aus und war durchzogen von Wanderwegen und sehenswerten Aussichtspunkten, deren Besuch ich auf meinem Plan als mögliches Ziel hatte. So bog ich dann rechts vom Highway ab, um zum etwas verschlungenen Zugang des rund 15 Quadratkilometer großen State Parks zu gelangen. Der Parkplatz war aber bereits überfüllt und alle mehr oder weniger nutzbaren Parkgelegenheiten längs des Highways boten ebenfalls keine Gelegenheit für mich, so setzte ich die Fahrt einfach fort und machte einen Kilometer weiter bergauf auf der Wasserseite der CA 1 einen Keks-, Trink- und Fotostopp mit einem herrlichen Ausblick auf die Küstenlinie des Parks in türkisblau. Dessen Name resultierte aus einer Geschichte, wonach besagte Julia Pfeiffer Burns als Freundin des Ehepaars Brown zur Namensgeberin ernannt wurde, als 1962 Mrs. Helen Hooper Brown den Landbesitz dem Staat Kalifornien übereignete unter eben dieser Auflage zur Namenswidmung.

Verwirrt hatte mich die Bezeichnung schon im Vorfeld meiner Planungen und immer wieder geriet ich bei Internetsuchen mit dem Pfeiffer State Park auf mal die eine oder mal die andere Begrifflichkeit, denn mein heutiges Ziel lag zehn Meilen weiter nördlich und war als Pfeiffer Big Sur State Park in den Suchmaschinen zu finden. Die Information, ob die Namensgeber Pfeiffer auf eine gemeinsame Einwanderungslinie zurückzuführen waren, ist mir bei der Vorarbeit nicht unter die Augen gekommen, denn sowohl die Familie von Julia Pfeiffer Burns als auch die von John Pfeiffer, dem Namensgeber des zweiten Parks, fanden ihre Wurzeln in der Pionierzeit des amerikanischen Kontinents, wenngleich zwischen beiden Personen mehr als drei Generationen lagen.

Der kleine Parkplatz am Rand des Highway 1 war gut belegt und es herrschte ein stetes Kommen und Gehen, zumeist von Touristen. Unter dem Gemurmel der zahlreichen Menschen tauchten auch Stimmfetzen aus Deutschland und Österreich auf, etliche osteuropäische Sprachen und ein paar Engländer oder Australier. Da ich niemanden zum Unterhalten hatte, genoss ich meine Mahlzeit und schoss spektakuläre Fotos, denn direkt am Rand des Areals ging es steil herunter zur rauen Küste. Obwohl ich nun deutlich höher lag, waren die Temperaturen spürbar wärmer und so genügte ein T-Shirt. Auch die Sonne wärmte merklich und es war herrlich, die Füße auf die Absperrung zu legen, während ich mich auf die Parkbank gepflanzt hatte und einfach das Treiben und die Natur in Hülle und Fülle genoss.

Die ersten sechs Tage hatte ich alleine schon hinter mich gebracht, aber ich fühlte mich in keiner Weise einsam oder suchte Kontakt mit anderen Menschen. Dennoch fand ich das Gewusel um mich herum recht angenehm, brauchte aber keine direkte Konversation. Wenn ich angesprochen wurde, beschränkte sich das meist auf die in Englisch formulierte Bitte, mit dem Handy oder der Kamera ein schönes Foto von Pärchen, Freunden oder Gruppen zu machen. Diesen Bitten kam ich natürlich gerne nach, verblieb jedoch beinahe stoisch bei der Konversation in Englisch, auch wenn die Fragenden oft aus meiner Heimat stammten. Mein Standpunkt mochte sicher kurios sein, aber wenn ich in einem Land war, dann versuchte ich mich auch an der dortigen Sprache und wollte nicht bei jeder sich bietenden Gelegenheit in meine Muttersprache zurückfallen. Dies hätte für mich den Eindruck von Urlaub irgendwie kaputt gemacht oder geschmälert und so geriet jede Unterhaltung in der Landessprache, so kurz sie auch ausfiel, zu einem Stück mehr Identifikation mit meinem Urlaubsland.

Nach zahlreichen Bildern, einer halben Flasche Cola und einigen Keksen ging es für mich weiter zu meinem Domizil für die Nacht wenige Meilen vor mir, also Zeit genug, weiter bummelig dem hügeligen und kurvigen Verlauf der CA 1 zu folgen. Kurze Zeit später zeigte ein großes, hölzernes Schild schon die Einfahrt zum Pfeiffer Big Sur State Park an. Viele hohe Bäume säumten die Zufahrt, vorbei an einer Lodge Richtung ausgeschildertem Campground begrüßte mich eine sehr nette Parkrangerin. Auch hier genügte die Nennung meines Namens, ein Blick auf die Liste und ein Nicken. Dann erläuterte sie mir ein paar Spielregeln des Parks und gab mir eine Art Parkausweis, der im Fahrzeug aufzubewahren war und die Zufahrt freigab. Auch beim Abstellen des Fahrzeugs sollte dieser Ausweis gut sichtbar ausgelegt sein. Dazu folgten noch Infos über Sanitäranlage und Dusche und natürlich das Verbot der Fütterung von Tieren, für mich sowieso eine Selbstverständlichkeit. Sie überreichte mir den Plan, um zu meiner Parzelle zu kommen, und es konnte losgehen, Schranke auf und durch.

Im gesamten Park war das Tempo auf Schrittgeschwindigkeit limitiert, was auch angesichts der vielen Fußgänger, Hunde und wilden Tiere auf und neben der Straße mehr als sinnvoll war. Mein Platz lag rechtsseits einer Biegung auf einer kleinen Kuppe und war mehr als ausreichend groß für mich alleine. Für die nächste Nacht verfügte ich neben genug Fläche für das Zelt über eine eigene Sitzbank-Tisch-Kombination und eine Feuerstelle, auch wenn ich keine rechte Ahnung hatte, wie hier an Feuerholz zu kommen war. Das Sammeln von Holz jeglicher Art war, soweit wiesen meine ausgehändigten Unterlagen auch ausdrücklich aus, in den Grenzen des Parks strikt untersagt. Auch daran wollte ich mich natürlich halten. So ploppte eine Minute später mein selbstaufstellendes Zelt auf seinen Platz, ein paar Heringe hielten im sandigen Boden und ich schob Isomatte und Schlafsack hinein. Am Kofferraum machte ich eine kurze Inspektion meiner Habseligkeiten, insbesondere derer, die meiner Ernährung dienten. Wasser war noch reichlich vorhanden, aber etwas Warmes in Form von Suppen oder Fertiggerichten konnte nicht schaden. Da die Uhr erst den frühen Nachmittag eingeläutet hatte, beschloss ich, das Auto nochmal zu aktivieren und nach einer Einkaufsmöglichkeit zu suchen. Die nette Rangerin an der Ausfahrt half gerne mit Infos und so fand ich ohne Probleme einen wider Erwarten gut ausgestatteten General Store rund zwei Meilen nördlich.

Das Angebot war exakt auf die Bedürfnisse der umliegenden Campingmöglichkeiten abgestimmt und so fanden ein paar Terrinen, ein Bier und eine aktuelle Ausgabe des San Francisco Chronicle den Weg in meine Tasche. Mehr brauchte ich für den Abend und das Frühstück nicht. Frische Sachen wie Wurst oder Käse waren auch im Angebot, aber...

So ging es die kurze Strecke zum Platz zurück. Die Uhr war noch nicht mal auf die Hälfte zur 4 p.m. vorgerückt und ich unternahm einen kurzen Rundgang am Fluss entlang, erkundete die Sanitärräume und kaufte gleich ein paar Duschmarken. Diese "Tokens" gab es direkt an ausgewählten Duschhäuschen und die vier Stück im Gegenwert von zwei Dollar genügten für jeweils zwei Minuten Duschzeit, also vier Minuten für heute Abend und dasselbe für den kommenden Morgen. Der gemütliche Teil konnte beginnen und ich begab mich mit Buch und meiner Zeltverpackung als Sitzgelegenheit runter zum Fluss, in den die Sonne mit ihren Strahlen leuchtende Muster malte. Die Bäume schwirrten vor gefiederten Gesellen und überall um mich herum raschelte und bewegte es sich in den Büschen.

Sicherlich waren die kleinen Flattermänner auf essbaren Abfall in Form von Krümeln oder ähnlichem aus, was aber bei der ausschließlichen Bewaffnung mit einer Dose Bier kaum Erfolg versprach. Mein E-Book hatte immer noch genügend Strom und so verflogen anderthalb Stunden mit Lesen wie nichts. Erst die Kühle zwang mich von meinem Platz weg, denn die Sonne konnte sich nicht mehr wärmend durch die Bäume drängen und der gesamte Fluss lag im Schatten, für ausschließlich T-Shirt und kurze Hose damit eindeutig zu kalt. Mein Zeltplatz aber lag aufgrund seiner erhöhten Position noch in vollem Sonnenschein und so nahm ich an meinem Esstisch Platz und machte mir Tagesnotizen, durchblätterte die Zeitung und genehmigte mir den Rest vom Bier. Gerne hätte ich auch fix ein paar Nachrichten gecheckt und ein Lebenszeichen nach Hause gesandt, aber hier war wie an fast allen Stellen meines Abschnitts des Pacific Coast Highway kein Netz. Nun fand ich es blöd, meine Familie im Unklaren zu lassen und sicher würde es auf dem Platz irgendwo Empfang geben. So schnappte ich mir meine Wertsachen und drehte eine ausgiebige Runde, fragte entgegenkommende Menschen, aber jeder bestätigte nur, dass es hier keinen Empfang gab. Ich solle es aber mal an der Lodge probieren meinte ein älterer Herr, dort gäbe es ein WLAN. Der Fußweg dorthin war in wenigen Minuten absolviert und tatsächlich zeigte mein Handy ein kräftiges Netz an. Eine Verbindung kam auch zustande, aber die aufklappende Internetseite forderte ein Login und ein Passwort. So betrat ich die Lodge und fragte nach. Hinter dem Empfang fanden sich eine ältere Dame und ein jüngerer Herr, um den Ansturm von genau einem Kunden, nämlich mir, zu bewältigen. Internet war möglich, kein Problem, teilte mir die Dame mit. Für nur sechs Dollar konnte ich zwei Stunden lang das WLAN nutzen.

Ich erläuterte die Situation, nur eine ganz kurze Info gen Deutschland schicken zu wollen, aber auch dafür gab es keine Ausnahme. Der weibliche Teil des Personals blieb unerbittlich. Ich grübelte, sie verzog sich dann für einen Moment nach hinten ins Büro. Der junge Mann winkte mich zu sich und flüsterte mir den entscheidenden Tipp zu: Eine knappe Meile die Straße rauf in nördlicher Richtung befände sich der Fernwood Campground. An der dortigen Gastronomie gäbe es kostenloses Internet. Danke für den Tipp junger Freund.

So ging ich zum Highway und warf einen prüfenden Blick in den Himmel, die Sonne war noch gut sichtbar. Für eine Meile, was rund 1,6 Kilometern entsprach, würde ich sicher weniger als 20 Minuten brauchen. Das Ganze nochmal zurück, da war einsetzende Dunkelheit gewiss noch kein Thema. Also Beine unter den Arm und losmarschiert. Leider gab es hier keinen Fußweg oder zumindest einen breiteren Seitenstreifen, somit ging man als Fußgänger an der recht kurvigen Straße immer arg nah an den Autos auf der Fahrbahn entlang. Auch LKW schossen hier lang und ein wenig hatte ich schon ein mulmiges Gefühl. Aber ich kam sicher am Inn in Fernwood an und fand im Handy auch das zugehörige WLAN. Leider hatte man auch hier mittlerweile eine Seite mit Login und Passwort vorgeschaltet. Der ganze Trip also umsonst? Aber so leicht ließ ich mich nicht entmutigen und schritt durch die spärlich besetzte Außenbestuhlung, vermeintlich nach einem Platz suchend. Im Zweifel hätte ich mir einfach eine Kleinigkeit bestellt und dafür dann auch sicher nach den Zugangsdaten für das Netz fragen können. Aber der Zufall wollte es, dass mich eine junge

Studentin ansprach, die gerade mit ihrem Laptop am Lernen war. Ob ich das WLAN-Passwort bräuchte, fragte sie. Offenbar kannte sie das schon von anderen. Ich nickte und sie verriet mir das überraschend einfache Kennwort samt Benutzernamen und keine zehn Sekunden später hatte ich die Verbindung. Mein Handy rappelte sofort los und zeigte den Eingang unzähliger Nachrichten und Mails an, die ich fleißig beantwortete. Dazu setzte ich mich einfach auf einen großen Stein auf dem Parkplatz und tippte los, auch ein Lebenszeichen nach Hause. Dort war es jetzt bereits tiefe Nacht und sicher kam keine Antwort. Nach der Kommunikationsorgie schaltete ich das Gerät wieder aus und wollte zurück, da sah ich an einem Auto eine junge Frau stehen, die ihre Arme samt Mobiltelefon in den Himmel reckte in der Hoffnung, doch irgendwie an Empfang zu kommen. Ich sprach sie an und fragte wegen des Netzes. Auch sie war enttäuscht wegen der Absicherung mit Zugangsdaten. So verriet ich ihr die Daten, die ich kurz zuvor bekommen hatte, und sie war happy. Ihr Austausch dauerte aber nur sehr kurz und dann wollte sie los, südwärts auf dem Highway. Irgendwie hatte ich gehofft, sie hätte mir angeboten, mich das Stück mitzunehmen, aber das tat sie leider nicht. Sah ich so wenig vertrauenswürdig aus? Andererseits konnte ich es ihr nicht verdenken, wenn sie nicht mal hätte Hilfe holen können und schließlich war ich ein vollkommen Fremder für sie. So setzte ich meine Füße in südlicher Richtung voreinander, als sie mit aufbrausendem Motor an mir vorbeischoss und nicht einmal mehr grüßte.

Die Dämmerung brach merklich herein, aber ich erreichte das State Park-Gelände kurze Zeit später noch bei Sicht. Unterwegs hatte ich mich von Schal und Pullover befreit, da ich von dem strammen Marsch geschwitzt hatte und nicht mit nassem T-Shirt herumlaufen wollte. Vorbei an der Lodge, am

Campground-Entrance war bis zum Zelt aus der Dämmerung eine satte Dunkelheit geworden und ich musste die letzten Meter bis zu meiner Parzelle tatsächlich die Taschenlampe bemühen. Lesen konnte ich jetzt vergessen, so beschloss ich dann die Dusche zu besuchen. Zwar baumelte nur eine funzelige Lampe im Duschhaus von der Decke, aber das Wasser war wenigstens ordentlich warm. Ich begrenzte meine Dusche auf vier Minuten, was angesichts der überall ausgehängten Ermahnungen zum Wassersparen mein Gewissen nicht zu sehr strapazierte.

Auf einigen Nachbarplätzen flammten Feuer auf und ich blickte neidisch herüber, aber auf eine Einladung brauchte ich nicht wirklich zu hoffen. So warf ich einen kurzen Blick in die Feuerschale und freute mich, als ich sah, dass darin noch etliche nicht abgebrannte Holzreste vom Vorbesitzer lagen. Direkt daneben war noch etwas Reisig aufgehäuft. Sicher war der von jemandem gesammelt worden, aber das Zeug lag nun mal da, dann konnte ich es auch zum Anzünden benutzen. Ganz Pfadfinder-like türmte ich mit zwei nicht mehr benötigten, zerknüllten Blättern Papier von meinen Ausdrucken eine Grundlage unter den Reisig, darüber das Restholz und hielt mein Feuerzeug an den kleinen Stapel. Kurze Zeit später hatte ich dann mein eigenes, wenn auch bescheidenes Feuer. Seit Einbruch der Dunkelheit waren die Temperaturen im freien Fall, da halfen auch die Flammen nicht wirklich und so genoss ich dick eingemummelt auf der Sitzgruppe den Rest Bier.

Ich leerte die letzten Tropfen mit dem Ersterben der Flammen und verkrümelte mich dann schnellstens in meinen Schlafsack. Auf der Fahrt den Tag über hatte ich immer wieder auf den Wetterbericht gehorcht und wusste, dass Ausläufer der sinkenden Temperaturen, die am Mono Lake für Schnee sorgten, auch bis hier zu spüren waren. Umgerechnet zwölf Grad sollten es für diese Nacht sein, also hatte ich beide Schlafsäcke ineinander gesteckt und ließ Jogginghose und Fleece-Pullover an, als ich in die doppelte Hülle kroch. Viel Platz, um etwas zu verlegen oder gar verlieren, war in meinem Zelt wahrlich nicht, dennoch suchte ich verzweifelt nach meinem Halstuch, das ich vorhin auf dem Fußmarsch zurück von Fernwood abgenommen hatte. Aber es half nichts, das Tuch war nicht auffindbar. Widerwillig schälte ich mich nochmal aus meinem Nachtlager und durchstöberte das Auto und suchte mit meiner Taschenlampe ein Stück des Weges ab, aber offenbar hatte ich es irgendwo verloren. Also musste die Nacht auch ohne Tuch gehen. Es war noch nicht mal halb acht als ich mein Buch weglegte und mich zur Seite drehte. Wenige Minuten noch lauschte ich den Geräuschen, die der Wald mir schenkte, dann schlief ich ein.

TAG 8

PFEIFFER BIG SUR STATE PARK

MONTEREY

SANTA CRUZ

Oh je, war die letzte Nacht kalt. Mehrfach war ich aufge-
wacht und hatte gemerkt, wie die Kälte an die Füße und die
Schulter gekrochen kam. Ich hatte im Halbschlaf ein paarmal
die zusätzliche Isomatte unter mir gerichtet, die ich Gott sei
Dank in Barstow noch erworben hatte. Immerhin isolierten die
Matten und die beiden Schlafsäcke soweit, dass das Frieren
zwar unangenehm, aber nicht wirklich bedrohlich war. Der
äußere, dickere Schlafsack hatte einen Komfortbereich bis genau zwölf Grad, der leichtere Sommersack brauchte sicher etwas mehr Temperatur, aber beide zusammen ergänzten sich ja
und so war es auszuhalten.

Ein ganz anderes Problem tat sich auf, denn das Bier von gestern Abend wollte partout raus. Ich verspürte absolut keinen
Drang, bei den Temperaturen nach draußen zu krabbeln, aber
das Gebot der Natur war stärker und so fügte ich mich.

Beißende Kühle schlängelte sich durch den Reißverschluss, als ich ihn aufzog. Das, da war ich mir sicher, waren eindeutig weniger als zwölf Grad und so schnappte ich mir die Auto-schlüssel und warf die Zündung an, um einen neugierigen Blick auf die Digitalanzeige im Inneren zu werfen. Ich traute meinen Augen nicht, aber tatsächlich zeigte das Instrument 43 Grad Fahrenheit, umgerechnet also nur knapp sechs Grad an. Das passte immerhin zu meinen Empfindungen der Luft drau-ßen. Gegenüber der Wettervorhersage war es also tatsächlich um neun Grad Fahrenheit kälter geworden. Den Weg zum Toi-lettenhäuschen und zurück absolvierte ich in Rekordzeit und war froh, als ich mich wieder im vergleichsweise warmen Zelt in die Schlafstatt eingekuschelt hatte, den Teddy wärmend im Arm. Mein Schlafpensum hatte rund zehn Stunden betragen und damit war an richtiges Einschlafen nicht mehr zu denken, aber immerhin döste und träumte ich solange vor mich hin, bis das Tageslicht durch die Zeltdecke brach und ich auf steigende Gradzahlen außerhalb hoffte. Von der Innenseite des Zeltes hatte die kondensierte Luft in der Nacht getropft und so waren der Schlafsack und auch zwei Ecken meines Kopfkissens nass geworden. Aber egal, ich hatte die Nacht trotz der deutlich niedrigeren Temperatur erstaunlich gut überstanden und das beruhigte mich für meinen nächsten Stopp in Santa Cruz. Auch dort stand Zelten auf dem Plan, doch lag es noch ein Stück höher und nach den Fotos nicht so windgeschützt, wie der Platz hier. Auch das würde ich überstehen und schlimms-tenfalls ein Aufflackern der Erkältung in Kauf nehmen müs-sen.

Plötzlich gab mein Handy einen Ton von sich. Warnung we-gen Akkustand? Konnte nicht sein, denn die ganze Zeit im Auto hatte es gestern geladen und so blieb nur der Alarm. Den hatte ich aber zumindest bewusst gar nicht gestellt, also kramte ich das Gerät aus meiner Tasche und warf einen scheuen Blick auf das blendende Display und tatsächlich war eine Nachricht auf dem Messenger eingegangen. Ich hatte plötzlich ein hauchzartes Netz von H_2O und mein Draht zur Welt meldete den Eingang von Nachrichten, unter anderem auch die Antwort von zu Hause. Ich begab mich in die Senkrechte, wobei ich aufpassen musste, dass mein Kopf nicht an das von Wassertropfen gesäumte Zeltdach stieß, und las die Neuigkeiten. Viel bewegen durfte ich mich indes nicht, denn allein das Auf-die-Seite-Drehen sorgte schon wieder für ein Abreißen der Verbindung. Also tippte ich möglichst unbeweglich, was es zu tippen gab. Dann rief mein Magen nach einem Frühstück und vor allem nach einem heißen Kaffee. Dem Zelt entstiegen entriegelte ich den Kofferraum und breitete mein kleines Frühstück aus und startete den Gaskocher. Jetzt, mit der Ersatzkartusche im Gepäck, brauchte ich mir um den Gasvorrat keine Sorgen mehr machen und konnte ohne schlechtes Gewissen auch mehrere Kaffee pro Frühstück zubereiten. Zwar kam eine kräftige Flamme aus dem Kocher, dennoch dauerte es einige Minuten, bis das Wasser in der aufgesetzten Tasse richtig zu sprudeln begann, aber dann ließ ich mir eingehüllt in meine Schlafsäcke vor dem Zelt die ersten Schlucke schmecken.

Die Sonne arbeitete sich durch die Bäume und erreichte bereits den hinteren Teil meiner Campingfläche. Kurzerhand stellte ich mich mit dem Becher in der Hand in die Sonne und genoss die wärmenden Strahlen. Die Kollegen von der Flugbereitschaft waren unmittelbar nach meinen ersten Aktivitäten am Zelt auch wieder eingetroffen und hüpften aufgeregt flatternd umher. Jetzt hieß es aufpassen, damit sie nicht meine Brötchentüte attackierten und es mir so erging, wie morgens am Colorado River in Bullhead City, wo ich den Tauben das Feld überlassen musste nach der Eroberung meiner Brote. Mit jeder Minute wurde es schrittweise wärmer und schon zum Ende meiner morgendlichen Mahlzeit mit dem dritten Kaffee saß ich nur noch in Jogginghose und Pulli an meiner Sitzkombi und hatte mir nochmals mein Handy geschnappt, um alle eingegangenen Nachrichten vom kurzen Empfang durchzugucken, teilweise auch zu beantworten. Jetzt war an ein Netz nicht mehr zu denken, aber auf dem Weg nach Monterey führte mich die Straße ja noch einmal in Fernwood vorbei. Wenn sie zwischenzeitlich das Passwort nicht geändert hatten…

An den Nachbarplätzen regten sich erste Aktivitäten und das ein oder andere "Good morning" schallte hier und da und ich blickte fröhlich und entspannt in der Gegend herum. Mehrere kleine, bunte Gesellen kamen mutig zu meinem Sitzplatz gehüpft, bis sie in weniger als Armlänge von mir entfernt saßen. Sie waren neugierig, aber nahmen sich schwer in Acht, denn auch nur die kleinste Bewegung oder das geringste Zucken bei mir ließ sie sich sofort in die Luft erheben, um direkt danach gleich wieder zu landen. Obgleich ich den Vögeln erzählte, dass es bei mir nichts zu holen gab, blieben sie und sprangen hellwach um Zelt und Sitzgelegenheit herum.

Die Uhr zeigte halb elf, es stand für den Tag nur eine kurze Distanz von gerade mal 65 Meilen an, ein wenig über 100 Kilometer, keine Notwendigkeit daher, sich zu beeilen. Der Weg führte mich zur Dusche, wo ich die zweite Hälfte meiner Tokens im Automaten versenkte und endgültig durchwärmte und mich mit frischer Wäsche ausstaffierte. Zurück am Zelt wollte ich nun bei Helligkeit noch einmal den Weg bis zum Parkeingang zurückgehen, um nach meinem Schal zu suchen, denn irgendwo zwischen Eingang und Zelt musste ich das Ding ja verloren haben. Also trabte ich los und scannte den Boden rechts und links des Weges ab. Weit kam ich allerdings nicht, denn bereits an der nächsten Parzelle hatte jemand das Teil gefunden und auf einen der etwa kniehohen Holzpfähle zur Abgrenzung des Fahrweges gehängt. Danke an den Finder! Einerseits war ich froh, den Schal überhaupt wiedergefunden zu haben, andererseits ärgerte ich mich, dass ich ihn am Vorabend nicht gesehen hatte. Mein Fehler war wohl, ihn direkt auf dem Boden gesucht und auch nur dorthin geleuchtet zu haben. Hätte ich meine durchaus kräftige Handlampe einen Meter weiter nach links geschwenkt, wäre ich bereits gestern Abend fündig geworden. Aber er war wieder da und nur das zählte, denn meine Ausstattung hatte – von wenigen Dingen abgesehen – wirklich kein Backup, keinen doppelten Boden und keinen Ersatz. Falls mir also etwas abhandenkam oder kaputtging, war ich auf die Neubeschaffung und das Vorhandensein entsprechender Läden angewiesen, was sich hier am Highway sehr begrenzt gestaltete.

Mein Zelt hatte zwischenzeitlich einen Platz in der Sonne bekommen, um zu trocknen, die klammen Sachen aus dem Inneren waren im Auto auf die Rücksitze verteilt und so konnten die wärmenden Strahlen meine Ausstattung stückweise entfeuchten. Ich lud den Rest meiner Habseligkeiten in den Kofferraum und warf zum Abschluss wie immer den obligaten Blick in die Runde, alles dabei, nichts vergessen. "Auf geht's."

Der Checkout war spätestens um zwölf Uhr angesetzt, auch hier wäre noch eine halbe Stunde Zeit gewesen, so gab ich auf jeden Fall rechtzeitig mein Auslegeschild ab, kein weiteres bürokratisches Procedere, gute Fahrt und auf Wiedersehen wünschte sie mir und ein paar hundert Meter später war ich wieder on the road, wenn auch nur für eine Meile gen Norden, denn der Stopp in Fernwood am WLAN der Gaststätte, meiner einzigen Kontaktader im Moment, stand noch an. Ich brauchte mir nicht mal die Mühe machen, aus dem Auto auszusteigen, auch darin war der Empfang stark genug, und so machten sich die vorbereiteten Nachrichten auf den Weg in die digitale weite Welt. Zwei der neuen Nachrichten von Freunden und Kollegen las ich, die mich jetzt um die tollen Bilder beneideten, die ich regelmäßig in meinen Status packte. Immer wieder hallten mir dabei die Worte genau dieser Leute in den Ohren:

"Du bist ja verrückt…"

"Ganz alleine…?"

"Mit Zelt und Schlafsack? Auf 'nem Campingplatz?"

"So viel fahren?"

Und jetzt plötzlich waren sie neidisch und wünschten sich, sie wären mitgefahren. Oft genug hatte ich gefragt, ob jemand mich begleiten wollte, aber die Antworten waren samt und sonders negativ. Pech für Euch, ich fuhr jetzt weiter über den Highway One, die Cannery Row wartete auf mich. So bezeichnete John Steinbeck in seinem Roman "Straße der Ölsardinen" einen Abschnitt des Highways und einen Stadtteil, wo in der ersten Hälfte des 20. Jahrhunderts zahlreiche Ölsardinenfabriken ansässig waren. Von den Fabriken war außer den reinen Gebäuden nichts mehr übrig, der Name aber war geblieben und das Viertel beherbergt heute das touristische Zentrum der kleinen, knapp 30.000 Einwohner zählenden Hafenstadt Monterey.

Ich folgte der wieder einmal hervorragenden und unmissverständlichen Beschilderung und fand auch sofort den großen Parkplatz unmittelbar in der Nähe der Old Fisherman's Wharf, dem ehemaligen Werftgelände, das eins der touristischen Highlights geworden ist. Auf Stelzen im Wasser tummeln sich hier Geschäfte mit Kleidung, Souvenirs und natürlich ein

Erste Nacht am King's Row RV Park

Direkt am Ufer des Colorado River in Bullhead City

Klassisches Route 66-Feeling in Seligman

Der Grand Canyon vom South Rim aus

Tolle Oldtimer, auf Hochglanz poliert, in Kingman

Pause am Kernville River in Kernville

Küstenlinie am Highway 1

Highway 1 mit Blick auf den Julia Pfeiffer Burns State Park

Langgezogene Strände am Highway 1

Abendessen auf dem Campground in Monterey

Endlich in San Francisco angekommen, Fisherman's Wharf

Mein Lieblingstransportmittel, Cable Car in San Francisco

Painted Ladies am Alamo Square, San Francisco

Traumhafte Straße von Kernville Richtung Bakersfield

Weit, weiter, am weitesten

Straßen bis zum Horizont, faszinierende Weite

Tiefster Punkt der USA, Badwater im Death Valley

"Welcome to California"-Schild von der Nevada-Seite aus

Faszinierendes Las Vegas mit Wasserspielen am Bellagio

Am letzten Tag erblickt: Begrüßungsschild in Las Vegas

gastronomisches Angebot, vorwiegend mit Zeug, das das Meer zu bieten hat. Von Lobster über Shrimps bis hin zu allen Sorten Fisch konnte man hier wählen, aber zum einen kommen mir Garnelen, Tintenfische und Co. nicht auf den Teller und zum anderen bin ich bei Fisch etwas empfindlich, wenn das Tier auf dem Teller noch nach Tier aussieht oder ich es mir gar in einem der Wasserbecken aussuchen kann, sodass genau dieses dann getötet und für mich zubereitet wird.

Sicherlich mag es verwerflich anmuten, denn nur weil der Fisch im Fischstäbchen in rechteckiger Form unter Panade versteckt ist, ist er deswegen gewiss trotzdem gestorben. Aber irgendwie wirkte diese Erkenntnis hier viel unmittelbarer und ich verzichtete auf Seafood und beließ es bei einer schlichten Portion Pommes, die auch lecker und sättigend war. Dann fiel mir in einer Mischung aus Boutique und Souvenirladen ein Ständer mit Fleece-Jacken ins Auge. Aus der letzten Nacht hatte ich das Gefühl, grenzwertig am Frieren vorbeigeschrammt zu sein und so wollte ich mir eine kuschelige Jacke zusätzlich besorgen. Da ich abgesehen von den Erinnerungen und Fotos noch kein Andenken von dieser Reise für mich selber hatte, kaufte ich mir eine Jacke mit Monterey-Logo und Schriftzug. Made in USA, also heimische Produktion und nicht irgendwelche Billig-Importware, versicherte mir die freundliche Dame hinter der Kasse. Die Kreditkarte spielte übrigens anstandslos mit und nach Eingabe der PIN wanderten erfreulich geringe 20 Dollar virtuell über den Tresen.

Das Ticket, das ich beim Einfahren auf den Parkplatz gezogen hatte, wurde, soweit ich verstanden hatte, nach vollen Stunden abgerechnet und so hatte ich mit Reserve noch ein bisschen Zeit zum Schlendern durch die Marina. Ich schaute mir zahlreiche der Boote und Yachten an und genoss die wärmende Sonne vom wieder fast wolkenlosen Himmel. Nur vereinzelt hingen in weiter Entfernung ein paar ausgefranste Wattebäusche am Firmament, aber von Regen oder Schlechtwetter keine Spur. Zurück am Auto suchte ich dann den Parkautomat, jedoch vergebens. Ich drehte noch eine Autorunde über die Parkfläche, aber nirgends ein Gerät in Sicht. Als ich zur Schranke fuhr, stellte sich dann heraus, der "Automat" hieß Jeremy und war ein netter Herr älteren Jahrgangs und er drückte mir auf meinen Fünfer hin drei einzelne Dollarscheine in die Hand, wünschte mir einen schönen Tag und gute Fahrt. Ein Modell, das ich mir für Deutschland auch wieder wünschen würde, denn so eine freundliche Verabschiedung durch einen Menschen hatte eine ganz andere Qualität als die schnöde Digitalanzeige eines Münzenfressers.

Gut gelaunt steuerte ich nochmal ein Shopping-Center in Monterey an mit einem Besuch eines Ladens für organic food, das amerikanische Vokabelpendant zu deutschen Bio-Lebensmitteln. Brechend voll war es hier und das bereits um die frühe Uhrzeit und es war noch nicht einmal Wochenende. Dennoch kauften hier sehr viele Leute ein, nicht nur Rentner, sondern auch Mütter mit Kindern, Berufstätige im Blaumann, auch viele jüngere. Die Preise lagen, soweit ich das vergleichen konnte, sicher höher als im normalen Supermarkt, aber es waren nicht diese exorbitant hohen Differenzen, wie ich sie aus Deutschland im Kopf hatte. 20 oder 30% mochten es sicherlich als Aufpreis sein, aber das Tierwohl war mir das wert. Hinsichtlich möglicher ähnlicher Produkte zu meiner Standardernährung mit den Energybars wurde ich aber enttäuscht, so stand der Safeway als nächstes auf dem Programm, jedoch nicht, ohne ein bisschen Obst gekauft zu haben, natürlich organic. Der nächste Safeway befand sich nördlich in einem Einkaufszentrum in Del Mar, rund zehn Meilen von meiner aktuellen Position entfernt, die schnell abgespult waren. Leider gab es hier nur noch einen Riegel, so kaufte ich mir als Alternative mal etwas Gemüse, eine leckere Dosensuppe und Getränke, vorwiegend Wasser und zwei Dosen Bier, wieder eine andere Sorte.

Die CA 1 zog mich weiter nordwärts und obwohl es kaum größere Städte zwischen Monterey und meinem nächsten Campground gab, befand ich mich unerwartet im ersten Stau und im Anschluss daran hatte ich mich auch gleich noch verfahren, weil meine Konzentration irgendwo war, aber nicht bei den Verkehrsschildern oder meinem Navi. So wühlte ich mich weiter und traf auf das Städtchen Santa Cruz, wo ich einen Tankstopp einlegte und mir zwei Burger im Fastfood-Restaurant genehmigte. Praktischerweise konnte ich das dortige kostenlose WLAN nutzen, um die Nachrichten abzurufen, denn nach wie vor war ein Netz für mein Handy absolute Mangelware. Zahlreiche Rückmeldungen galt es zu beantworten und ein paar neue Bilder als Status einzustellen. Sollte die Bekanntschaft in Deutschland ruhig vor Neid platzen über die schönen Orte, die ich heute gesehen und besucht hatte.

Obwohl der nächste Campground als zu Santa Cruz zugehörig zeichnete, lagen noch dreißig zu überbrückenden Meilen vor mir, größtenteils entlang der Küste mit spektakulären Aussichten und wahnwitziger Landschaft. Die Farben der Steine, Berge und der Küste wechselten von Sand über Rot, Orange, wieder durchzogen von sattem Grün und über allem das endlos tiefe Blau des Himmels. Der Wettergott meinte es wirklich gut mit mir, denn es hätte auch nebelig sein oder in Strömen gießen können. Nicht ganz so gut allerdings meinte es Petrus hinsichtlich der Temperaturen, denn die kommende Nacht war mit 44 Grad Fahrenheit taxiert in der Gegend, das entsprach dann etwa wieder sechs Grad Celsius. Es blieb mir nur darauf zu hoffen, dass diesmal die Temperaturen nicht nochmal weitere sechs Grad unter der Prognose lagen, denn dann wäre der Gefrierpunkt fast erreicht. Ob meine Isolierung und der doppelte Schlafsack das noch würden kompensieren können, bereitete mir schon ein ungutes Gefühl im Bauch. Immerhin hatte ich zahlreiche Anziehsachen dabei, die ich mir überwerfen und notfalls auch noch unter meine Schlafstatt zum Polstern nehmen konnte. Im extremen Fall bliebe mir noch, in der Nacht das Auto anzulassen und mich wieder durchzuwärmen oder ganz darin zu übernachten.

Eine gute halbe Stunde später erreichte ich dann die nicht ganz einfach auszumachende Einfahrt zum KOA Campground, ein schmaler Weg, der die Bezeichnung "Straße" nicht verdient hatte. Dennoch geleitete er mich zum Ziel und mit Befahren des Platzgeländes wurde alles sehr gepflegt, ordentlich und aufgeräumt. Ein freundlicher Herr wies mir ergänzend zu den Hinweisschildern den Weg zur Rezeption des Zeltbereichs, denn neben diesem gab es auch noch Hütten (cabins) auf dem Gelände, die vermietet wurden. So absolvierte ich den Checkin bei einer netten Dame, die auf meine Nachfrage hin gleich noch einmal den lokalen Wetterbericht im Internet nachschaute und die Radiovorhersage etwa bestätigte. Die Hütten waren leider alle ausgebucht, obwohl keine Hauptsaison war, sonst hätte ich mich vielleicht spontan noch umentschieden, aber so blieb es definitiv beim Zelt. Ich folgte den Hinweisschildern und dem Plan in meiner Hand, den ich am Checkin erhalten hatte und wurde in einem abgezäunten Areal fündig. Auf den ersten Blick sah das Gelände, das etwa die Größe eines Handballfeldes haben mochte, durch den hohen Zaun aus wie eine Pferdeweide, aber das war sie, meine Bleibe für die Nacht. Kleine Schilder am Rand des Zauns wiesen den nicht näher erkennbaren Parzellen Nummern zu und meine war in einer Ecke am Rand zum Weg hin. Etliche Bäume umringten den

Platz und boten wenigstens etwas Schutz, aber durch die Lücken pfiff ein kräftiger Wind, der die Situation nicht gerade angenehmer machte. Aufgrund der Umzäunung konnte ich nicht mal das Auto direkt neben das Zelt stellen, um es so als Windbrecher schützend zu platzieren. All das stimmte mich nicht wirklich hoffnungsfroh für die Nacht. So suchte ich im Rahmen des zugewiesenen Platzes den Fleck direkt vor einem Zwillingsbaum, um welchen – so hoffte ich – der Wind dann herumziehen würde und nicht mein Zelt hin und her zerren. Das Wurfhaus poppte in seine Position, sechs Heringe rundherum ließen sich gut in den Rasen reindrücken und der formale Teil war erledigt. Ein paar Meter neben dem Zelt gab es wieder die praktische Kombination von Sitzbänken mit Tisch dazwischen, fertig aus Holz konstruiert und in schwerer Ausführung, Verrücken unmöglich. Immer zwei Parzellen teilten sich eine solche Kombination, diese hatte ich mangels Nachbarn für mich alleine.

Als nächstes hörte ich den Ruf der Natur und machte mich auf, die nahegelegenen Sanitärräume zu erkunden. Erste Überraschung: Die Anlagen waren von den WC bis zu den Duschen picobello sauber und bestens in Ordnung. Zweite Überraschung: Die Duschen waren heiß und kosteten keine zusätzliche Gebühr, lediglich ein kleines Banner ermahnte auch hier zur Sparsamkeit, denn der vergangene Sommer gehörte zu den trockensten in der Geschichte des Staates. So entledigte ich mich meiner Getränke und wusch Dreck und Schweiß von meinen Händen, die sich im Laufe der letzten Etappe seit dem Burger-Laden angesammelt hatten. Dann warf ich mir Jacke und Mütze über, packte alles von Wert ins Auto und den Rucksack, denn mein Weg sollte mich zum Strand führen. Es gab einen kleinen Pfad unweit des Zeltbereichs und nach wenigen Minuten stand ich an der CA 1, deren Verkehr überschaubar war. Der Eingang zu den Dünen lag ungefähr hundert Meter weiter in nördlicher Richtung und war – wie sollte es anders sein – gut ausgeschildert zu erkennen. Vor mir türmten sich bewachsene Sandberge auf, durch die in unendlichen Windungen ein Weg geführt war, teilweise durch Holzbohlen verfestigt und mit Tauen abgesperrt, denn die Dünen standen unter Naturschutz und die Informationstafeln wiesen auf das strenge Verbot hin, diese zu betreten. Der Wind nahm heftig zu mit jeder umwanderten Kurve und der Weg zog sich deutlich weiter, als die paar hundert Meter Luftlinie, die ich bis zum Strand zurückzulegen dachte. Eine hohe Düne später aber erblickte ich das weite Panorama des Pazifiks. Etliche hohe Felsen und Gesteinsbrocken hatten sich über den Strandabschnitt verteilt, als hätten zwei Riesen mit Würfeln aus Stein hier Glücksspiel betrieben. Die Meerseite der Dünen wies ein windgepeitschtes Muster auf, der Sand war pudrig fein und zog teils hochgeweht wie ein Schleier über die flache Ebene vor mir. Mich selbst eingerechnet war gerade mal ein halbes Dutzend Menschen hier an diesem Platz, alle dick eingemummelt in Jacken und mit Mützen auf den Köpfen. Als ich die Düne runterkraxelte, saßen in einer windgeschützten Nische zwei junge Damen und unterhielten sich, tippten parallel auf ihren Smartphones und beachteten mich nicht weiter. Einen Moment überlegte ich, sie zu fragen, ob und wenn dann welches Netz sie für ihre Telefone hatten, denn ich hätte auch gerne ein paar Grüße in die Heimat geschickt von diesem rauen, aber naturnahen Fleckchen.

Ein Stück nördlich hatten fleißige Leute aus Sand eine Seelöwen-Skulptur gebaut, das interessierte mich. Auch ein Vater mit seinen beiden Kindern hatte dieses Machwerk entdeckt und hielt darauf zu. Das Gebilde war etwa brusthoch und bildete ein Tier ab, das sich auf seinen Vorderflossen abstützte und den Kopf Richtung Himmel streckte, so als würde es ein Sonnenbad nehmen. Die Leute, die das geschaffen hatten, waren sicher professionelle Sandburgenbauer und wussten wirklich, was sie taten, denn nicht einmal die peitschenden Böen konnten dem Sandkoloss etwas anhaben. Das musste ich fotografieren und ging noch näher ran. Ich richtete meine Handykamera darauf aus, als plötzlich mein Herz stehen blieb, denn die "Sandburg" erwachte zum Leben und drehte sich in meine Richtung, wobei sie die typischen Laute eines Seelöwen von sich gab. Das waren sicher keine freundlichen Willkommensrufe, die das Tier da äußerte, denn es drehte sich weiter und setzte sich erstaunlich flink in Bewegung. Der massige Körper klatschte und rutschte über den Sand und hielt auf mich zu. Trotz Schreck in den Knochen bewegte ich mich und lief ein paar Schritte in Richtung Dünen. Auch der Vater mit seinen Kindern hatte sich erschrocken und türmte in eine andere Richtung. Der Seelöwe hatte nicht den Willen, mich einzuholen, so machte er nach wenigen Hopsern die Kehrtwende und hielt sein Antlitz wieder wie eine in Bronze gegossene Statue gen Sonne.

Ich wusste wenig, genaugenommen so gut wie gar nichts, über Seelöwen und hatte auch keinen Plan davon, wie schnell sich die Tiere bewegen konnten, aber auf ein Duell wollte ich es nun wirklich nicht ankommen lassen, denn ich war nur halbwegs sicher, dass ich der Schnellere war. So bewahrte ich nun sicheren Abstand und zückte wieder die Kamera und hielt auf den Löwen. Als hätte er den Start einer Fotosession mitbekommen, begann er sich im Sand zu wälzen, rollte sich und drehte Pirouetten, es fehlte eigentlich nur noch ein Ball, den er auf seiner Nasenspitze jonglierte. Nach rund einer Minute war für ihn die Vorstellung beendet und er ließ sich lang in den Sand platschen und rührte sich keinen Zentimeter mehr. Mein Puls beruhigte sich wieder und ich ging zurück in die Dünen, um mir ein windgeschütztes Plätzchen zu suchen. Zwar gab es keinen wirklich windstillen Ort, aber im Windschatten der höheren Erhebungen war es gut auszuhalten und die Sonne wärmte angenehm, auch wenn die Temperaturen hier deutlich unter zwanzig Grad Celsius lagen.

Das Erlebnis mit dem Seelöwen musste unbedingt in mein Tagebuch und so nutzte ich die Zeit und schrieb den heutigen Tag in meine Notizen nieder, auch wenn ich dieses Ereignis mit Sicherheit in meinem ganzen Leben nicht vergessen werde. Aus meinem Fundus im Kofferraum hatte ich noch eine Banane und einen Joghurt eingepackt und schlemmte mit dem herrlichen Ausblick vor meinen Augen schon mal ein verfrühtes Abendbrot. Die Zeichen am Himmel standen günstig für einen schönen Sonnenuntergang, kaum eine Wolke unterbrach das Blau und damit würde wieder ein – allerdings kurioser – Traum in Erfüllung gehen. Bereits vor langer Zeit hatte ich in dem Song "Everywhere" von Tim McGraw den Passus "Watching the sunset in Monterey..." gehört und genau das hatte ich mir vorgenommen, wenn ich schon mal hier im Monterey County war. Also beschloss ich, zum Zelt zurückzugehen, einen leckeren Gemüseeintopf auf meinen Kocher zu schmeißen und es mir mit einem Bier gut gehen, den Tag ausklingen zu lassen. Danach wollte ich noch einmal an den Strand für den Sonnenuntergang. Noch schnell meinen Müll eingepackt und los ging es. Der Weg zeigte sich zurück noch beschwerlicher als hin und in mir keimte die Idee, dass auch vom Zeltplatz aus der Sonnenuntergang ähnlich spektakulär sein könnte, also ließ ich die Entscheidung offen, welche Aktivität gleich noch geschah.

Als ich zurück war, entflammte das Feuerzeug den Gaskocher, die Suppe wanderte in die einzige Alu-Schale, die ich als

Kochgeschirr von zu Hause neben Teller, Tasse und Besteck mitgenommen hatte. Nun hieß es abwarten und ich richtete das Nachtlager weiter ein. Ich hatte wieder einmal die Umverpackung meines Zeltes als Decke auf den Tisch gelegt und darauf mein Abendessen angerichtet, während meine Blicke immer wieder rüber in Richtung Küste wechselten, denn die Sonne schien ihren Abstieg mit fortschreitender Zeit erheblich zu beschleunigen. Noch bevor der Eintopf einigermaßen heiß war, schickte sich der rote Glutball an, im Wasser zu versinken. So drehte ich das Feuer kurzerhand aus, deckte mein Essen ab, bewaffnete mich mit den zwei Handys für die Fotos und ging ein Stück vom Zeltplatz runter in Richtung einer sanften Abbruchkante. Von hier aus gab es einen herrlichen Ausblick über die gesamte Bucht, den Strand samt Meer und natürlich die Sonne, die bereits jetzt tiefrot in den Horizont eingesunken war. Ich summte das Lied von Tim McGraw vor mich hin und ein unbeschreibliches Glücksgefühl überkam mich, pflanzte mir eine Gänsehaut über den gesamten Körper und schüttelte mich, während ein paar Tränen über meine Wange kullerten.

Zurück am Zelt gab ich dem Kocher nochmal die Sporen und ließ mir dann den Eintopf schmecken, während ich in meinen Unterlagen vom Zeltplatz blätterte. Aha, es gab hier ein WLAN vom Platz und der Schlüssel dafür stand auch darin, also fix die Verbindung hergestellt und schon rasselte die Nachrichtenliste im Handy von oben herunter. Gleich im Zelt würde ich jede einzelne beantworten aber im Moment stellte ich nur den Status mit einem Bild vom Sonnenuntergang ein. Kurze Zeit später war es schon dunkel. Ich beendete mein Abendbrot und verräumte die Sachen, schnappte mir meine Duschutensilien und das Handtuch und ging rüber zum Comfort Place, dem kombinierten Bereich von Sanitäranlagen und

Laundry. Neben dem Eingang entdeckte ich einen Kamin mit drei Sesseln davor und einen großen Stapel Holz zur freien Verwendung an diesem Fireplace. Das heiße Wasser tat gut nach dem langen Tag und erfrischte herrlich. Gleich würde ich zum Zelt gehen, Chips und Bier holen und es mir am Feuer gut gehen lassen, dazu vielleicht etwas lesen. Gesagt, getan, beendete ich meine Reinigungsaktion, für die Nutzung des Waschsalons hatte ich noch nicht genug schmutzige Sachen, also verschob ich das auf den Aufenthalt in San Francisco.

Am Zelt war es bereits stockdunkel und ich musste mit der Taschenlampe den Weg suchen, die einzelne Funzel am Eingang des Zeltbereiches reichte leider nicht bis in meine hintere Ecke des Platzes, was andererseits aber auch wieder gut war, denn da sie vermutlich die ganze Nacht brannte, würde es im Zelt nicht so hell sein. Der Kulturbeutel verschwand im Kofferraum und meine neu erworbene Fleece-Jacke kam erstmals zum Einsatz. Ganz bequem in Jogginghose, T-Shirt und Fleece ging es mit E-Book und Verpflegung nebst Zahnputzutensilien zum Fireplace.

Doch als ich die kurze Strecke zurückgelegt hatte, hatten sich dort bereits zwei junge Männer niedergelassen und bereiteten auf einem Gaskocher ihr Abendessen zu. Den Kocher hatten sie dabei in den Kamin gestellt, sodass ich auf mein Feuer vorerst würde verzichten müssen. Wir kamen ins Gespräch, denn die beiden kamen aus Deutschland und ausnahmsweise wechselte ich die Sprache ebenfalls in Deutsch. Sie waren aus der Gegend um München und hatten sich hier in Kalifornien verabredet, um gemeinsam den Highway 1 mit dem Fahrrad in südlicher Richtung zu radeln. Als ich ihnen mitteilte, dass ich aus Süden kam und nach Norden wollte, fragten sie mich akribisch nach dem Verlauf von CA 1 aus. Über jede Steigung und jede Meile der Straße hätten sie sich am liebsten bei mir informiert. Ich berichtete also bereitwillig über die gut 130 Meilen, die ich dem Highway 1 gefolgt war. Über den Bereich rund um die Stadt Monterey konnte ich dabei allerdings nur wenig sagen, denn den Abschnitt des 17-Mile Drive hatte ich zugunsten des Ausflugs zur Cannery Row ausgelassen, selbst wenn dieser Abschnitt zu den schönsten zählte, die der Pacific Coast Highway zu bieten hatte. Diesen Teil würde ich bei einem anderen Besuch in Kalifornien fahren, dann vielleicht auf dem Motorrad. Wieder Futter für meine To-Do-Liste.

Die Jungs klebten an jedem Wort meiner Ausführungen, aber die Infos über die kurvigen, teils sehr steilen Bergetappen hätten sie dann vielleicht doch lieber gar nicht gehört. Auch den Teil nicht, den ich über die Temperaturen der kommenden Tage wiedergab, so wie der Wetterbericht ihn verkündet hatte. Der eine der Jungs hatte nur einen einfachen Sommerschlafsack dabei, so einen, wie ich in meinem Winterschlafsack eingebettet und trotzdem gefroren hatte. Dennoch ließen sie sich ihre Instant-Nudeln schmecken und verkrümelten sich danach in ihre Zelte, die unweit von meinem in der tent area standen. Jetzt war ich alleine, konnte endlich das bereitgestellte Holz aufschichten und mit ein paar Blättern Papier aus meinem Fundus nicht mehr benötigter Unterlagen in Flammen verwandeln. Schnell wurde es gemütlich warm und das war auch nötig, denn die Temperaturen waren seit dem Sonnenuntergang rapide gefallen. Aber nun loderten die Flammen in dem Kamin und ich legte noch ein Holzscheit obenauf, öffnete Chips und Bier und kann allmählich zur Ruhe. Ich ließ den heutigen Tag in meinen Gedanken Revue passieren. Auch wenn ich nur im Auto gesessen und eigentlich nicht viel Unruhe hatte, so versetzten mich die ganzen tollen Eindrücke doch in einen Erlebnismodus, den es zu verarbeiten galt. Mit dem Knistern des Kaminfeuers aber gelang das ganz hervorragend und ich schnappte mir dann den E-Book-Reader, las noch ein paar Seiten. Mit der Ruhe stellte sich nach und nach eine bleierne Müdigkeit ein, der ich mich nicht weiter in den Weg stellen wollte. Also erhob ich mich für die letzte Aktion des Tages zum Zähneputzen. Das Feuer glomm noch und vereinzelt züngelten ein paar Flammen empor, als ich aus dem direkt angrenzenden Waschhaus zurückkam und meine Sachen zusammenräumte.

Aus dem Augenwinkel bemerkte ich eine Bewegung am Fußboden und als ich aufschaute, krabbelte ein Tier in meine Richtung, das wie eine Mischung aus Stachelschwein und Stinktier aussah. Ob es vom Geruch der Chips angelockt war oder von den Resten der Instant-Nudeln aus dem Mülleimer, ließ sich nicht klären, aber da stand es wie festgefroren und rührte sich keinen Inch weiter. Ich zückte mein Handy für ein schnelles Foto, aber der Vor-Blitz der Kamera hatte es offenbar aufgeschreckt und es wuselte erstaunlich schnell in die nächste Deckung. Der eigentliche Blitz bildete in meinem Handyspeicher somit nur noch ein Stück vom Gehweg und eine Ecke des Kamins ab und keinen Beweis vom ungewöhnlichen Nager. Schade eigentlich. Gerne hätte ich rausgefunden, was sich wirklich dort für ein Tier gezeigt hatte, aber ohne Foto wurde das schwierig. Ich stellte das Schutzgitter um den Kamin herum auf, damit der Wind nicht Teile der Glut wegtrug. Die Trockenheit ringsherum war nicht nur ein Problem für das Trinkwasser, sondern auch für die gestiegene Waldbrandgefahr. Derart gesichert konnte ich die Feuerstätte aber ohne weitere Überwachung alleine abbrennen lassen. Ich trottete die stockdunkle Strecke zum Zelt zurück und bemerkte, dass es fast windstill geworden war. Mit dem Weggang der Sonne hatte sich auch die Luft beruhigt. Damit ließen meine Sorgen für die Kälte der Nacht erheblich nach und ich packte mich ins

Zelt, freute mich auf die Schlafsäcke, schloss die Reißverschlüsse und drehte mich auf die Seite. Mit vielen Gedanken an die heutigen Erlebnisse schlief ich ein.

TAG 9

SANTA CRUZ

SAN FRANCISCO

Still war es im Zelt, als ich die Augen aufschlug. Die Zeltdecke war bereits sonnendurchflutet und nur wenige Tropfen blitzten mich von oben an. Die Kälte, die ich befürchtet hatte, war nicht zuletzt wegen des ruhigen Windes ausgeblieben und hatte mir eine herrlich erholsame Nacht geschenkt. Die Digitaluhr am Handy zeigte eine Acht vor dem Doppelpunkt und die Getränke vom gestrigen Tag drückten, sodass mich mein erster Weg zum Toilettenhäuschen führte. Noch war nicht viel los auf dem weitflächigen Areal, ein älterer Herr ging mit seinem Hund spazieren, außer einem freundlichen "Good morning" sah er sich aber nicht veranlasst, in einen kurzen Smalltalk mit mir einzusteigen. Der Vierbeiner hatte auch mehr Augen bzw. Nase für die umstehenden Bäume und Zaunpfähle, weitere Leute begegneten mir vorerst nicht.

Im Duschhaus plätscherte es hinter einer verschlossenen Tür und eine junge Dame kam mir entgegen, ohne mir jedoch weitere Beachtung zu schenken. Wenigstens und kurzes "Hi" oder ähnliches hätte ich nett gefunden, aber wohl noch nicht um diese Uhrzeit, auch gut. Die Getränke hatte ich freigelassen und mich dann nach einem Kurzpflegeprogramm wieder zum Zelt begeben. Der Kaffeedurst stieg, als ich auf dem kurzen Stück den herrlichen Geruch aus einem der neben dem Zeltplatz stehenden Wohnwagen durch meine Nasenflügel zog. Die Sonne hatte meinen Holztisch noch nicht erreicht, so entschloss ich mich kurzerhand, den schon im wärmenden Licht stehenden Nachbartisch zu meinem zu erklären. Die Zeltverpackung als Tischdecke nutzend bollerte der Gaskocher darauf und bereitete mein Kaffeewasser zu, das wenige Minuten später blubbernd über die Kante spritzte.

San Francisco! Heute würde ich die Stadt aus meinen träumerischen Vorstellungen erreichen. Ich war gespannt, neugierig, aber zugegeben auch ein bisschen besorgt, denn das war mit Abstand die größte Stadt, sowohl flächen- als auch einwohnermäßig, die ich erst mal anzukratzen gedachte. Der Zeltplatz befand sich im südöstlichen Bereich in der Nähe des ehemaligen Stadiums der San Francisco 49ers, dem örtlichen Football-Team, das mit seiner Nummerierung an die Jahreszahl rund um die Entdeckung des Goldes im Golden State anno 1849 erinnerte. Somit blieb mir für heute die komplette Durchquerung der Stadt erspart. Das sah in den ersten Planungsstadien meiner Reise nämlich ganz anders aus, da ich ursprünglich den Campingplatz im Marin County nördlich der Golden Gate Bridge gebucht hatte. Die telefonische Anfrage dort im Juni hatte einen freien Platz direkt in Wassernähe mit Blick von Norden auf die Bucht und die Brücke ergeben. Da ich ein paar Wochen später aber immer noch auf die erbetene Mail-Bestätigung gewartet hatte, schrieb ich noch einmal hin und erhielt die sehr enttäuschende Antwort, dass bereits alle Plätze vergeben wären, mein Name sei aber nicht dabei. Die Suche nach einem Ausweichplatz ergab besagten RV Park im Süden, bei dem auch Zelten möglich war. So hatte diese ursprüngliche Enttäuschung nun auch den Vorteil einer deutlich besseren Anbindung an die Stadt mit den öffentlichen Verkehrsmitteln. Zudem reduzierte es die heutige Fahrstrecke auf unter 50 Meilen, was etwas weniger als 80 Kilometern entsprach, ein guter zeitlicher Ausgangspunkt dafür, auch noch den Rest des Tages in Downtown genießen zu können.

So viele Jahre hatte ich geplant, erdacht, verworfen, geändert, geträumt und jetzt, einen Tag vor meiner Ankunft dort, wusste ich eigentlich noch gar nicht genau, was ich mir in der Stadt der Städte überhaupt angucken wollte. Viel mehr als Cable Car und Golden Gate ergaben meine ersten Gedanken nicht. So schnappte ich mir meinen Kaffee und das obligate Marmeladenbrötchen und dachte an die Punkte, die mir aus Reiseführern und -erzählungen einfielen. Und dann polterten die Sightseeing-Ideen nach und nach aus meinen grauen Zellen hervor. Coit Tower, Transamerica Pyramid, Painted Ladies am Alamo Square, Palace of Fine Arts und einiges mehr. Mein Zelt trocknete derweil in der Sonne, als ich die Notizen Kaffee schlürfend ins Handy tippte und auch die Tagebuchnotizen des Vortags vervollständigte. Die beiden Radler vom Vorabend schälten sich derweil aus ihren Mini-Zelten und grüßten freundlich. So kalt, wie auch sie befürchtet hatten, war die Nacht dann nicht geworden, wussten sie zu berichten. Mehr als ein kurzer Meinungsaustausch war aber nicht drin, denn sie hatten noch eine lange Tagesdistanz gen Süden vor sich und wollten früh auf die Piste.

Die letzten Buchstaben flossen in mein Handy, einige Nachrichten und auch der Messenger-Status waren erledigt und es gab nur noch ein paar Sachen ins Auto zu packen, dann hatte mich gleich die Straße zurück. Der letzte, schon Gewohnheit gewordene, Blick auf den Platz blieb ohne Befund und nur noch ein kurzer Stopp an der Rezeptionsbude für den Check-out war zu erledigen. Ich wurde freundlich verabschiedet, ein kurzes Meinungsbild zum Platz mündlich erhoben und die junge Dame wünschte mir eine gute Weiterfahrt. Ein paar Schlaglöcher und ein Stück Schotterweg weiter strahlte mich der Teer der CA 1 an. So bog ich nordwärts ab, "San Francisco, ich komme".

Die Nähe zum Zentrum der Bay Area blieb mir nicht verborgen. Zum einen durch die zunehmende Zahl von Straßen und Schildern, zum anderen durch den erheblich stärkeren Verkehr. In meiner Vorstellung führte der Highway 1 einfach nördlich weiter und irgendwann würde ich dann die Stadtgrenze erreichen, aber erstens kommt es anders und zweitens als man denkt.

Zuerst ging es auf die CA 92 East, stellenweise auf die CA 35, dann wieder CA 92 und plötzlich war ich auf dem One-O-One, dem Highway 101, in nördlicher Richtung. Die Küste blieb zwar immer in meiner Nähe, aber das Wasser war nur sporadisch an meiner Seite. Das war sicher nicht das Schlechteste, denn der Verkehr wurde immer dichter und stockte stellenweise bis zum richtigen Stau. Wenngleich dieser auch nur wenige Minuten anhielt, war es doch eine befremdliche Erfahrung nach den Tagen der wilden und weiten Gegenden, plötzlich auf sechsspurigem Asphalt im Stop-and-Go voranzukriechen. Der 101 zog mich kurze Zeit später weiter nach Norden, vorbei am Flughafen San Francisco International und dann ging alles plötzlich unerwartet schnell. Das Navi drängte mich, rechts abzufahren und wenige Kurven später befahl es mir, noch 200m geradeaus zu folgen. Da, wo es mich aber hinhaben wollte, standen Bauzäune auf der Fahrbahn und wirklich weiter kam ich hier nicht. Ich drehte in einem Kreisverkehr um und suchte nach einer Alternative, um schnurstracks wieder vor demselben Bauzaun zu landen. Hinter selbigem standen etliche Baufahrzeuge, von Aktivität oder gar Menschen, die ich hätte fragen können, aber weit und breit keine Spur. Dafür gab es umso mehr Betonbrocken, Abrissmüll und große Flächen, die offenbar mal das besagte Stadium und bis 2013 Heimat waren für das Profiteam der NFL, der National Football League. Zahlreiche denkwürdige Spiele hatten hier stattgefunden, doch das war nun ein Relikt der Vergangenheit, offizielles Ende des Stadiums war im August 2014. Irgendwann einmal, so ließen mich die bereits leicht verwitterten Bauschilder wissen, sollten hier Wohnungen und ein Einkaufszentrum entstehen. Theorie und Praxis lagen aber zum jetzigen Zeitpunkt noch weit auseinander, sehr weit. Nicht ganz so weit weg aber war ich laut Navi von meinem Ziel, dem Candlestick-RV Park. Also zoomte ich das Navi und schob den Stadtplan ein wenig hin und her, dann offenbarte sich der Weg zu meinem Ziel, eigentlich viel einfacher als gedacht. Wieso ich mich eben mehrfach verfahren hatte? Ich hatte nicht die geringste Ahnung. Aber keine zwei Minuten später stand ich am Eingang des RV Parks und stellte den Motor ab. Es war kurz nach Mittag und ich schälte mich aus dem Auto, von knapp 80 Kilometer doch mehr angestrengt, als ich erwartet hatte. Der Verkehr und die ungewohnte Dichte waren so ganz anders als die vergangenen Tage in der Weite des Westens. Meine hintere Flanke war schweißnass und ich hielt den Rücken Richtung Sonne, nicht mehr als ein tröstlicher Versuch. So wechselte ich kurzentschlossen auf dem Parkplatz in ein trockenes, sauberes T-Shirt aus dem Fond meines Wagens, womit ich auch für den geplanten Stadtbummel gleich ausgehtauglich war. Der Checkin direkt am Eingang des Platzes war nicht zu übersehen und ich betrat den Raum, eisgekühlte Luft inklusive. Direkt vor mir war ein länglicher, leicht abgeschrägter Tresen, hinter dem ein freundlicher Herr saß, der gerade noch mit einer älteren Dame Konversation betrieb. Links von mir zogen sich mannshohe Kühlvitrinen und ein paar offene Metallregale in die Tiefe des Raumes. Sie waren nur zum Teil gefüllt. Enthalten waren Dinge des täglichen Bedarfs für die Camperwelt wie Lebensmittel, Getränke und typisches Zubehör von Steckern über Kabel, Leinen, Heringen und mehr.

Hinter dem Tresen war ein weiterer Ausgang, der auf die andere Seite des Platzes führte. Rückwärtig dahinter zog sich eine Glasfront entlang, die einen Überblick über alle Zugänge auf den Platz von der Straßenseite aus bot. Die ältere Dame schloss ihren Dialog mit dem Mitarbeiter und beide wandten sich mir zu, begrüßten mich freundlich. Auch hier genügte schon die alleinige Nennung meines Namens und alles ging seinen Weg. Kein Ausweis, keine Papiere, schlicht und unkompliziert. Die Bezahlung erfolgte per Kreditkarte mit dem Einchecken und dann erhielt ich einen Platzplan, der mir den Weg zum Zeltbereich verriet. Die Bezeichnung "RV Park" hatte in mir die Assoziation erweckt, dass es hier viel Grün in Form von Bäumen und Rasen gab. Das entsprach allerdings nicht dem Areal, das ich hier vorfand. Mit dem Auto waren es bis zur tent area nur etwa 50 Meter, aber außer einer Hecke war nicht viel Natur zu sehen. Und dann sah ich den Zeltbereich, der aus kaum mehr als einem knapp zwei Meter breiten Rasenstreifen bestand, der sich an einem Dutzend Parkplätzen entlang zog und auf der hinteren Seite ebenfalls von einer Hecke begrenzt war. Die Möglichkeiten, hier mein Zelt aufzustellen, beschränkten sich also auf maximal eine Mannslänge Tiefe und etwas mehr als die Breite eines PKW. Wenn ich morgen früh aus dem Zelt blickte, würde ich in den Auspuff meines eigenen Autos schauen.

Gegenüber stand eine lange Reihe von großen, überwiegend stationär eingerichteten Mobilheimen und RV, davor typisch amerikanische Pickups in eher schlechtem Pflegezustand. Links von meinem Zelt befand sich noch ein großes, geschlossenes Tor, hinter dem sich eine Art Müllabladeplatz befand, nur unzureichend vor Blicken geschützt durch einige Holzplatten und vereinzelt stand ein kleiner Baum herum. Der Grünstreifen entlang der Parkplätze war unglücklicherweise den Anwohnern des Platzes als Hundewiese höchst willkommen. Auch wenn die Herrchen die Hinterlassenschaften ihrer Vierbeiner größtenteils eingesammelt hatten, verblieb doch ein merklicher Geruch davon, aber da musste ich nun durch. Alles in allem war ich arg zwiegespalten. Ich war in San Francisco und hatte mir den Einstieg in die Stadt wahrlich attraktiver vorgestellt. Stattdessen nächtigte ich in wenigen Stunden auf einem Rasenstreifen, der schmaler war, als das Grün auf einer handelsüblichen deutschen Autobahn. Die Gegend, in der ich mich befand, glich eher einer Deponie und einer Baustelle, als einem angemessenen Vorort.

Dennoch hatte ich beschlossen, aus meinem Aufenthalt hier das Beste zu machen und genau das wollte ich nun tun. Also packte ich die Sachen ins Zelt, die gegen Diebstahl unkritisch waren, alles andere kam ins Auto. Wertsachen und Handys hatte ich in meiner Umhängetasche und ein paar Getränke nebst Ersatz-T-Shirt wanderten in den Rucksack. Ich betrat erneut den Raum der Rezeption und fragte den Empfangsmitarbeiter zur Sicherheit noch einmal nach dem Weg zur Straßenbahnhaltestelle, wenn ich die Gilman Avenue entlangging, was als Strecke in maximal zehn Minuten zu bewältigen sein durfte. Der Mann schaute mich etwas entgeistert an und schüttelte den Kopf, riet mir dann dringend davon ab, diese Gegend zu Fuß zu passieren, insbesondere nach Einbruch der

Dunkelheit ab etwa 18 Uhr. Die ältere Dame von vorhin sprach mich dann plötzlich an und fragte mich nach meiner Herkunft. Sicherlich wies mich mein Akzent im Englischen eindeutig aus und wir stellten ganz schnell fest, dass wir beide aus Deutschland kamen. Zwar war sie vor etlichen Jahren hierhergezogen, beherrschte aber die Sprache immer noch recht gut. Um den Rezeptionisten nicht auszuschließen, wechselten wir aber sofort wieder zum Amerikanischen. Auch sie hatte das Ziel Downtown, also Innenstadt, und wir überlegten gemeinsam nach einer Lösung. Die fand sich in Form des Rezeptionisten, der anbot, über sein Uber-Konto eine Fahrt für uns zu buchen. Wir erstatteten ihm kurzerhand jeweils zehn Dollar und keine zehn Minuten später kam ein blauer Wagen mit einem Enddreißiger, der sich über seinen Auftrag zu freuen schien. Nachdem ich der Dame die Tür zum Beifahrersitz aufgehalten hatte, setze ich mich nach hinten und wir starteten. Es ging besagte Gilman Avenue entlang und ich bekam einen Eindruck von der Gegend. Es lag viel Müll auf den Straßen und alles wirkte wenig gepflegt. Von den Bewohnern waren überwiegend Farbige zu sehen, aber so kritisch, wie die Beschreibung eben lautete, sah es jetzt nicht aus. Kinder spielten auf den Bürgersteigen, zwei Mütter saßen mit ihren Säuglingen vor dem Haus, eine von ihnen stillend. In mir wuchs die Zuversicht, nachher zumindest vor der Dunkelheit hier noch sicher entlanggehen zu können.

Zwar kannte ich von der Karte her ansatzweise die Aufteilung der Stadt, aber nach wenigen Kreuzungen und ein paar Abbiegevorgängen hatte ich die Orientierung verloren. Ich konnte nur anhand der Himmelsrichtung und des Sonnenstandes die Fahrt gen Norden erkennen. Wir fuhren über einen Teil, der ebenfalls die Straßenbezeichnung 101 trug, auf die Skyline der Stadt zu und schon standen wir im fetten Stau. Immerhin

hatten wir eine Pauschale bezahlt unabhängig von der Fahrzeit und der Fahrer betätigte sich ganz hervorragend als Stadt-
führer, wusste zu vielen Ecken und Gebäuden Interessantes zu
berichten. Auch die ältere Dame, deren Name ich nie erfahren
hatte, berichtete über ihre Geschichte und auch meine Reise
hatte ich in groben Zügen dargestellt, was den Fahrer höchst
neidisch machte. Immer, wenn es der Verkehr zuließ, kamen
wir ein Stück weiter voran in den Kern der Stadt und links und
rechts der Straßen mehrten sich Bettler und Arme. Obdachlose
lagen in den Tür- und Fensterlaibungen geschlossener Geschäfte, nicht selten stand auch irgendeine Form von Alkohol
daneben, die Armutsspirale hatte hier voll zugeschlagen. Nur
wenige Meilen weiter war der Financial District mit der Börse,
an der Millionen und Milliarden jeden Tag verdient wurden.
Es war erschreckend für mich zu sehen, wie dicht hier arm und
reich beieinander lagen. Links überholte eine Nobelkarosse
mit durchweg abgedunkelten Scheiben, sicherlich auf dem
Weg zu irgendeiner Bank. Ursache, so klärte uns der Fahrer
auf, war der Techno-Hype im südlich gelegenen Silicon Valley, der die Preise für Mieten und Lebenshaltungskosten in
San Francisco und Umgebung ins Unerschwingliche trieb. Die
dotcom-Blase schaffte ein Niveau, in der sich der normal ar-
beitende Mensch entscheiden musste, mit seinem Einkommen
entweder die Miete zu bezahlen oder für seine Ernährung und
Kleidung zu sorgen. Für beides reichte der Arbeitslohn einfach
nicht. Als Folge verloren die Leute ihr Dach über dem Kopf.
Zwar hatte ich schon davon gehört, dass in dieser Stadt das
Preisgefüge ordentlich durcheinandergeraten war, aber so
schlimm hatte ich es nicht erwartet.

Nun war ich schon über zwei Stunden in der Stadt, deren Besuch ich so lange entgegengefiebert hatte, aber bisher hatte ich
kaum etwas von dem gesehen, womit ich diesen Ort immer in

Verbindung gebracht hatte. Eine gewisse Enttäuschung überkam mich, aber innerlich wehrte ich mich dagegen. Es konnte einfach nicht sein, dass mein Bild so verkehrt angelegt war, und es durfte auch einfach nicht so sein, so redete ich mir zumindest ein.

Je weiter wir dem touristischen nördlichen Bereich von San Francisco kamen, desto hügeliger wurden die Straßen, die Großteils unter einem schachbrettartigen Rechteckmuster verliefen. Dadurch waren die Straßen manchmal so steil, dass der Fahrer vor dem Einfahren in eine Kreuzung durch die Frontscheibe nur noch den Himmel sehen konnte. Entsprechend langsames Fahren war hier notwendig, um nicht aufzusetzen oder einen Fußgänger zu übersehen, aber der junge Mann beherrschte seine Wege souverän. Dann war die Fahrt vorbei und rechts ging eine Straße steil bergab. Beim Blick aus dem Fenster sah ich erstmals das Wasser der Bay aus der Nähe und auch die Gefängnisinsel Alcatraz. "Ghirardelli" strahlte mich der Fahrer an, als er sich zu mir umdrehte. Die ältere Dame und ich verließen das Fahrzeug, bedankten uns beim Fahrer und verabschiedeten dann auch uns gegenseitig, da wir unterschiedliche Ziele auf dem Plan hatten. Ich blieb einen Moment stehen und blickte auf die steil abfallende Larkin Street vor mir, in gefühlter Katzensprungweite war bereits das Wasser mit dem Maritime National Historical Park sichtbar, im Hintergrund erhob sich Alcatraz aus dem Wasser und es war noch nicht mal drei Uhr, so hatte ich einige Stunden Zeit, um die ersten besseren Eindrücke von San Francisco in mich aufzusaugen.

Der normale Bürgersteig der Straße war seitlich ergänzt um Treppenstufen, so krass ging es hier bergab und ich musste neben dem tollen Ausblick schon auf die Schritte vor mir achten, um nicht zu stolpern oder auf die Nase zu fallen. Je mehr ich mich dem Wasser näherte, desto flacher wurde es und hinter mir prangte das Banner des Ghirardelli Square, Überbleibsel einer ehemaligen Schokoladenfabrik. Über 100 Jahre war es her, als hier in diesem Straßenblock der gebürtige Italiener Domingo Ghirardelli das Zentrum seiner Süßwarenfertigung etablierte und für rund 70 Jahre weltberühmte Schokoladenkreationen produzierte. Mitte der 60er Jahre des letzten Jahrhunderts war das Gelände aber nicht mehr vonnöten, weil die Firma übernommen und der Sitz in den Alameda County verlegt wurde. In dieser Zeit kaufte der Unternehmer William Roth das Areal, verwandelte es in das dem heutigen Erscheinungsbild ähnliche Zentrum mit Shops, einem Hotel und Gastronomie und machte es der Öffentlichkeit zugänglich.

Die Weite der Bucht, das Wasser und die Stadt selber zogen mich aber magisch an und so hatte ich keine Lust auf Shopping-Atmosphäre innerhalb von vier Wänden. Mein Blick wanderte gen Westen und dann sah ich sie, die Golden Gate Bridge, ganz ohne Wolken, wie sie das Golden Gate majestätisch überspannte. Der blaue Himmel erhob sich über den dahinter liegenden Marin Headlands mit ihren grünen Hügeln und das leuchtende Rostrot der Brücke strahlte mich dazwischen an. Die Farbe erinnerte mich nicht wirklich an Gold, wie man das für ein Golden Gate erwartet hätte. Ursprünglich sollte die von Joseph B. Strauss konzipierte Brücke einfach schlicht grau gestrichen werden. Der Rostschutzanstrich erfolgte als Vorstufe im Farbton "International Orange" und dieser Farbton gefiel aber derart gut, dass man es kurzerhand dabei beließ. Eine gute Wahl für das über 2700 Meter lange Kunstwerk, wie ich beim Betrachten so dachte. Ich erklomm den leichten Anstieg zum Fort Mason und konnte von dort aus noch einmal aus etwas höherer Position die Brücke betrachten. Zu Fuß war mir der Weg dorthin aber für heute zu weit. So beschloss ich, den Besuch auf morgen oder übermorgen zu verschieben, wenn ich ohnehin mit dem Auto darüberfahren würde.

Danach ging es zurück zu einer gemütlichen Sitzgelegenheit nahe des Ghirardelli Square am Wasser. Obwohl die Sonne schien und kaum Wolken zu sehen waren, war es durch den Wind ziemlich kühl. Da auch mein Rücken durch den Rucksack stark nassgeschwitzt war, musste ich mir ein geschütztes Fleckchen suchen und stärkte mich mit einem Energybar und einem Schluck zu trinken. Ich blickte auf die Uhr und plante meinen weiteren Nachmittag, wollte ich doch spätestens um 6 p.m. an der Straßenbahnhaltestelle zur Gilman Avenue sein, um den Heimweg zu meinem Zelt im Hellen zurückzulegen.

Ein Abstecher zur Fisherman's Wharf sollte drin sein und den Coit Tower hatte ich mir ausgesucht, vielleicht noch ein paar Haltestellen mit der berühmten Cable Car. Nach kurzem Fußmarsch erreichte ich die Wharf und schaute mir die zahlreichen gastronomischen Versuchungen und ein paar Shops an, mit dem Angebot an Seafood wurde ich aber nicht wirklich warm. Hummer mit Gummibändern um die Scheren stapelten sich wie bereits in Monterey in viel zu kleinen Wasserbecken und erregten bei mir Unverständnis und Mitleid. Etwas Fischiges hier zu essen, schien zwar geboten, aber der Appetit war mir vergangen. Also ging ich weiter und freute mich an den zahlreichen Seelöwen, die sich auf kleinen Holzinseln am Stelzengebilde des Touristenmagnets niedergelassen hatten. Viele andere Menschen fanden die Tiere auch sehr fotogen und es wurde mit Selfies und Kameras posiert und geklickt. Da die Wassergenossen aber nicht nur ein niedliches Aussehen abgaben, sondern auch Unmengen unschöner Düfte, meldete sich meine Nase und befahl mir, ein weniger belastetes Plätzchen zu suchen und somit marschierte ich weiter. Der Coit Tower mit seinem fantastischen Ausblick über die Stadt oben auf dem Telegraph Hill zog mich an. Das sonnig-warme Wetter und die Temperaturen ließen mich nach den ersten Metern bergan in meiner eigenen Suppe baden, aber ich trottete wacker dem Turm entgegen, wobei ich einige Probleme hatte, den Stadtplan richtig zu deuten. Entweder waren die Straßen gegenüber dem Plan anders oder mein Hirn war schlicht zu überanstrengt, um diese akrobatische Leistung zu erbringen. Trotzdem gelang es mir schlussendlich mit einigen kleinen Umwegen zum Coit Tower durch seinen ihn umgebenden Pioneer Park aufzusteigen. An seinem Fuß pausierte ich und füllte ein wenig Flüssigkeit nach, von der ich bis hierher sicher reichlich ausgeschwitzt hatte. Hinter mir ragte das Gebäude mit 210 Fuß in die Höhe. Es wurde Anfang der 1930er Jahre erbaut auf Geheiß von Lillie Hitchcock Coit, die als Urheberin mit einer stattlichen Spende die Intention zur Verschönerung der Stadt verfolgte. Die daraufhin beauftragten Architekten entwarfen den Turm zum Zwecke eines prächtigen Panoramablicks im typischen Art Déco-Stil.

Das äußere schlichte Betonoutfit in sandgelb wirkte nicht sonderlich spektakulär, dafür sollten im Inneren zahlreiche Wandgemälde namhafter Künstler zu sehen sein, so verhieß die Bronzeplatte am Eingang. Gewidmet war der Turm den Mitarbeitern der Freiwilligen Feuerwehren, die bei etlichen großen Katastrophen der Stadt ihr Leben ließen. Dass der Turm mit seiner Spitze aber der Mündung eines Feuerwehrschlauchs nachempfunden sein soll, sei eher im Bereich der Spekulationen oder des Zufalls anzusiedeln, erklärte mir ein Einheimischer, mit dem ich mich in ein kurzes Gespräch darüber verlor. Ich musste allerdings zugeben, dass sich beim oberen Teil des Bauwerks eine gewisse Ähnlichkeit mit einer Feuerspritze nicht ganz bestreiten ließ. Ich genoss derweil weiter den Ausblick auf Alcatraz, die beiden Brücken und den Hafen und für einen Moment überlegte ich, die Turmbesteigung noch zu wagen. Dazu, mir über den Eintrittspreis Gedanken zu machen, kam ich aber gar nicht, denn eine lange Schlange vor der Eingangstür schreckte mich ab und so blieb mir der Ausblick von oben und der Anblick auf die Kunstwerke innen verwehrt. Wieder ein Punkt, der auf meine To-Do-Liste für einen nächsten Besuch in San Francisco zu schreiben war.

Vor dem Tower machte der Telegraph Hill Boulevard eine Wendeschleife mit kleinem Parkplatz und in dessen Mitte stand eine Statue von Christopher Columbus, an der ich noch ein paar Aufnahmen machte. In welche Richtung Columbus auf seinem Podest blickte, weiß ich allerdings nicht mehr. Ob es wohl Richtung Indien war? Ich stieg über ein Stück des Boulevards abwärts und wechselte kurze Zeit später auf die Lombard Street.

"Das ist doch genau die Straße, die…"

Genau die, die wohl kurvigste Straße der Welt. Unglücklicherweise war der von zahlreichen Fotos und Videos bekannte Teil genau am anderen Straßenende und so verschob ich dessen Besuch auf übermorgen mit dem Auto, denn dann fuhr ich ja ohnehin nordwärts durch die Stadt und konnte einmal den Kurvenrausch genießen. Somit ging es weiter zu Fuß, immerhin jetzt bergab, bis ich auf die Columbus Avenue stieß. Hier waren im Straßenbelag Schienen eingebettet mit dem typischen in der Mitte verlaufenden Kabelkanal, somit musste hier wohl in Kürze ein Cable Car entlangrumpeln. Ich hielt Ausschau nach der nächsten Haltestelle, die durch entsprechende kleine Schilder am Straßenrand gut zu erkennen waren. Die Linie, auf der ich gleich fuhr, nannte sich Powell-Mason, eine von drei noch aktiven Linien im Stadtgebiet.

Die Cable Car ist wohl eins der berühmtesten Wahrzeichen der Stadt und als Verkehrsmittel bereits seit knapp 150 Jahren in den Straßen von San Francisco unterwegs. Die seit Beginn des Betriebs wachsende Zahl von Linien zwischen verschiedenen Endpunkten der Stadt wurde anfangs noch von unterschiedlichen Firmen betrieben. Rund ein Vierteljahrhundert später kamen elektrifizierte Bahnen zu Serienreife und läuteten das Ende der Ära dieser Kabelschacht-Bahnen ein. Einige Linien wurden auf das elektrische System mit Oberleitung umgestellt, die Verunstaltung der Stadt mit Drähten gefiel aber vielen nicht. Mit dem BigBang, dem großen Erdbeben in der Gegend im April 1906, nahmen alle Linien erheblichen Schaden und mussten komplett neu aufgebaut werden. Dies wurde zum Anlass genommen, die meisten der Strecken tatsächlich zu elektrifizieren, nur entsprechend steile Passagen der Stadt wurden wieder mit dem Kabelsystem ausgerüstet.

Hierbei verläuft ein großes Stahlkabel in einem Kanal unter der Straßendecke. Der Fahrer des Gefährts, der Gripman, greift mit einer Vorrichtung wie eine Art Zange dieses Kabel, wodurch sich die Fuhre in Bewegung setzt. Die unterflur verlaufenden Stahlseile der verbliebenen Linien werden alle von einem zentralen Punkt in der Cable Car Barn Ecke Mason und Washington mit großen Maschinen durch die Straßen gezogen. Hier befindet sich für Interessierte auch ein eindrucksvolles Museum. Mit dieser traditionellen Technik werden die Bahnen also bis heute angetrieben und das bleibt hoffentlich auch in Zukunft so.

Vom Ende der Straße her konnte ich nach kurzer Wartezeit ein Cable Car um die Ecke poltern sehen und hören. Einige Tage vor Reiseantritt hatte ich mir ein "Muni"-Ticket gekauft, also eine Dreitages-Fahrkarte für die öffentlichen Verkehrsmittel in der Stadt. Jetzt war es Zeit, dieses Ticket auf dem Handy scharfzuschalten, denn auch hier passierte die Bereitstellung und Aktivierung komplett papierlos. Nach wenigen Klicks war alles gültig und ich konnte zusteigen, als der Wagen vor meiner Nase hielt. Ich wurde ermahnt, meinen Rucksack nach innen zu nehmen, aber ansonsten durfte ich tatsächlich einen der begehrten Plätze auf dem Trittbrett einnehmen. Wider Erwarten sanft setzte sich alles in Bewegung und fuhr mit behaglichen 15 Meilen der Endhaltestelle entgegen. Zwischendurch kam der Kontrolleur und scannte meinen Code, der auf dem Display meines Handys angezeigt wurde. Das Ticket für drei Tage lag bei unter 30 Dollar, die einzelne Fahrt mit dem Cable Car schlug mit 7,50 Dollar zu Buche, somit ein wirklich lohnenswerter Deal, von dem ich in den zwei Nettotagen zahlreich Gebrauch machte. Am Endpunkt stieg ich dann gleich wieder um in die Gegenrichtung und folgte fast der gesamten Fahrstrecke bis auf die California Avenue, dieses Mal aber auf einem Sitzplatz, von denen es rund 30 in jedem Wagen gab, dazu noch einmal ebenso viele Stehplätze. Den Gripman bei seiner Arbeit zu betrachten, war hierbei mindestens ebenso spannend, wie die damit einhergehende Stadtrundfahrt. Das Ein- und Auskuppeln sowie das dosierte Abbremsen der gut sieben Tonnen schweren Gefährte artete auf den zum Teil steilen Straßen der Stadt in körperliche Schwerstarbeit aus. Meinen Respekt für diese Leistung. Dass mancher Gripman oder der ebenfalls im Fahrzeug befindliche Kontrolleur dabei den ein oder anderen unachtsamen Fahrgast etwas rüde zurechtweisen musste, konnte ich gut verstehen, denn das Unfallpotential war durchaus beachtlich, auch weil die Autos teilweise in nur wenigen Zentimetern Entfernung neben den Bahnen fuhren oder parkten.

Ein Handzeichen für den Fahrer genügte und er verlangsamte an der Kreuzung California und Mason, sodass ich gefahrlos abspringen konnte. Immer noch blitzte der gelbe Ball vom Himmel und bescherte mit Traumwetter eine tolle Kulisse für ein paar Fotos von den Hügeln der Stadt. Aber das Cable Car-Fieber hatte mich gepackt und so stieg ich gleich in der Gegenrichtung wieder auf, Dank meines Tickets überhaupt kein Problem. Als nächstes dann also in die Powell-Hyde-Linie, zwischendurch dann wieder ausgestiegen und Fotos gemacht. An einer netten Straßenecke stellte ich mich einen Moment rücklings in die wärmende Sonne, denn das T-Shirt unter meinem Rucksack war über die gesamte Länge des Rückens nassgeschwitzt. Eine Schülerlotsin lachte mich an (oder aus?) und wir kamen in einen kurzen Smalltalk, bevor sie wieder mit Schildern bewaffnet den gefahrlosen Straßenübergang für ein paar Schulkinder regelte. Auch hier ein Punkt für die USA, sucht man so etwas in Deutschland doch vergebens. Zumindest in meiner jüngeren Vergangenheit konnte ich mich jedenfalls nicht daran erinnern, einen Schülerlotsen an Kreuzungen gesehen zu haben.

Nächster Zustieg in die Linie VanNess, womit ich alle drei Linien benutzt und viele Sehenswürdigkeiten der Stadt direkt oder aus der Nähe passiert hatte. Der Blick auf die Uhr mahnte mich, meinen Sightseeing-Trip für heute zum Ende zu bringen, denn der Weg mit der "normalen" Straßenbahn bis zu meinem RV Park stand einschließlich des Fußmarschs durch das bedenkliche Viertel noch an. Die Haltestelle Gilman Avenue Ecke Dritte hatte ich auf dem Plan gefunden und den theoretischen Punkt der Abfahrt dieser Linie "T" auch, nur in der Praxis sah das ganz anders aus. Ein freundlicher Sicherheitsmitarbeiter der städtischen Verkehrsgesellschaft gab mir aber den entscheidenden Hinweis, dass die Linie in diesem Stück unterirdisch verlief, so ging ich eine Etage tiefer in die U-Bahn und wurde dank der dort hervorragenden Beschilderung

keinen Meter im Unklaren gelassen, wo meine Abfahrt zu erfolgen hatte. Wenige Minuten später sollte die Bahn bereits an-
rollen. Obwohl einige der zahlreichen anderen Fahrgäste auf
dem Bahnsteig recht unorthodox aussahen, hatte ich nicht das
Gefühl von Unwohlsein oder Unsicherheit.

Als ich die T dann bestieg, knallte mir eiskalte Luft auf den
Pelz, denn die Klimaanlage war im Fahrzeug auf maximale
Kühlung eingestellt. So wickelte ich mich dann sofort in meine
Jacke ein, die ich bis dahin die meiste Zeit im Rucksack bzw.
um den Bauch gebunden durch die Stadt getragen hatte und
war insgeheim froh, sie doch mitgenommen zu haben. Die
Straßenbahn fuhr südöstlich dem Verlauf der King Street fol-
gend und unter anderem auch direkt unter der Oakland Bay
Bridge hindurch, die San Francisco mit Oakland verbindet und
die benachbarte Yerba Buena Island als naturgegebenen Brü-
ckenpfeiler benutzt, entgegen ihrer berühmteren Schwester im
Norden aber tatsächlich ihren grauen Farbanstrich erhalten
hatte. Der Verkehr auf der Brücke fuhr auf zwei Etagen, stadt-
auswärts ging es auf der unteren Spur, stadteinwärts nach San
Francisco auf der oberen mit dem eindeutig besseren Ausblick.
Da ich die Bay Bridge dieses Mal nicht passierte, kam auch dies
auf die To-Do-Liste für das nächste Mal.

Zwischendurch bog die Bahn von der King Street in die 3rd,
also die Dritte, ab und passierte den AT&T Park, in dem seit
einigen Jahren die Spiele der San Francisco Giants in der Major
League Baseball abgehalten werden. Während der Fertigstellung dieses Buches war übrigens auch der Name AT&T Park
bereits wieder Vergangenheit und durch Oracle Park ersetzt.
Sowohl AT&T als Telefonanbieter wie auch Oracle als dotcom-
Unternehmen im Bereich von Datenbanken ließen den Einfluss der Firmen des nahen Silicon Valley als Sponsoren erahnen.

Keine halbe Stunde später kam ich an meiner Zielhaltestelle an und es war gerade mal 6 p.m. und damit noch hell. Somit hatte ich meine Zeitplanung richtig und gut eingeschätzt. Jetzt wurde ich etwas aufgeregt. Was erwartete mich, wenn ich nun durch die Gilman Avenue ging als offensichtlich Weißer in einem von Schwarzen dominierten Stadtteil? Ich überquerte die 3rd nach dem Aussteigen und bog flotten Schrittes in die Zielstraße ein. Das Viertel sah wirklich nicht sonderlich gepflegt aus, auch die hier herrschende Parkordnung war sehr individuell und manche Autos standen so dreist auf dem Bürgersteig, dass nur der Umweg auf die Straße blieb. Einige Anwohner saßen vor dem Haus und unterhielten sich, Kinder spielten Ball auf der anderen Straßenseite. Aber für mich interessierte sich absolut niemand. Ich hatte mir ausgemalt, Gangs kamen aus dunklen Winkeln einer Seitenstraße gesprungen und nahmen mir unter Vorhaltung eines Messers oder anderer Waffen alles bis zum letzten Hemd ab. Aber nichts dergleichen geschah, worüber ich sehr erleichtert war. Nach ein paar Minuten erreichte ich schon wieder den Bereich der Baustelle vom ehemaligen Candlestick-Park, erblickte aber kurz davor noch eine Bushaltestelle der Linie 29. Hier musste ich morgen doch mal in die nähere Recherche einsteigen, ob ich das Viertel nicht damit umfahren konnte. Und schon war ich heile und unversehrt wieder im RV Park, meldete mich pflichtgetreu am Eingang zurück und bedankte mich nochmal für die Buchung der Fahrt mit Uber. Etwas irritiert fragte mich der Rezeptionist, wie ich denn zurückgekommen sei. Dass ich den Weg zu Fuß und ohne Probleme absolviert hatte, konnte er nicht recht glauben. Dann tauschten wir uns über die Entwicklung des Viertels seit Abriss des Stadions aus. Seine Beschreibungen nahm ich gedanklich nach dem kurzen Austausch mit zum Zelt und mitsamt dem schalen Beigeschmack der armen Stadtviertel, die wir heute Morgen passiert hatten, legte sich ein bedrückendes Bild auf mich, das ich nicht abzuschütteln vermochte. Ich hatte von dieser Stadt so viel Schönes gehört, Schwärmerei in den höchsten Tönen, aber natürlich wusste ich aus den Medien von der anderen Seite der Stadt mit Armut und Preisexplosion. Aber gerade die unmittelbare Nähe dieser beiden Extreme ließ mich nicht so schnell los, zumal ich einen ganz anderen Einstieg in die Stadt erwartet hatte.

Am Zelt checkte ich einmal die eingegangenen Nachrichten und verfasste meine heutigen Erlebnisse stichwortartig an meine Lieben, wohlwissend, dass dort wegen der Zeitverschiebung jetzt Matratzenhorchdienst war und eine Antwort nicht vor meinem nächsten Morgen eintraf. So schob ich noch ein paar Fotos des heutigen Tages in meinen Messenger-Status und schlenderte noch einmal zum Duschhaus, um mich bettfertig zu machen. Auf dem Weg zurück war die Sonne bereits verschwunden und die Temperaturen gingen runter, sodass ich mich flugs in meinem Zelt einquartierte. Da in unmittelbarer Nähe ein WLAN-Hotspot war, hatte ich einen guten Empfang am Handy und entschied mich dafür, heute mal nicht zu lesen, sondern mir von einem Videoportal einen Film anzugucken. Vor ein paar Jahren hatte ich einen Streifen gesehen, in dem ein junger Mann auf der Suche nach dem Sinn des Lebens – oder zumindest einem Ziel – auf jemanden trifft, der Wünsche erfüllt. Dieser Jemand schickt ihn auf einen Trip über die "Interstate 60", so auch der Filmtitel, die es in Wirklichkeit und auch im Film auf den Karten gar nicht gibt. Dennoch taucht sie plötzlich auf und verwickelt den jungen Mann in zahlreiche, spannende Abenteuer. Der Film spiegelt viele Aufnahmen wider, die ich so oder so ähnlich aus der letzten Woche ebenfalls kennengelernt hatte und so schien mir dieser Film für heute Abend lohnenswert. Dass er als Video nur in Englisch verfügbar war, störte mich nicht weiter, sondern freute mich insgeheim sogar, denn das Hörverstehen war seit meinem Aufenthalt in den USA von Tag zu Tag erheblich besser geworden.

Die letzten sechs Stunden hatten Spuren bei mir hinterlassen, aber nicht nur mental, sondern auch körperlich, denn ich war ziemlich erschöpft von den zurückgelegten Strecken und den bergigen Etappen in der Stadt. Vielleicht trugen auch die Unmengen von Eindrücken und Erlebnissen dazu bei. So merkte ich, dass nach nicht mal der Hälfte des Films meine Augen zufielen, daher verschob ich den Rest einfach auf morgen. Die Temperaturen waren noch moderat, ich brauchte keine Fleece-Jacke und machte einfach den Reißverschluss des Schlafsacks zu, ebenso meine Augen.

TAG 10

SAN FRANCISCO

Es war viertel vor zehn, als ich meinen Weg in die Stadt startete, dieses Mal wollte ich die Gilman Avenue mit dem gestern erblickten Bus der Linie 29 abkürzen und prompt kam auch einer um die Ecke gebogen. Zur Sicherheit fragte ich die Dame noch einmal, ob ich direkt in die T-Line umsteigen könne. Ich konnte und so fuhr ich ein paar Straßenzüge mit dem Bus ab, der nicht direkt die Gilman befuhr, sondern etliche parallele Straßen abgraste. Zeitlich war diese Variante keine Ersparnis, denn das Kreuz und Quer mit den diversen Stopps an Haltestellen kostete seine Zeit, aber ich hatte Urlaub und einen ganzen Tag vor mir, kein Grund also für irgendwelche Hektik.

Meinen Rucksack hatte ich gepackt, am Zelt wie üblich etwas gefrühstückt und sicher fand sich unterwegs noch das ein oder andere Geschäft, um etwas gegen Hunger oder Durst zu unternehmen. So konnte ich also mein Tagesprogramm abspulen und nach dem Umstieg in die Straßenbahn T dem Stadtkern näherkommen. Mit dem Muni-Plan in der Hand entschied ich mich, an der Endstation der Hyde Street in ein Cable Car zu steigen. Das erwies sich aber selbst um diese frühe Uhrzeit als abenteuerliches Unterfangen, denn es hatte sich bereits eine lange Schlange rund um die Haltestelle gebildet. Auch wenn sich pro Fahrt mindestens 50-60 Personen in einen Wagen quetschten, hätte ich hier trotzdem mindestens eine halbe Stunde oder länger ausharren müssen, das war mir eindeutig zu viel. So beschloss ich, den Verlauf der Linie zu Fuß in Angriff zu nehmen, um dann direkt in die California-VanNess-Linie einzusteigen. Von dort ging es drei Blocks weiter und dann konnte ich in die Powell-Hyde wechseln, ohne warten zu müssen und kurz vor Schluss gab es dann sogar wieder einen der begehrten Stehplätze auf dem Trittbrett. Ziel für den Moment war der Palace of Fine Arts. Nahe der Endstation Powell fuhr der Bus Linie 30 direkt bis zum Palace, auch hier konnte ich mich in den Bussen dank Dreitages-Ticket frei bewegen. Das Ding hatte sich bereits heute Morgen mit der ersten Fahrt schon amortisiert. Nach rund einer Viertelstunde erreichte ich dann das Gelände des Palace of Fine Arts, doch leider hatte das Wetter nichts Gutes im Gepäck. Die Wolken zogen zu und der Wind frischte auf, Zeit die mitgenommene Jacke zum Einsatz zu bringen. Dennoch ließ ich meine Laune davon nicht vermiesen, schlenderte auf dem Gelände herum und machte zahlreiche Fotos.

Ich näherte mich dem Wasser der Bay, das in unmittelbarer Nähe lag, um von dort aus in Richtung Golden Gate Bridge zu gehen, aber die Temperaturen und der Wind nagten derart ungemütlich an mir, dass ich die Strecke bis zur Brücke nicht hin und zurück laufen wollte. Zugegeben, ich hatte die Entfernung bis dorthin eindeutig falsch eingeschätzt. So begnügte ich mich mit ein paar Fotos des rostroten Bauwerks, bei dem zu meiner

Enttäuschung durch den Nebel auch noch die obere Hälfte unsichtbar war. Nur die Füße und ein Stück der Fahrbahn guckten unten aus der grauen Suppe hervor. Sicher hatte ich morgen mehr Glück. So bummelte ich gemütlich an der Marina entlang parallel zum Wasser, überquerte die Anhöhe des Fort Mason und entdeckte dann einen Safeway ganz in der Nähe. Leider waren hier die Energybars ausverkauft oder heute gar nicht gebacken worden, so mussten ein paar andere Vollkornbrötchen her. Dafür gab es Scheibenkäse in abgepackter Menge, mit der man nicht eine Baseballmannschaft drei Wochen ernähren konnte. So wanderten die Brötchen, Belag und ein paar Cookies auf das Kassenband. Interessanterweise erntete ich hier an der Kasse keine ungläubigen Blicke, als ich darum bat, keine Tüte zu bekommen und alles in meinen Rucksack verstaute. Vielleicht war San Francisco doch in gewisser Weise Vorreiter für das ökologische Bewusstsein in Amerika.

Neben dem Maritime Museum waren Betonstufen so angeordnet, dass sie wie Bänke zum Verweilen einluden, also pausierte ich kurzerhand an einem windgeschützteren Platz für eine Zwischenmahlzeit. Mein Blick fiel auf das Wasser, das am Ufer leise brandete und recht einladend aussah. Nur der kühle Wind machte das Baden hier zu einem sehr zweifelhaften Vergnügen, von dem sich aber zwei ältere Herrschaften nicht abhalten ließen und mutig ihre Bahnen zogen. Hinter mir ragte wieder das Ghirardelli-Gebäude in die Höhe und mein Blickfeld wurde eingerahmt vom Golden Gate auf der linken und Alcatraz auf der rechten Seite.

Das als Gefängnisinsel bekannte Eiland in der Bucht war zwar seit 1963 nicht mehr in Betrieb, dennoch herrschte reger Bootsverkehr auf das etwa 500 Meter lange Felsriff, welches Mitte des 19. Jahrhunderts erstmalig eine Funktion bekam. Das erste Leuchtfeuer an der Westküste der USA ging nämlich genau hier in Betrieb und lotste Schiffe in das Golden Gate. Bereits kurze Zeit später erkannte man die militärisch günstige Position und errichtete dort ein Fort, in das auch Gefangene inhaftiert wurden. Allerdings wurde keinem Taschendieb oder Räuber dieser Ausblick auf San Francisco zuteil, sondern vorrangig Kriegsgefangene saßen dort im überschaubaren Komplex ein. Erst in den dreißiger Jahren des letzten Jahrhunderts erfolgte der Umbau in die heute noch bekannte Struktur als Gefängnis und bereits ab 1934 wurde es zum am meisten gefürchteten Hochsicherheitsgefängnis seiner Zeit. Hinter den Gittern des Zellenblocks saßen so zweifelhafte Berühmtheiten ein wie Al Capone oder "Machine Gun" Kelly. Die Fähren zur Insel gingen regelmäßig vom Port of San Francisco, an Wochenenden war jedoch ohne eine frühzeitige Reservierung spontan kein Platz zu bekommen. So erreichte auch dieser Punkt meine To-Do-Liste für den nächsten Urlaub in der Bay.

Ebenso interessiert wie ich an Alcatraz und der Bay Area zeigte sich das Möwenvolk an meinen Brötchen. Ich hatte nämlich angefangen, sie ziemlich dilettantisch mit bloßen Fingern zu öffnen und dann mit dem leckeren Käse zu belegen, auf den ich mich schon gefreut hatte. Die sich dabei unweigerlich ergebenden Krümel sagten den Schmarotzern sehr zu, die sich arg nah an mich herantrauten. Aus der Nähe sahen sie viel gewaltiger und fast bedrohlich aus, aber offenbar hatten sie vor mir auch entsprechenden Respekt. Auf weniger als einen Meter Abstand ließen sie es nicht ankommen, auch wenn ich ständig mit einer Attacke à la Hitchcock rechnete. Dieser Streifen war übrigens damals im nur rund 50 Meilen nördlich gelegenen Küstenörtchen Bodega entstanden, durch den der Küstenabschnitt Bodega Bay und der Ort selbst eine große Publicity erfuhren und auch heute noch Touristen anlocken. So blieb die gedankliche Nähe an den Horrorfilm auch nicht aus, als sich weitere Möwen zu ihren Kollegen gesellten. Hätten diese stattlichen Kreaturen gleichzeitig mich und meine Brötchen attackiert, sie hätten sicher gewonnen. So aber begnügten sie sich mit der Aussicht auf das, was von meinem Essen abfiel, um sich später darüber herzumachen. Der Wind ließ keine wirkliche Gemütlichkeit aufkommen und trotz vereinzelter Sonnenstrahlen fühlte ich mich schnell unterkühlt und zog weiter. Ich hatte mich noch nicht ganz vom Platz wegbewegt, da brach der Streit um meine Krümellandschaft mit lautem Gezänk los. Na denn Jungs, guten Appetit.

Ich wollte heute noch die Transamerica Pyramid sehen und fotografieren, sowie nochmal zum Hafen und so bot sich die nahe Powell-Hyde-Linie an. Die Drehscheibe an der Endstation, mit dem klangvollen Namen "Friedel Klussmann Turnaround" überschrieben, war schon reichlich von Wartenden besetzt, aber bei weitem nicht so viele, wie heute Morgen am anderen Ende der Linie. Also reihte ich mich kurzerhand ein, rund 60 Leute, sollte schnell gehen. Doch es schien irgendeine Störung vorzuherrschen, denn weder kam ein Wagen rein, noch fuhr einer ab. Die Schlange wurde länger und länger und der Wind frischte sehr unerfreulich auf. Trotz aller angelegten Kleidungsstücke, die ich in die Stadt mitgeführt hatte, fror ich wie ein Schneider. Mitleid erregte allerdings manch Tourist, die oder der in kurzen Hosen und nur mit Top oder T-Shirt bekleidet auf die Wiederaufnahme des Bahnbetriebs wartete. So vergingen zehn Minuten, 20 und dann 30 und keine Bewegung in Sicht. An der Kreuzung war der Rückstau zahlreicher Cable Car-Wagen zu sehen, aber es ging nichts vor und nichts zurück. Die Mitarbeiter schnatterten aufgeregt in ihre Funkgeräte und liefen hilflos auf dem kleinen Gelände herum. Dann endlich kam das "Go" und der erste Wagen wurde zum Einsatz gebracht und fuhr los. Im zweiten Wagen fand ich dann auch einen Platz, wenn auch nicht auf dem Trittbrett. Dann dauerte es aber noch einmal rund zehn Minuten, bis dieses Gefährt sich endlich in Bewegung setzte. Die Strecke, die ich fahren wollte, hätte ich in der Zeit locker zu Fuß geschafft, aber mir ging es natürlich um das Erlebnis Cable Car und das war das Warten wert. Das ruppige Poltern der alten Maschine war alles andere als bequem, aber gerade die archaische Mechanik und ihre Beständigkeit faszinierten in der heutigen, schnelllebigen Zeit der Technik, deren wesentlicher Ausgangspunkt im Silicon Valley weniger als eine Autostunde südlich lag.

Nach dem Abbiegen von der Washington auf die Powell sprang ich dann ab, da ich die Clay in östlicher Richtung laufen wollte, denn Chinatown lag auf dem Weg zwischen mir und der Pyramid. Mit einem Schlag fühlte ich mich zigtausend Meilen nach Westen versetzt, denn in den Straßen prangten Schilder mit chinesischen Schriftzeichen vor den Geschäften. Bunte, traditionelle Dekoration hing in eher schmalen Seitengassen über der Fahrbahn und geschäftiges Treiben und exotische Gerüche erreichten meine Sinne. Da ich nicht ein einziges chinesisches Schriftzeichen beherrschte, konnte ich kurz nachempfinden, wie sich ein Analphabet wohl fühlen muss, wenn er zwar einen Haufen Zeichen sieht, aber nicht mal ansatzweise versteht, was die ihm zu sagen haben. Das Problem hatten die Menschen um mich herum sicher kaum, denn neben ein paar Touristen liefen hier vorwiegend fernöstliche Kulturen herum, oder von hier aus betrachtet besser gesagt fernwestliche. Über 100.000 Menschen wohnen, leben und arbeiten in diesem 24 Häuserblocks umfassenden Stadtteil, der in der Liste der Sehenswürdigkeiten San Franciscos einen festen Platz hat. Richtig warm wurde ich aber mit dieser Kultur noch nie und so beschränkte ich mich auf einen Eindruck und ein paar schöne Fotos und zog weiter, denn nur ein paar hundert Meter weiter wartete die Transamerica Pyramid auf mich. Die Clay Street ging stetig bergab und man spürte hier, wie hügelig die gesamte Stadt ist, ein Umstand, der mir nicht nur bei der ersten Fahrt mit dem Uber-Fahrer vor Augen geführt wurde. Direkt links vor mir ragte sie dann 260 Meter hoch in den Himmel, als ich an der Ecke zur Montgomery Street ankam, die Pyramide. Und tatsächlich hieß sie nicht nur so, sondern ihre Hülle und Optik waren der ihrer Verwandten in Ägypten nachempfunden. Im oberen Bereich wuchsen aus den Flanken des Gebäudes zusätzliche langgezogene Dreiecke heraus, deren Funktionen nicht nur architektonischen Ursprungs sind, sondern eine Schutzfunktion bei Erdbeben bieten sollen. Wie gut das Design des Architekten William Pereira sein Ziel erfüllt, bleibt abzuwarten, aber während des letzten größeren Erdbebens im Oktober 1989 trug der Wolkenkratzer nur geringe Blessuren davon.

Der Eingang in das Gebäude lag unscheinbar an der von mir aus hinteren Seite und ermöglichte den Eintritt in die Lobby mit einem Modell des Hochhauses, aber das war es dann auch mit dem öffentlichen Bereich. Leider gab es keine Möglichkeit, in die obersten Stockwerke zu fahren und einen Blick auf die Stadt von dort aus zu werfen. Auch ein für jeden zugängliches Restaurant oder eine Aussichtsplattform waren leider nicht vorhanden, was ich sehr schade fand. Sicher hätte ich mich im Vorfeld kundig machen können, aber diese Adresse stand ohnehin auf meinem Sightseeing-Plan, also war ich eh hier und den Blick auf die Stadt hatte ich ja am Coit Tower schon genossen.

Die Nähe des Financial District war spürbar, denn die Gebäude wurden höher, die Bauten zweckmäßiger und der Touristentrubel verabschiedete sich. So trottete ich meinem

Stadtplan folgend weiter Richtung Ferry Building und kreuzte dabei die California-VanNess-Linie der Cable Car. Kurzerhand entschied ich mich, mein Ticket nochmal zu strapazieren, obwohl es sich bereits mehrfach bezahlt gemacht hatte. Aber die kleine historische Bahn hatte mein Herz erobert und ich wollte jede auch noch so kurze Gelegenheit nutzen, ein paar Stationen damit zurückzulegen. An der Kreuzung zur Powell-Hyde-Linie stieg ich dann noch um für einen kleinen Ride in Richtung Union Square. Die Brötchen von vorhin waren offenbar schon verdaut, denn der Magen rumorte und meine Rettung lag nahe der Endstation in Form eines Burgerladens. Dankenswerterweise durfte ich hier mit meiner Bestellung auch kurz die Toiletten besuchen, um mir mal gründlich mit Seife die Hände zu waschen, bevor ich gleich herzhaft in mein Essen beißen würde. Ein paar Dollar wechselten wie damit auch die Tüte den Besitzer und ich lief die Meter zum Union Square zurück, wo ich mich mitten auf dem Platz an einer Sitzgelegenheit nieder- und mir mein Essen schmecken ließ.

Hier, mitten in der Stadt, war der Wind deutlich weniger spürbar und die Sonne kam auch wieder zwischen den Wolken durchgekrabbelt. Ich hatte mich viel bewegt und viel gesehen an dem Tag, aber trotzdem war es erst drei Uhr nachmittags. Für die Rückkehr zum RV Park also noch zu früh, sodass ich meinen Sightseeing-Zettel konsultierte und die Punkte darauf abhakte, die ich besucht hatte. Unter den noch offenen entschied ich mich für den Alamo Square mit seinen berühmten Häusern, den Painted Ladies. Von so vielen Kalenderblättern und Postkarten kennt man das berühmte Motiv, bei dem sich die viktorianischen Häuser mit ihren bunten Farben vor der Skyline der Stadt erheben. Jetzt war es tatsächlich an der Zeit, dass ich selbst dort ein paar Fotos machen durfte. In der Muni-App fand ich nach kurzem Stöbern den korrekten

Reiseverlauf, praktischerweise gleich mit Abfahrtzeiten und Umsteigepunkten. Also ging ich zur südöstlichen Ecke des Platzes, von dort einige Meter zu Fuß zur Market Street und auf die Linie 5R warten. Kaum hatte ich das Handy weggepackt, kam auch schon der Bus und beförderte mich in westlicher Richtung. Eine Viertelstunde später war die passende Haltestelle McAllister Street erreicht und nun trennten mich noch maximal drei Gehminuten vom Alamo Square. Ich überquerte die Fußgängerampel und ging die Fulton Street rauf und schon erhob sich rechts vor mir der Platz, der viel steiler war, als ich angenommen hatte. Das Areal begrüßte mich mit einer stattlichen Treppe, die ich hochstieg und dann konnte ich die Ladies in ihrer vollen Schönheit sehen. Allerdings war ich mit diesem Wunsch keineswegs alleine, denn die Rasenfläche war gespickt mit Menschen, die ebenfalls dieses Motiv bannen wollten. Vom einfachen Handy bis zur professionellen Videokamera mit Equipment im Bollerwagen war alles vertreten, wie auch eine Vielzahl von Nationalitäten. Sogar ein paar Fotografen mit konventionellen Film-Fotoapparaten waren noch zu bestaunen. Man konnte sie schlicht daran erkennen, dass sie alle paar Minuten einen neuen Film einlegen mussten und ihr Auslöser eine deutlich geringere Schlagzahl zu verarbeiten hatte, dafür waren die Bilder mit erheblich mehr Bedacht vorbereitet. Daran, mich einfach ruhig auf den Rasen zu pflanzen und die Aussicht zu genießen, war nicht zu denken, denn andauernd wurde mir ein Handy in die Hand gedrückt mit der Bitte, doch ein paar Fotos zu machen. Dieser Bitte kam ich natürlich gerne nach. Warum aber so viele Menschen meinten, die Fotos mit ihnen drauf wären schöner als nur die Architektur, konnte ich wie bereits am Grand Canyon nur mit Unverständnis zur Kenntnis nehmen. Um beschäftigt zu wirken, zückte ich mein Handy und schrieb Tagebuchnotizen. Die Sonne stand noch lange nicht im Westen, also hatte ich noch

Zeit, die ich aber nicht mehr an den Painted Ladies verbringen wollte. Zu unruhig war mir hier die Menschenmenge auf kleinem Raum. Ich stieg also kurzerhand wieder in den Bus, diesmal in Gegenrichtung, und stoppte am Civic Center für ein paar Fotos und einen Rundgang über das weitläufige Areal. Etliche imposante Gebäude wie etwa die City Hall oder das Memorial Opera House umrahmten den Plaza, der einen Block weiter direkt in den United Nations Plaza überging. Ein Kunstwerk der besonderen Art weckte mein Interesse, denn eine Anhäufung kleiner, kurioser Bronzefiguren stand dort aufgereiht. Fast schon militärisch sahen die kleinen Kerle aus, aber was sie bezwecken oder darstellen sollten, habe ich nicht rausgefunden. Vor der Bronzeplatte im Boden tummelten sich unzählige Leute und rätselten, insofern blieb mir der tiefere Sinn dieser Kunst verborgen. Wenn Sie, liebe Leserin, lieber Leser, darüber mehr wissen, freue ich mich über Ihre Rückmeldung.

Ein Blick auf Sonnenstand und Uhr wies mir den Weg zurück zum Bus, der auch nach wenigen Minuten kam. Interessant zu sehen war der Antrieb der Busse, genaugenommen deren Energiezufuhr, denn sie fuhren an Oberleitungen, die über weite Ausleger den Strom aus Kabeln über der Straße zapften. Damit war der emissionsfreie Nahverkehr möglich. Auch hier hatten wieder andere die Nase unserem Land ein Stück voraus. Die paar Minuten Fahrzeit vergingen schnell und an der Market Street stieg ich dann um in die Linie T zur 3rd und Gilman. An der Ecke enterte ich dieses Mal den Bus, der mich auf Umwegen in die Nähe des RV Park brachte.

Das Zelt war über den Tag hinweg getrocknet, denn gestern war mir ein kleines Malheur passiert. Eine offene Dose Bier stand im Eingang, als ich gestolpert und quasi ins Zelt gefallen war. Dabei ergoss die Dose ihren Inhalt auf den natürlich wasserdichten Zeltboden samt Isomatte. Unterlage und ein Stück vom Kopfkissen nahmen Feuchte und Geruch des Bieres an. Daher am Vormittag kurze Waschaktion und alles im Auto verstaut. So hatte es den Tag über Zeit zu trocknen, was auch geklappt hatte. Alle Sachen wieder ins Zelt und schon mal für die Nacht bereit machen, bevor der Run auf die Duschen losging. So packte ich meine Duschutensilien und trollte mich in den Waschraum und wusch mit herrlich warmem Wasser den Dreck der Stadt und des Tages ab. Obwohl San Francisco in weiten Teilen sehr sauber und gepflegt war, hatte ich mir kaum mal richtig die Hände waschen können, dafür aber an Haltegriffen, Türeinstiegen oder Geländern angefasst, auf Parkbänken gesessen, mit Geldscheinen bezahlt und Münzen entgegengenommen. Das alles galt es jetzt loszuwerden.

Plötzlich schmeckte ich im Mund etwas Komisches, ich hatte Nasenbluten bekommen unter der Dusche. Dicke rote Tropfen klatschten auf die Fliesen am Boden. So stoppte ich die Dusche und hüpfte flugs aus der Kabine raus, um mir ein Papierhandtuch zu holen. So konnte ich mich erst mal abtrocknen und anziehen. Es würde sicher gleich aufhören. Beim Verlassen der Dusche hatte sich das Tuch aber bereits bedenklich durchtränkt, also das nächste Tuch und die Nase zugedrückt und zurück zum Zelt. Ich war etwas beunruhigt, weil die seltenen Fälle, in denen ich Nasenbluten bekam, zumeist nach wenigen Sekunden wieder erledigt waren, nicht aber heute. Im Zelt ermahnte ich mich zur Ruhe und setzte mich, nahm mein Handy und tippte ein paar Nachrichten, las angekommene und sortierte und löschte Bilder. Zwischendurch zupfte ich kurz wieder am Tuch, Mist, es blutete immer noch. Also hielt ich weiter die Nase zwischen Daumen und Zeigefinger zusammengedrückt, um die Blutung zu stoppen. Mangels weiterer Papiertücher ging ich erneut in den Duschraum und zog mir weitere aus dem Spender, schlenderte bewusst ruhig wieder zum Zelt zurück, setzte mich diesmal aber ins Auto und stellte das Radio zur Beruhigung an, denn meine Nervosität stieg mit jeder Minute, die das Szenario anhielt. Wilde Gedanken spukten durch meinen Kopf, in denen ich mich im Emergency Room des örtlichen Krankenhauses sah oder den Notruf wählend auf den Notarzt wartete. In dieser Situation hätte ich mir tatsächlich jemanden gewünscht, der einfach da war und mir half. Ich frage mich, ob ich es mit dem Abenteuer nicht übertrieben hatte, auf eigene Faust all diese Unwägbarkeiten anzugehen. Andererseits war ich ja nicht außerhalb der Zivilisation und eigentlich war es "nur" ein bisschen Nasenbluten, das aber partout nicht aufhören wollte. Auch die gelegentliche Kontrolle führte nur wieder dazu, dass es weiter lief und lief. Langsam wandelte sich meine Unruhe in eine Form von Angst und so folgte ich meinem Gedanken, vorne zur Rezeption zu gehen, die noch bis neun Uhr abends geöffnet hatte. Dort saß der Empfangsmitarbeiter von heute Morgen, völlig entspannt ins Gespräch mit einem Freund vertieft, der ihm Gesellschaft leistete. Ich schilderte kurz mein Problem und sagte auch, dass ich mir arge Sorgen machte, was sie aber meinem Gesichtsausdruck bereits angesehen hatten. Dann kam eine Frage, mit der ich überhaupt nicht gerechnet hatte:

"Wie viel haben Sie heute getrunken?"

"Gar nichts, wenn Sie Alkohol meinen…"

"Nein, generell getrunken..."

Kurz ging ich den Tag in Gedanken durch. Es war wenig, sehr wenig, denn die kühlen Temperaturen und der Wind hatten mir nicht das Gefühl beschert, trinken zu müssen. Dann kam die Erklärung von William, wie sich der Freund vorstellte. Er war früher im medizinischen Bereich tätig und kannte das Phänomen bei Touristen. Der Flüssigkeitsmangel war die Ursache und er empfahl mir, diesen auszugleichen. Meinen Einwand, dass das das Nasenbluten nur noch verstärken würde, tat er mit einem Lachen ab.

"Auch die Antwort kenne ich…" sagte er und grinste herzlich. Sie wären noch eine Viertelstunde da, wenn es dann nicht weg wäre, könnten sie immer noch den Arzt anrufen. Ich sollte zurück zum Zelt gehen, mich ruhig hinsetzen und mindestens eine Flasche Wasser trinken, besser zwei. Wie ein kleines Kind schob ich also belehrt und gehorsam ab, pflanzte mich auf die Isomatte im Zelt und kippte schluckweise zwei Flaschen Wasser aus meinem Vorrat in mich hinein und harrte der Dinge die da passierten. Meine Nerven waren einigermaßen beruhigt aufgrund der gelassenen Art, mit der William sich meinem Problem gegenüber gezeigt hatte. Vielleicht war es wirklich eine Folge von zu wenig Flüssigkeit. Nach wenigen Minuten nahm ich dann hoffnungsvoll das Tuch weg und stellte zu meiner Erleichterung fest, dass das Blut tatsächlich aufgehört hatte zu laufen. Zur Sicherheit hielt ich das Papiertuch noch eine Weile vor, sog aber gleichzeitig kühle Luft durch das Nasenloch ein, damit es weiter abtrocknen und gerinnen konnte. Nicht einmal fünf Minuten später war der Spuk vorbei und ich konnte tief durchatmen. Mit meinem Stapel vollgebluteter Papiertücher ging ich zum Waschhaus, um sie im Müll zu entsorgen. Mit den ersten Tüchern hatte ich dummerweise den Fehler begangen, sie in die Toilette zu werfen und zu spülen. Nun sah ich die Katastrophe, die ich dort angerichtet hatte, denn das Ding war schlicht verstopft davon und der Wasserspiegel schwappte nahe dem oberen Rand. Zahlreiche Papierfetzen in rot und grau schwammen munter im Kreis darin herum, kein wirklich appetitlicher Anblick, aber für mich im

Moment nicht zu ändern. So ging ich zurück zur Rezeption und beichtete den Murks, den ich gemacht hatte, aber auch das ließ die beiden recht kalt und sie freuten sich, dass sich mein Nasenbluten erledigt hatte.

"Jetzt aber nicht gleich ein Bier oder anderen Alkohol trinken!" mahnte mich William noch zum Abschied, denn das, so riet er mir, würde das Problem womöglich wieder auf den Plan rufen. Aha, Danke für den wertvollen Tipp, allerdings war mein Biervorrat tatsächlich bei null angekommen. Im Zelt nahm ich den Platz im Schlafsack ein, denn die Temperaturen sanken spürbar. Mit dem Teddy im Arm packte ich mich auf mein Kopfkissen und ging den Tag noch einmal in Gedanken durch. Tatsächlich hatte ich nicht mal einen Liter getrunken einschließlich des Kaffees am Morgen. Dafür aber war ich über 15 Kilometer zu Fuß gelaufen, hatte zahlreiche Cable Car-Meilen zurückgelegt, in der Linie T fast eine Dreiviertelstunde die eiskalte Klimaanlage mit trockener Luft auf mich einprasseln lassen, denn im AT&T-Park fand ein Spiel statt, das den Verkehr samt Straßenbahn davor für eine Weile zum Erliegen gebracht hatte. Somit war meine Situation heute Abend die eigentlich logische Folge von Dehydration. Ich sparte mir, Details dazu im Netz nachzulesen, die Tipps von William zusammen mit seinen Erklärungen reichten mir und ich war dankbar für seine Hilfe. Nun war doch alles wieder gut und ich war froh, hier zu sein und all die schönen Sehenswürdigkeiten des heutigen Tages mitgenommen zu haben. Erschöpft und zufrieden stellte ich noch das Handy an und schaute den Film weiter, über den ich gestern nach nicht mal einer Stunde eingeschlafen war. Mit dem Abspann kam dann auch die Müdigkeit. Augen zu. Gute Nacht.

TAG 11

SAN FRANCISCO

FRESNO

So gut war die Nacht dann leider nicht, denn das Thermometer kratzte morgens beim Aufstehen an der Marke von 52 Grad Fahrenheit, rund elf Grad. Zwar war es damit nicht so saukalt, wie im Pfeiffer Big Sur State Park, wo ja nochmal zehn Grad Fahrenheit weniger herrschten. Dennoch wachte ich mit Frösteln auf und hatte auch unruhig geschlafen. Dazu trugen natürlich auch die zahlreichen blubbernden V8-Motoren bei, die zu frühen Unzeiten starteten und mich von der Lautstärke eher an ein startendes Spaceshuttle erinnerten. Mitten in der Nacht war auch noch irgendwo ein Feuerwerk, denn ich erinnerte mich an lautes Knallen und unregelmäßige Blitze, die das Zelt erhellten. Für die Innenstadt war es zu weit, für eine städtische Veranstaltung zu spät und zu kurz, vermutlich eine opulente Geburtstagsparty in einem benachbarten Viertel.

Das Ganze hatte dann aber auch was Gutes, denn so war ich früh aus den Federn, konnte im noch leeren Duschhaus in Ruhe meine Tageslichttauglichkeit herstellen und meine Nase kontrollieren. Die hatte über Nacht "gehalten" und nicht mehr geblutet. Einzig ein paar rote, verkrustete Sprenkel zeigten sich noch, die ich vorsichtig entfernen konnte. Etwas weh tat der Zinken dann aber doch, ob von dem Vorfall an sich oder vom festen Zusammendrücken ließ sich nicht ergründen. Aber ich war froh, dass die Ursache damit gefunden war.

Der Himmel hatte sich in der halben Stunde meiner Morgentoilette nicht wesentlich aufgehellt, trübes Grau herrschte vollflächig vor, kalt war es auch weiterhin, aber immerhin hatte der Wind sich zur Ruhe gelegt, nachdem er gestern doch ordentlich gepustet hatte. Das Zelt war vom Kondenswasser patschnass, der Boden ebenfalls außen und so musste ich das kleine Haus ringsum kurzerhand trockenlegen. Dabei nutzte ich auch die Gelegenheit und wusch die Unterseite gründlich mit ein paar Tüchern ab, denn im Gras waren die Reste von Hundestreifzügen zu sehen und zu riechen und das wollte ich nun wirklich nicht im Auto mit mir herumfahren. Abschließend klemmte ich das Zelt mit einer Ecke unter den Vorderreifen und hoffte auf ein wenig Luftzug. Zwischenzeitlich ging ich rüber zum Checkout und holte mir die fünf Dollar Pfand für den Waschhaus-Schlüssel zurück und wechselte noch ein paar Worte über den weiteren Weg. Am Auto konsultierte ich nochmal meine Sightseeing-Liste der Dinge, die ich heute in der Stadt besichtigen wollte, aber außer der Lombard Street und natürlich der Überfahrt über das Golden Gate auf der rötlichen Brücke stand nichts Unerledigtes für diesen Aufenthalt auf dem Plan. Ich verstaute das Zelt und meine restlichen Utensilien, der obligate Blick über das schmale Areal an Rasen und dann hielt ich noch einen freundlichen Schnack mit der netten jungen Dame aus dem Nachbar-Van, der sich irgend-wann spät abends neben mein Auto gekuschelt hatte. Sie hieß Mareike und kam aus den Niederlanden. Mit ihrem Lebensge-fährten, der noch selig schlummerte, bereiste sie in dem Cam-per für etwa sechs Wochen den Westen und Südwesten der USA und schwärmte von schönen Plätzen im Süden rund um San Diego. Auch wieder ein schon bekannter Punkt auf meiner Liste der möglichen nächsten Besuche.

Es war kurz vor halb zehn und ich startete mein weißes Ross, nachdem ich das Navi auf die Lombard Street geeicht hatte. Meine Hoffnung, die Rushhour um diese Zeit zu meiden, ver-sank ganz schnell im Blech der zahlreichen anderen Autos, die sich wie eine zähe Masse gen Stadtzentrum schoben. So dau-erte es rund eine Stunde, bis ich durch die teils ultrasteilen Straßen endlich am oberen Punkt der krummsten Straße der Welt angekommen war. Zahlreiche Fußgänger und Radfahrer fotografierten, an Parken war nirgendwo zu denken, also blieb nur, die gepflasterte kurze Strecke langsam herabzucruisen und es auf der persönlichen Erlebnisliste auch ohne Fotobe-weis abzuhaken. Das Vergnügen war recht schnell vorbei, denn mehr als ein paar hundert Meter waren es nicht. Jetzt ging es über die 101 Richtung Brücke, dahinter war dann noch-mal Sightseeing an ein paar Aussichtspunkten geplant. Leider hatte sich auch das Wetter nicht wesentlich gebessert und der Wolkenvorhang hüllte die himmelsseitigen 50 Prozent der Brücke stoisch in seinen grauen Mantel. Die oberen Enden der Pfeiler waren nicht zu erkennen, aber immerhin war der Ver-lauf der mehrspurigen Straße gut zu sehen und ich genoss die Überquerung auf diesem Bauwerk, das mich von so vielen Postern und Kalendern bereits angelacht hatte. Viel zu schnell waren die gut zwei Kilometer unter meinen Reifen dahingezo-gen, aber ich konnte ja rechts abbiegen, um noch einen Blick aus der anderen Richtung auf das Bauwerk zu werfen. Dieser Stopp war auch zwingend nötig, denn der Kaffee des Morgens forderte seine Freilassung. Praktischerweise bot der Vista Point am Ende der Brücke rechts der 101 ausreichend Parkplätze und kostenlose Toiletten. Auch von hier war der Blick nicht weniger nebelig, aber dennoch war die Brücke eine echte Augenweide und ich konnte die Faszination verstehen, die von diesem Koloss ausging. Das mag zu Zeiten der Errichtung vor gut 80 Jahren noch ungleich gewaltiger gewirkt haben. Und die rote Dame hatte trotz ihres Alters nichts von ihrer Schönheit seit Fertigstellung eingebüßt.

Die berühmten Fotos aber entstanden von einem anderen Punkt oberhalb der Brücke und der sollte mein nächstes Ziel werden. So programmierte ich das Navi auf die Conzelmann Road, die sich weiter oben am Berg entlangschlängelte und zwei Aussichtspunkte bereithielt, von denen aus ich noch ein paar Fotos machen wollte. Mit steigender Höhe aber nahm nicht etwa die Aussicht zu, sondern die Dicke der Nebelsuppe und nach nicht mal einer Meile musste ich das Tempo auf Schrittgeschwindigkeit drosseln, weil kaum mehr als die eigene Motorhaube zu sehen war. Beide Parkplätze waren fast leer und von beiden aus war nach ein paar Metern abfallender Böschung nichts weiter zu sehen, als eine fette, graue Wand, die alles schluckte, was hinter ihr lag. So sehr hatte ich mich auf den Ausblick und ein paar Erinnerungsbilder von hier oben gefreut und nun das. Vorgestern hatte ich mich beim ersten Blick auf die Brücke noch gefreut, dass blauer Himmel und kein Nebel waren und tatsächlich hatte der Wetterbericht dasselbe Wetter für gestern und heute angekündigt. Aber nun war das eben nicht der Fall und ich musste mich damit abfinden. Wieder ein Punkt, der für den nächsten Besuch auf die Liste wanderte.

Ich stieg zurück ins Auto und von jetzt an war ich gefühlt auf dem Rückweg. San Francisco war für mich in der Planung das Highlight meiner Reise der Höhepunkt und ab da ging es eben zurück nach Las Vegas. Dieser Rückweg sollte mich in den nächsten Tagen über Fresno führen, was das nächste Tagesziel darstellte. Leider hatte sich ja der Weg über Lee Vining am Mono Lake wettertechnisch für ein Zelt als ungeeignet erwiesen, wenn man nicht zur Tiefkühlware werden wollte. Somit blieb nur die wärmere Variante, die mich allerdings erst über eine Teilstrecke der Interstate 5 führte, die ich vom Hinweg schon kannte. Vorher ging es aber über Sausalito. Die Gegend war berühmt für ihr Flair der Aussteiger, Hippies und vor allem der zahlreichen Hausboote in den kleinen Häfen der Bay. Das wollte ich unbedingt sehen, hatte ich doch selber schon mit den Gedanken gespielt, mir ein Leben auf dem Wasser auszudenken und seine Möglichkeiten der Realisierung zu planen. Ideen und Anregungen waren da sehr willkommen.

Sausalito lag keine zehn Meilen nordöstlich von San Francisco im Marin County und war flugs erreicht. Die gut 7000 Einwohner zählende Stadt grüßte mit einer niedrigen Bebauung, dörflichen Straßenstrukturen und irgendwie konnte man den lässigen Charakter dieses kleinen Fleckens förmlich mit den Händen greifen. Alles ging auf den Straßen ruhiger, gelassener zu und die Geschäfte und Gastronomie links und rechts des Weges waren bereits gut belagert. Mein vordringliches Ziel drückte jedoch viel profaner, denn der Kaffee wollte schlicht nicht bei mir bleiben, die Suche nach einem Public Restroom aber gestaltete sich hier weitaus schwieriger, als am Vista Point nördlich der Golden Gate Bridge. Einfach ganz frech in ein kleines Restaurant reinzugehen und nach den Toiletten Ausschau zu halten, das war mein Plan. Als die Bedienung mich freundlich ansprach, fragte ich nach und natürlich was es kein

Problem, ihren Ort der Erleichterung zu besuchen, auch kostenlos. Ich solle beim nächsten Mal einfach wiederkommen und was verzehren. So unkompliziert konnte das also sein. Für die Weiterfahrt versorgte ich mich beim benachbarten 7-Eleven noch mit ein paar zuckerfreien Getränken und dann ging es wieder ins Auto, endlich wollte ich die Hausboote sehen. Die Kolonien waren aber weitaus weniger deutlich beschildert, als ich das erwartet hatte nach den bisher wirklich unmissverständlichen Wegweisungen. Aber ich fand die ungewöhnlichen Bauten auf Wasser schwimmend. Jeder deutsche Bauamtsmitarbeiter hätte beim Anblick der sehr individuellen Aufbauten auf mächtigen Pontons sofort Stressflecken und Atemnot bekommen. Nicht nur die teils windschief anmutenden Konstruktionen hätten keine deutsche Statik-Berechnung bestanden, auch die völlig unterschiedlichen Gestaltungen, Farben, Formen und Baulinien liefen dem heimischen Verständnis typischer Bebauungspläne sehr zuwider. Aber die Bauten haben über Jahre und Jahrzehnte gehalten, waren nicht in sich zusammengestürzt und auch die farblichen, teils recht krassen Kombinationen waren alles andere als störend. Auch da, so fand ich, konnte sich Deutschland eine gehörige Scheibe abschneiden in seinem widersinnigen Bestreben, nutzlose Uniformitäten vorzuschreiben.

Um mich herum waren zahlreiche andere Menschen, um diese faszinierenden Bootskonstruktionen zu bewundern und zu fotografieren. Einwohner aber ließen sich nicht blicken. Gerne hätte ich ein paar Worte mit einem Aussteiger gewechselt und ein paar Fragen gestellt. Doch ich vermutete, dass die Eigner eher genervt waren von dem Touristentrubel, der um ihre ungewöhnlichen Immobilien geschah. Die meisten der schwimmenden Bauten sahen nämlich für meinen laienhaften Blick nicht so aus, als wären sie mit einem Antrieb versehen und könnten herumfahren. Insofern passte der Begriff "Immobilie" in dem Fall schon, zahlreiche kleinere Boote waren auf der Wasserseite festgemacht und stellten offenbar die nötige Mobilität her, soweit diese nicht durch die Pickups und Limousinen gesichert wurde, die auf den Anwohnerparkplätzen standen. Einige Bereiche waren öffentlich befahrbar und zugänglich, andere jedoch zugangsbeschränkt und so gab es leider für mich nicht so viele Hausboote zu sehen. Aber die, die ich gesehen hatte, genügten für einen ersten Eindruck und um das Feuer für ein eigenes Boot anzufachen.

Mein Auto hatte mich wieder und nun stand wirklich Fresno als nächstes Ziel im Navi, das mich zuerst wieder auf den Highway 101 zog und dann ostwärts über die lange und toll konstruierte Richmond-San Rafael-Bridge. Das Bauwerk war über fünfeinhalb Meilen lang und damit mehr als dreimal so lang wie die Golden Gate, bekam aber deutlich weniger Beachtung. Kaum Aussichtspunkte oder Parkplätze für Fotos, einfach nur ein zweckmäßiges Bauwerk, das den Verkehr in beide Richtungen trug. Die optische Erscheinung erinnerte mich spontan an eine etwas zu flach geratene Achterbahn, die Fahrbahnen für beide Richtungen lagen anfangs nebeneinander und wurden dann übereinander weitergeführt, an der höchsten Stelle der Brücke ging es mehr als 50 Meter in die Tiefe.

Bei der Planung hatte ich die Überquerung der Brücken übrigens in nördlicher und östlicher Richtung vorgesehen, da in der Bay Area alle Brücken stadtaus- und ostwärts mautfrei waren. Bei der Autovermietung hätte ich ein entsprechendes Gerät für das Befahren der mautpflichtigen Gegenrichtungen bekommen können. Dies war aber pro Miet-Tag zu bezahlen und da ich es nur für ein oder zwei Tage gebraucht hätte, war es auf diese Weise unkomplizierter und zudem deutlich billiger.

Es ging weiter Richtung Berkeley, Oakland und dann auf die Interstate 580 Richtung Stockton. Das Teerband zog sich elend lang und eine Stadt reihte sich an die nächste. Attraktiv war diese Überbrückungsetappe nun wirklich nicht, aber sie war ein notwendiges Übel, das ich jetzt einfach genoss und mich freute, in Kalifornien unterwegs zu sein, Urlaub zu haben und unbekannte Plätze zu sehen.

Das Ausfahrtschild Livermore packte meine Beachtung, denn ich kannte die Bezeichnung aus dem Buch "Das Kuckucksei" von Dr. Clifford Stoll. Hierin beschrieb er Mitte der 80er Jahre die Jagd auf einen Hacker mit all seinen Höhen und Tiefen und Ausgangspunkt für diese Verfolgung war Berkeley. Einige der Einbruchsversuche des Hackers erfolgten in die verschiedenen Livermore-Laboratories in der Gegend und so fuhr ich dort ab, einfach um des Namens Willens und eigentlich auch, um schon wieder eine Toilette zu suchen. Das karge Frühstück heute Morgen mit der Kaffeedröhnung zusammen ergaben einen durchlaufenden Posten, der mir diese Zwischenstopps diktierte. Ich nutzte die Chance zu einem Halt beim Luckie's Supermarkt. Der um die Uhrzeit nur mäßig gefüllte Laden bot zwar nicht das Angebot eines Safeways in Form meiner geliebten Energybars oder etwas ähnlichem, aber immerhin konnte ich den Getränkevorrat für die nächsten Tage wieder auffüllen, was ich dann auch tat. Zur Abwechslung wanderte auch mal eine leckere Tüte Chips in meinen Einkauf, im Hinblick auf meine Kalorienbilanz der letzten Woche ein Vergnügen, das ich mir durchaus leisten durfte und dazu mal ein Joghurt. Bei der Suche nach etwas Wurst stieß ich dann auf "Spam". Damit war nicht etwa eine unerwünschte E-Mail gemeint, sondern der Namensgeber war eine Art Frühstücksfleisch in der Dose. Zwar hatte ich gestern in San Francisco das Vergnügen, Käse auf meine Brötchen packen zu können, aber eine leckere

Wurstscheibe, danach gierte mein Bauch doch sehr vernehmlich. Also wanderten zwei kleine Dosen ebenfalls in meinen Einkaufswagen. Im Brotregal dann wieder nur die üblichen Verdächtigen mit Weißbrot, viele Weizenmehlprodukte, fast kein Vollkornzeug, somit reichlich leere Kalorien und kaum nachhaltige Bio-Produkte. Ein paar Roggenscheiben waren dann aber doch zu finden und gesellten sich zu Dosenfleisch und Co.

Nachdem ich dann noch die Kundentoilette benutzt hatte, ging es samt Einkauf zurück ins Auto, weiter Richtung Fresno. Zurück auf der Interstate plärrte mein Handy-Navi plötzlich, das Ziel sei nicht zu finden. Ich hatte es extra als Zwischenstopp eingegeben und nun war der Favorit einfach weg. Gott sei Dank wusste ich Straße und Ort noch im Kopf, sodass ich dies einfach neu eingab und die Eingabe auch akzeptiert wurde. Lediglich die Hausnummer war nicht mehr präsent, aber so schwer durfte das Motel nicht zu finden sein.

Die restliche Strecke verlief problemlos und tatsächlich prangte kurz vor meinem Ziel dann ein unübersehbares Schild an der Straße. Nach einem U-Turn bog ich dann auf den Parkplatz des Motels ein. Insgesamt sah die Gegend hier deutlich gepflegter aus als die Stationen der bisherigen Motels, dafür nahm meine heutige Übernachtung mit knapp 80 Dollar auch den Spitzenplatz der kostspieligsten Übernachtungen in meinem Urlaub ein. Immerhin war das Motel sehr sauber, die junge Dame an der Rezeption sehr freundlich, nur ihre Worte sprudeln in einer Geschwindigkeit aus ihr heraus, dass mir Hören und Verstehen verging. Selbst wenn sie Deutsch geredet hätte, hätte ich nur die Hälfte verstanden. Nach meiner Bitte, etwas langsamer zu sprechen, kam wenigstens ein Teil der Vokabeln wohlintoniert in meinen grauen Zellen an und ich hatte eine Vorstellung davon, was der Rest bedeuten konnte. Bezahlfernsehen, doppeltes Kingsize-Bett und ein sehr großes Zimmer waren alles in allem ihren Preis wert. Da es aber gerade mal drei Uhr am Nachmittag war, blieb mir noch Zeit, die Gegend zu erkunden. Rund um das Motel rankten sich nur Tankstellen, Autohändler, ein paar Einkaufszentren und nichts, wo ich mich mit Buch und Getränk hätte hinpflanzen oder mir hätte anschauen können. Sowieso hatte ich bei meinem kleinen Fußmarsch rund ums Motel das Gefühl, der einzige Mensch zu sein, der per pedes unterwegs war. Breite Bürgersteige entlang der Straßen in alle vier Richtungen und keine Menschen weit und breit, die sich unmotorisiert bewegten. Es blieb bei über 35 Grad ein kurzer Spaziergang, der mich an einem Fastfood-Laden vorbeiführte. Nach Burgern stand mir nicht der Sinn, aber für einen Salat war Platz und auch der nötige Hunger da. So setzte ich mich in den klimatisierten Raum und orderte Grünzeug mit Käse und Bacon, das kurze Zeit später an den Tisch gebracht wurde und recht schmackhaft war. Dem benachbarten Shopping-Center gelang es nicht, meine Aufmerksamkeit auf sich zu ziehen und so suchte ich nach einer erreichbaren grünen Oase. Die Suche im Internet ergab den Einstein-Park in ein paar Meilen Entfernung. Also bemühte ich kurzerhand doch noch das Auto und fuhr zum Park, den ich auch ohne Probleme fand.

Ein schönes Stück Erde hatte ich da aufgetan mit reichlich Rasen und Bäumen, einzig die zahlreichen Fliegen nervten. Gefühlt konzentrierten sich die kleinen Plagegeister auf mich, vielleicht hätte ich vorher doch noch duschen sollen. Mit diesem nicht ganz ernst gemeinten Gedanken vertiefte ich mich in mein Buch und tat wieder mal das, wozu ich die letzten zehn Tage eher selten gekommen war, nämlich nichts. Die wärmenden Sonnenstrahlen brachen durch die Zweige der Bäume und erzeugten abwechslungsreiche Bilder und

Eindrucke. Kinder spielten auf den nahen Klettergerüsten und lachten und so genoss ich die kleine Oase im Grünen, ein Farbton, den ich bis zur Rückkehr nach Deutschland nicht mehr oft sehen sollte. Als sich die Sonne gegen halb sieben langsam hinter den Horizont schob, gingen die Temperaturen merklich zurück, die Familien zogen ab und zwei Gruppen halbstarker Erwachsener rollten in zwei dunklen Autos heran, schalteten ihre Ghettoblaster ein und erklärten die Wiese kurzerhand zur Partyzone.

Im Dunkeln mochte ich um keinen Preis der Welt hier alleine sein und damit war ich flugs wieder in meinem Auto, zurück auf dem Weg ins Motel. Dort erwarteten mich eine warme und erfrischende Dusche und eins der beiden Riesenbetten samt Pay-TV. Obwohl nicht das gesamte Fernsehangebot im Hotelpreis enthalten war, gab es eine große Auswahl an Filmen in den Kanälen des Bezahlsenders, der Rest von "Terminator 2" gefiel mir und so blieb ich dabei. Arnold Schwarzenegger polterte in bekannter Manier in Englisch mit österreichischem Akzent über den Flachbildschirm und ließ kaum einen Stein auf dem anderen. Immerhin hatte es Arni mal zum kalifornischen Gouverneur gebracht und bis 2011 die Geschicke des Landes gelenkt. Kalifornien selbst zählt zu den wirtschaftlich stärksten Regionen der USA und als Land isoliert betrachtet wäre Kalifornien die fünftstärkste Wirtschaftsnation der Welt, nicht zuletzt dank der florierenden IT-Industrie, aber auch wegen der immer neuen Trends, die von Westen kommend regelmäßig Europa erreichen. Die Einwohnerzahl entspricht ziemlich genau der Hälfte der Einwohnerzahl in Deutschland, verteilt sich aber auf circa 20 Prozent mehr Fläche als das Land, in das ich in etwa fünf Tagen zurückkehren würde. Die Gedanken daran verdrängte ich aber erfolgreich und ersetzte sie durch schöne Erinnerungen der letzten zwei Tage in San Francisco.

Heute hätte ich die Nacht eigentlich in der Nähe des Mono Lake verbracht, wenn das Wetter mitgespielt hätte. Durch die Umplanung musste ich nun morgen ein ganzes Stück weiter nach Süden, an Bakersfield vorbei, dann wieder gen Norden Richtung Lake Isabella. So viele Straßen und Meilen gab es im Westen der USA und ich war wegen Schnee und Frost dazu verdonnert, dieselbe Strecke zweimal zu fahren. Andererseits war die Aussicht, die Straße nach Kernville nochmals zu fahren, ein echter Schmaus, auf den ich mich freute. Dennoch ergab sich morgen die längste Etappe der ganzen Tour mit mehr als 280 Meilen, also 450 Kilometern.

Das Fernsehprogramm plätscherte mehr und mehr als Hintergrunduntermalung und dennoch verstand ich beinah jedes Wort. Die gut zehn Tage umgeben von amerikanischer Sprache taten meinem Hörverstehen richtig gut. Doch die Müdigkeit kroch über meine Augenlider und so stellte ich den Fernseher ab, drehte mich auf die Seite und schlief ein.

TAG 12

FRESNO

LONE PINE

Das Frühstück im Motel war eine echte Überraschung. Frisch zubereitetes Spiegelei und Vollkorn-Toastbrot kamen mir sehr entgegen, der Bacon hingegen war nicht kross, so wie ich erwartet hatte, sondern eher eine leicht geröstete Scheibe Kochschinken. Also blieb das Zeug in seinem Wärmebehälter, doch es gab ja genug Alternativen mit Müsli, Frischkäse, Marmelade und Joghurt. Auch der Kaffee war richtig gut, ausreichend stark und lecker. Das war keine Selbstverständlichkeit im Land von Starbucks und Co. Getrübt wurde der Eindruck nur wieder durch die Unmengen an Styrodur-Geschirr und Plastikbesteck. Bei der Idee, dass wir in Deutschland mit einer Gebühr auf Plastiktragetaschen das Klima der Welt und die Ozeane retten sollten, konnte ich innerlich nur bitter lachen.

Immerhin die kleinen Süßstoffpastillen waren in Papiertütchen verpackt und davon schaufelte ich mir in einem günstigen Moment eine ausreichende Zahl in meine Hosentasche, genug für die verbleibende Zahl Morgenkaffee am Zelt in den nächsten Tagen. Zurück im Zimmer packte ich meine Sachen, räumte das Auto ein und ließ noch einmal einen letzten Blick schweifen, um nichts zu vergessen. Der blieb am Bett hängen, das mich in der Nacht doch reichlich enttäuscht hatte. In seiner Länge von gefühlt 1,90 Meter hatte es sich als deutlich zu kurz erwiesen, aber das erheblich gravierendere Problem waren die beiden ausgeprägten Kuhlen, die sich nachts unter meinem Körper gebildet hatten. Offenbar hatte die Matratze die beste Zeit hinter sich und so fand ich mich letzte Nacht quer im Bett liegend, um ohne Nackenschmerzen weiterschlafen zu können. Ganz war das Unterfangen nicht gelungen und so plagte mich ein steifes Genick, das sich hoffentlich in der Wärme des Tages erledigte. Kurzer Checkout mit dem Gemecker über die mangelhafte Matratze, was die junge Rezeptionistin von gestern aber nicht sonderlich interessierte. Im Gegensatz zum Checkin war sie diesmal ausnehmend wortkarg und schien müde und abgespannt. Sicher hatte sie ein anderes Abendprogramm als Fernsehen und frühes Zubettgehen, aber verstanden hätte ich bei ihrem Redefluss eh nicht viel. Also kurzer Prozess, ab ins Auto und los gen Lone Pine, meinem nächsten Tagesziel.

Mit dem Packen hatte sich eine Routine eingestellt, Navi starten und natürlich auch beim Check meiner Vorräte. Die bedingten mal wieder eine Auffüllung, vor allem die Energybars waren alle. Ein Vons war nicht weit weg samt einer Bakery. Zwar verlor ich während des Urlaubs das Gefühl für Wochentage, aber irgendwie hatte ich im Hinterkopf, dass heute Sonntag war. Dennoch hatte der Einkaufstempel gnadenlos von sieben bis 22 Uhr geöffnet und die Backwarenregale waren gut gefüllt. So ergatterte ich tatsächlich fünf Energybars auf einen Schlag, das Frühstück war also gesichert. Dann schluckten mich die Straßen über die CA 99 nach Süden. Weiter ging es über die 204 in derselben Richtung und anschließend auf die CA 178 East. Eine kurze Etappe unter meinen Rädern trug die Bezeichnung CA 14 und dann sah ich das Schild zur CA 395 North. Aus zahlreichen Reiseerzählungen kannte ich diese Straße bereits sehr gut und genau auf dieser Vertikalen, so die Planung, wäre ich heute in der entgegengesetzten Richtung vom Mono Lake aus nach Lone Pine gefahren. Der Yosemite-Park wurde mir durch diese Änderung jetzt leider vorenthalten. Meinen Nationalpark-Pass wollte ich dafür ebenso nutzen. Möglicherweise wären die Einzeleintritte am Grand Canyon und im Death Valley in den nächsten Tagen zusammen doch billiger gekommen, aber das war bei der Planung nicht absehbar. Letztlich ging ich damit aber ein überschaubares Risiko ein, wenn ich etwa 40 US-Dollar in den Baum gehängt hatte. Immerhin kamen die Einnahmen der Parkverwaltung und der Instandhaltung zugute, also sah ich es als eine Art Spende an. Und wenn alles gut laufen würde, könnte ich den Pass ja sogar im kommenden Jahr nochmal nutzen, denn die Laufzeit von einem Jahr endete erst im nächsten August.

Seit dem Abzweig von der CA 204 war die Landschaft wieder faszinierend und atemberaubend und ich war dankbar, diese Strecke doch noch einmal fahren zu dürfen. Langeweile kam wahrlich nicht auf und in der jetzt entgegengesetzten Fahrtrichtung sah alles ganz anders aus, als vor…

Ja vor wie viel Tagen war ich überhaupt hier? Die Zeit verschmolz mit den Erinnerungen zu einem langen Band von Eindrücken und Erlebnissen und so stellte ich überrascht fest, dass mir diese Straße wie gestern vorkam, es aber doch schon sechs Tage waren, seit ich tatsächlich hier entlanggefahren war. Mir wurde bewusst, wie schnell eine Woche verging und wie kurz zwei Urlaubswochen sein konnten, im krassen Missverhältnis zu den riesigen Distanzen und der Unmenge toller

Plätze, die ich noch nicht gesehen hatte. Wieder ein Grund mehr, dieses Land möglichst schnell erneut auf den Reiseplan zu setzen.

Zwischendurch sprang mich der Burger King an und ich stoppte kurz im Drive-In für zwei Cheeseburger als Mittagssnack. Mit sinkenden Höhenmetern weitet sich die Landschaft und die 395 führte durch ein Tal zwischen zwei Bergketten links und rechts. Jede Meile bot neue Ausblicke und Weite, trockene Geröll- und Sandebenen mit Steppengras und nur wenigen Büschen waren das vorherrschende Bild neben dem Teer und langsam kündigte das Navi das nächste Ziel an. Wo in Dreiteufels Namen sollte hier das besagte RV-Resort mit Pool sein, wenn ringsherum nur trockene Öde zu sehen war? Nur noch sechs Meilen und bis zum Horizont nichts als Ebene und Kargheit. Noch drei Meilen und keine wirkliche Änderung, noch eine Meile und dann tauchte rechts tatsächlich ein kleines Fleckchen auf, umringt von Bäumen, meine Bleibe für die Nacht.

"Boulder Creek" prangte in lustig bunten Buchstaben an der gemauerten Eingangsbrüstung des Parks, durch dessen Zufahrt ich auf den Besucherparkplatz einmündete. Die Rezeption und ein kleiner Laden waren ein und derselbe Raum und so war es nicht schwierig zu ersehen, wo mich mein erster Weg hinführte, nachdem ich aus dem Auto stieg. Gut 35 Grad empfingen mich nach Öffnen der Autotür und der patschnasse Rücken wurde vom leichten Wind regelrecht geföhnt. So lief ich ein paar Schritte und schaute mich um. Es war gerade einmal halb drei am Nachmittag. Diese längste Etappe hatte ich souverän absolviert und sie war mir bei weitem nicht so lang vorgekommen. Klar, die ersten 100 Meilen zogen sich wegen der fehlenden landschaftlichen Anreize, aber der Rest war eine echte Augenweide und nun war ich hier an diesem Platz, mitten zwischen gewaltigen, langgezogenen Hügelketten und umringt von steiniger, aber grandioser Landschaft. Ich zupfte meine ausgedruckte Reservierung aus dem Rucksack und enterte mit meiner Geldbörse bewaffnet das Lädchen. Freundlich wurde ich empfangen und natürlich waren wieder kein Papier und kein Ausdruck nötig, allein der Name genügte und neben der Kreditkartenzahlung waren das die einzigen Formalitäten. Eine kurze Erläuterung der Platzskizze und schon war ich für eine Nacht Gast dieses RV-Resorts. Ich fuhr die nicht mal 100 Meter bis zu meinem Platz und wusste schlagartig, dass es eine harte Nacht würde und das im buchstäblichen Sinne.

Die Straßen auf dem Gelände teilten die Parzellen für große und kleine Wohnmobile sinnvoll ab, der schmale Streifen rechts nach der Zufahrt gehörte der tent area und beinhaltete ein halbes Dutzend tent sites. Ich hatte ein freundliches Grasgrün für den Untergrund erwartet oder doch zumindest ein Areal mit Erde, aber Kiesel und Stein waren das Einzige, was meinen Zeltboden erwartete. Zwischen meinem Rücken und diesem Boden waren nur fünf Zentimeter selbstaufblasende Isomatte und eine dünne Styro-Rollmatte. Immerhin war es warm und die Temperaturen für die Nacht deuteten darauf hin, dass mein dünner Sommerschlafsack reichte. Damit konnte ich die Winter-Schlaftüte zusätzlich als Polsterung einsetzen. Das Auto stellte ich quer vor mein Plätzchen und ließ das Zelt nach Lösen des Spannriemens in seine Position aufschnappen. Ich holte ein paar Zeltheringe aus dem Kofferraum, wusste aber im Grunde schon vorher, der Versuch, sie in den Boden zu zwingen, endete nur in verbogenem Metall. Genau so war es dann auch und die Befestigung des Zeltes beschränkte sich darin, ein paar Leinen an den Ösen oben zu befestigen und diese mit Steinen zu beschweren, die um das Zelt in ausreichender Zahl zu finden waren.

Die Sonne stand hoch im Blau und es war gerade mal 15 Uhr durch, Zeit um das nahegelegene Städtchen Lone Pine zu erkunden. Solange konnte die Restfeuchtigkeit am Zelt abtrocknen und ich mir noch ein lokales Bier und vielleicht ein paar Leckerlies besorgen. Die paar Meilen in den Ort waren schnell abgespult, rechts der Zufahrtsstraße habe ich den wohl kleinsten Flughafen meines Lebens gesehen. Eine einsame Cessna dümpelte in der Sonne vor sich hin und wartete auf ihren nächsten Einsatz. Loser Maschendrahtzaun an schrägen Pfählen schützte das Areal nicht wirklich, grenzte es aber zumindest optisch ab. Ansonsten tat sich in der Hitze auf dem Platz absolut nichts. So fuhr ich denn weiter und erklomm den Ortseingang. Ein schnuckeliges, aus meiner Sicht typisches Westernstädtchen lag da vor mir. Die Main Street war gesäumt von ein- und zweistöckigen Gebäuden. Manche davon erinnerten stark an Saloons oder Drugstores aus Wildwest-Filmen. Nur die Pferde und der Sand in der Hauptstraße fehlten. Stattdessen parkten an den Straßenrändern riesige Pickups, gegenüber denen ich mir mit meinem Koreaner recht verloren vorkam. Leider waren die Parkplätze im Schatten alle belegt, also musste ich wohl oder übel am Einkaufsladen die Kiste in der Sonne abstellen. Die Temperaturen überschritten wieder mal die Marke von 100 Grad Fahrenheit, also knapp vor 40 Grad Celsius. Immerhin gab es den Diaz Lake, der zwischen dem Ort und dem RV-Resort lag, an dem ich mich gleich abkühlen konnte.

Die Polarluft, die mich beim Betreten des Supermarktes umgab, verband sich mit dem durchnässten T-Shirt auf meinem Rücken zu einer eisigen Angelegenheit, die mich zur Eile mahnte. Also schnell ein paar Dosen Bier, eine Tüte Chips, Joghurt und noch eine Terrine zum Aufgießen mit heißem Wasser ins Körbchen und husch zur Kasse. Als ich aus der

Kühltruhe wieder ins Freie trat, war ich froh, dass die Sonne die Gänsehaut verbannte, obwohl ich keine fünf Minuten im Geschäft war. Ich lud die Sachen in den Kofferraum und betrat dann das nächste Extrem, als ich wieder ins Auto einstieg. Trotz Öffnen aller vier Türen für einen Moment, konnte der Gegensatz zum Inneren des Ladens kaum heftiger sein, aber es nutzte nichts, ich musste ins Auto und so schloss ich die Türen, startete den Motor und damit gleich die Klimaanlage, um wenigstens etwas Ausgleich zu schaffen. Immerhin wurde auf den rund dreieinhalb Meilen bis zum See das Auto auf erträgliche Werte abgekühlt.

Dem Hinweisschild zum Wasser folgend bog ich rechts ab und stoppte an einer kleinen Hütte, direkt an der Zufahrt. Dort erkundigte ich mich nach dem Preis für meinen Stopp.

"Nothing! Absolutely nothing for you!"

Offenbar schaute ich Bill, so wies ihn sein Namensschild aus, mit arg großen Augen an und er setzte gleich mit weiteren Erklärungen nach. Die Benutzung des Sees war für Tagesausflügler wirklich kostenlos. Lediglich das Übernachten mit Zelt oder Wohnmobil war mit geringen Gebühren belegt. Aber, so versicherte er mir nochmals, ich könnte mich kostenlos am Wasser niederlassen und den Tag genießen. Der See, der sich auf dem Gebiet des Owens Valley befand, war mit rund 32 Hektar Größe nicht spektakulär, aber er bot ein schönes Naherholungsgebiet mit angenehmen Wassertemperaturen auf immerhin 1120 Meter über Normalnull. Obwohl Sonntagnachmittag, war wenig los am Wasser, nur eine Großfamilie absolvierte ihren Kindergeburtstag unter einem der überdachten Grill- und Sitzplätze. An der Rampe in den See ließ ein Pärchen seinen Jetski zu Wasser und drehte anschließend ein paar fröhliche Runden mit dem überlaut knatternden Gefährt und ich setzte mich auf ein schmales Stück Uferstreifen mit Sand und gönnte mir eine ausgiebige Sonnenpause und einen warmen Terrinen-Snack, frisch von meinem kleinen Gaskocher. Zum Nachtisch leckeren Joghurt und die Welt war in Ordnung. Die frischen Erlebnisse seit gestern wanderten in mein elektronisches Notizbuch und wieder einmal stellte ich fest, dass ich im Urlaub viel gesehen und erlebt hatte, nur Zeit zum Ausruhen hatte ich selten gefunden. Das würde bei einer kommenden Planung vielleicht anders werden. Manche Plätze hatten durchaus den Reiz, für mehr als nur einen Nachmittag oder eine Nacht besucht zu werden.

Mit dem kleinen Snack und einem Getränk (nein, kein Bier, ich musste schließlich noch fahren!) gestärkt ließ ich mich auf dem Sand nieder und genoss den Blick in den blauen Himmel. Es überkam mich aber auch eine gewisse Traurigkeit, denn auf meinem Reiseplan standen nur noch zwei Stationen und zwar Shoshone und wieder Las Vegas, von wo aus es in drei Tagen zurück nach Deutschland ging. Aber kein Platz für Traurigkeit, noch war ich hier und fest entschlossen, die Tage, die noch vor mir lagen, zu genießen. Mit diesen Gedanken schlummerte ich, den Kopf auf meinen Rucksack gebettet, ein.

Ein unsanftes Geräusch riss mich aus meinem Traum, der Jetski war zurück und zog lautstark eine Runde direkt durch meine Ohren. Aber eigentlich war das auch ganz gut, denn ich hatte nicht nochmal eine extra Schicht Sonnencreme vor meinem Nickerchen aufgelegt und so rötete sich die Haut an einigen Stellen schon merklich, womit es jetzt Zeit war, sich in den Schatten zu begeben. Da aber genau lag das Problem, denn die überdachten Sitzgelegenheiten hatten zahlreiche Vögel ebenfalls genutzt und ihre Hinterlassenschaften dort abgelegt. Somit wurde es also nichts mit einem schattigen Plätzchen am Diaz Lake. Gut anderthalb Stunden hatte ich dort in der Sonne genossen, dann konnte ich jetzt genauso gut zum Platz fahren. Dort, so hatte ich gesehen, gab es einen Pool. Ich startete den Wagen, winkte freundlich dem Parkplatzwächter zurück und schnurrte die anderthalb Meilen in Richtung meines Nachtlagers.

Mein Zelt stand trotz der nur provisorischen Befestigung immer noch friedlich an seinem Platz und wartete auf seinen Nachtdienst. Der war aber noch ein paar Stunden hin, denn der Stundenzeiger hatte gerade erst die Fünf passiert. Angesichts der noch präsenten Wärme wollte ich mich auf den Weg zum Pool machen. Ein paar Treppenstufen hoch durch einen kleinen Zaun abgesperrt lag herrlich blaues Wasser vor mir, umringt von etlichen Liegestühlen und einige davon sogar auf der Schattenseite einer Wand, die zum Hauptgebäude gehörte. Dort wollte ich ein paar Seiten lesen und vielleicht eine Runde schwimmen. Also schälte ich mich aus meinen Klamotten und warf mir Handtuch über und Badehose an und schnappte mir den Rucksack mit Wertsachen, der Tüte Chips und meinem E-Book. Da auch Kinder im Pool planschten, verzichtete ich auf ein leckeres Bier und griff stattdessen zur Cola. Ich war keine fünf Minuten später im Liegestuhl am kühlen Nass und hatte eine erfrischende Runde gedreht. Das Leben konnte so herrlich und so einfach sein. Nebenbei stellte ich noch fest, dass diese Chips-Sorte, die ich zufällig gewählt hatte, so ziemlich zum Leckersten gehörte, was ich je in der Kategorie Knabberkram zu mir genommen hatte. Leider weiß ich nur noch ungefähr, wie die Tüte aussah und dass es sich um "Kettle-Chips" handelte, bedingt kalorienreduziert und saulecker. Wenn mich mein Glück in der Zukunft noch einmal in diese Gegend verschlagen sollte, so würde ich glaube ich einen Import nach Deutschland dafür organisieren.

"Where are you from?" tönte eine sonore Stimme aus dem Pool. Ich ließ das elektronische Buch sinken und blickte zu einem älteren Herrn, dessen Augen unter seiner verspiegelten Sonnenbrille nicht zu sehen waren, aber seine rote Baseball-Kappe wies ihn als Fan irgendeines Baseball-Clubs aus. Neben ihm schwamm seine Frau, beide irgendwo in den Siebzigern und offensichtlich Einheimische. Wie immer antwortete ich wahrheitsgemäß und gerne und wir unterhielten uns eine Weile über meinen Trip. Dass ich aus Deutschland kam, um ihr Land zu besichtigen, fanden sie großartig. Aber auch von meinem Land waren sie schwer begeistert und warfen mir ein paar Brocken Deutsch entgegen, die sie auf ihrer Rundreise durch Norddeutschland gelernt hatten, darunter durchaus vollständige Sätze wie "Moin", "Prost" oder "Guten Äppeteit". Sie waren tatsächlich in der Gegend gewesen, wo meine Tochter studiert und so hatten wir einige gemeinsame Orte besprochen. Absolut fasziniert waren sie von der historischen Dampflok "Molli", was sie ebenfalls stolz als gelernte Vokabel präsentierten. Unsere Unterhaltung spann sich über eine halbe Stunde, dann verabschiedeten sich Marvin und Margret zu einer Dusche und wünschten mir weiterhin eine gute Reise. Ihre Weiterfahrt sollte am nächsten Morgen bereits gegen fünf Uhr erfolgen. Ich sah sie also nicht mehr vor ihrer Abreise, dieses nette Pärchen.

Die Kontaktfreudigkeit der Menschen hier war schon auffällig anders, als ich das aus Deutschland kannte. Fast alle, die mir hier bisher begegnet waren, hatten immer ein offenes Lächeln und die grundsätzliche Bereitschaft für eine wenn auch scheinbar oberflächliche Kommunikation signalisiert. Ob es die Kassiererin war, die mich aus professioneller Höflichkeit nach meinem Befinden fragte und mir sagte, wie schön es sei, dass ich da war. Oder ob es die Tankstelle war, die Rezeption, der

Kontakt mit anderen auf dem Campground und viele mehr. Sicherlich wollte niemand wirklich tiefergehend wissen, wie es mir ging, welche Sorgen ich mit mir rumschleppte und ob ich vielleicht Rückenweh vom doch harten Steinboden hatte. Aber es herrschte dennoch nicht diese eisige Atmosphäre zwischen gehetzten Menschen, die mit heruntergezogenen Mundwinkeln durch die Gegend eilten und hofften, nicht angesprochen zu werden. Auch wenn ich wusste, dass es schwer war, in diesem Land wirkliche Freunde zu bekommen, so gab es mir doch ein gutes Gefühl, wie offen hier viele Menschen für Freundlichkeiten waren.

So dauerte es am Pool auch nicht lange, als eine junge Mutter sich unaufgefordert neben mich auf eine Liege setzte. Ich sah aus meinem E-Book auf und grüßte sie freundlich, fragte wie es ihr gehe. Sie stellte sich vor und erkundigte sich nach dem Woher und Wohin, entschuldigte sich dann aber auch am Schluss dafür, dass ihre Kinder etwas lauter waren und herumtollten. Ihr Gesicht drückte Besorgnis aus, ob ich mich gestört fühlte oder schon Wasserspritzer abbekommen hatte. Nein, ich hatte selber Kinder und auch nicht vergessen, dass auch ich mal ein Junge war, der Spaß am Wasser hatte, noch nicht auf den Blick dafür gedrillt, wen ich mit meinem Verhalten möglicherweise störte. Meine Antwort war wohl ehrlich und freundlich genug, so bedankte sie sich, wünschte mir einen schönen Tag und überließ mich wieder dem süßen Nichtstun. Ich legte mein Buch in meinen Rucksack und freute mich an der Situation, am Sonnenschein und der Wärme, die langsam abnahm. Obwohl ich mir ein paar Chips und den Snack vorhin einverleibt hatte, knurrte mein Magen unüberhörbar und so begann ich mit dem Einsammeln meiner Sachen, die ich zum Auto brachte. Mit Duschtuch, Waschzeug und Klamotten zum Wechseln nahm ich dann noch eine erfrischende

Dusche und wusch die Folgen ab von 40 Grad und mehr, die mich den Tag über begleitet hatten.

Auf dem Weg vom und zum Waschhaus merkte ich, dass mein Gang langsamer und gelassener geworden war. Obwohl ich die letzten zwölf Tage sehr unstet verbracht hatte und viel unterwegs war mit Tausenden neuer Eindrücke, stellte sich eine tiefe Erholung und Ruhe ein. Sehr erfreut über diese Entwicklung bummelte ich zum Zelt, bereitete meinen Kocher vor und öffnete eine Dose Gemüse-Nudel-Eintopf, den ich in meinen Topf goss und auf die Halterung stellte. Die Flammen züngelten blau und gelb und ich konnte in Ruhe meine Sachen vom Duschen verstauen. Auch hier war an jedem Zelt praktischerweise wieder eine Bank-Tisch-Kombination, die ich abwischte und mein spärliches Gedeck bereitete. Neben meiner provisorischen Tischdecke landeten nur noch der Löffel, eine Dose Bier und mein Teddy auf dem Tisch. Gerade diese unkonventionelle und unkomplizierte Art improvisierten Lebens faszinierte mich immer mehr und womöglich war jene simple Herangehensweise mit dafür verantwortlich, dass sich diese innerliche Entschleunigung eingestellt hatte. Der Eintopf schmeckte hervorragend und das Bier war noch angenehm kühl. Im Kofferraum hatte ich es in Pulli und Handtuch eingewickelt und so hatte sich die Temperatur aus dem Kühlregal des Ladens bis jetzt halbwegs gerettet.

Die Sonne krabbelte hinter die Spitzen der Berggipfel, die den Zeltplatz in weiter Entfernung einschlossen, und tauchte die Szenerie in ein glühendes Licht, das ich in meine Kamera bannen wollte. So zog ich noch einmal rund um den gesamten Campground und machte Fotos von der menschenleeren Weite ringsum. Die Gipfel, deren Höhe in Zahlen sicher unbedeutend war, stellten aber im abendlichen Licht der Sonne eine imposante Erscheinung dar, an der ich mich nicht satt sehen und knipsen konnte. Zusammen mit immer noch umgerechnet 28 Grad Celsius ergaben sich Momente, die nicht weniger als ewig hätten dauern dürfen.

Leider ging die Sonne hier viel schneller unter, als dies in heimischen Breiten passierte und so war das schöne Lichtspiel nach weniger als einer halben Stunde in vollständige Dunkelheit übergegangen. Kurz vor meinem Zeltplatz kam ein pelziger Vierbeiner auf mich zu, wedelte freudig mit dem Schwanz und beschnüffelte mich. Eine Mischung aus Border Collie und Schäferhund mit der anderthalbfachen Höhe eines Dackels schaute mich erwartungsvoll an und holte sich ein paar Streicheleinheiten ab. Er gehörte zu einem Ehepaar, das mit ihrem Wohnmobil den Platz schräg gegenüber in Beschlag genommen hatte. Sie hatten ein Feuer entzündet und begrüßten mich herzlich und luden mich ein, sich zu ihnen zu setzen. Sie stellten sich als Elizabeth und Hank vor und begannen zu erzählen von ihrem Wohnmobil, ihrer Tour und ihrem Zuhause. Ihr Hund Hunter stellte sich dann gleich selbst vor, als er zu mir kam und ein Spielzeug vor meine Füße legte und nun darauf wartete, dass ich es über den Platz warf.

Das Ehepaar war seit einigen Tagen unterwegs und hatte noch rund fünf Wochen vor sich, in denen sie bis runter an die mexikanische Grenze wollten, rüber bis Texas und dann wieder irgendwie zurück. Eine genaue Planung hatten sie nicht, auch keine genauen Zeitvorgaben, denn sie waren bereits im Ruhestand und hatten alle Zeit der Welt. Ihre Tour bestand, soweit ich das verstanden hatte, aus dem Abgrasen der Wohnorte ihrer Kinder und einer langen Liste von dazwischen befindlichen Sehenswürdigkeiten. Hank schaute nebenbei immer wieder auf das mobile TV-Gerät auf seinem Schoß, auf dem ein Football-Spiel seines Lieblingsvereins lief. Er erläuterte mir mit inbrünstiger Faszination diesen Sport und seine Regeln und erzählte auch aus seiner sportlichen Vergangenheit, bei der er es hier weit gebracht hatte. Immerhin war Hank von seiner Figur her noch durchaus respektabel in Form und entsprach so gar nicht dem Bild des übergewichtigen US-Bürgers, dem die zehn Schritte von der Wohnungstür bis zum Auto schon neun zu viel waren. Elizabeth hingegen genügte dieser Erwartung voll und ganz und so scheuchte sie ihren Mann alle paar Minuten ins RV, um irgendetwas zu holen und zu erledigen. Von Insektenspray über Handcreme, einen Schluck Weißwein oder etwas zu knabbern gab es immer was, für das Hank bereitwillig aufsprang und es besorgte, jedoch ohne den Bildschirm aus den Augen zu lassen.

Zum Abschluss ihrer Reise würden sie wieder nach Laughlin fahren, wo sie ein wenig außerhalb in westlicher Richtung wohnten. Als ich ihnen berichtete, dass ich bereits am zweiten Tag meines Trips durch die Stadt gefahren war und in Bullhead City auf dem RV-Platz übernachtet hatte, stellten wir wieder einmal fest, wie klein die Welt selbst in diesem riesigen Land war. Mein Nachtlager dort war weniger als eine Meile von ihrem Grundstück entfernt gewesen. Für meinen nächsten Besuch in der Gegend gaben sie mir dann noch ein paar Tipps und Sehenswürdigkeiten mit auf den Weg, bevor ich mich erhob, für den netten Abend bedankte und wir uns gegenseitig einen "safe trip" für die weiteren Reisemeilen wünschten.

Mein letzter Weg des Tages ging noch einmal zum Waschhaus, um das Geschirr zu spülen und mich samt Zähneputzen nachtfein zu machen. Die Temperaturen waren jetzt – es war gerade einmal neun Uhr abends – spürbar geringer, lagen aber laut Thermometer am Auto noch bei umgerechnet 22 Grad.

Dennoch fühlte ich mich fröstelig und merkte ein Kratzen im Hals. Womöglich waren die Wetterwechsel und der Wind in

San Francisco mit der kühlen Frische doch nicht spurlos an mir vorbeigezogen. So kuschelte ich mich dann schnell zum Abschluss des Tages samt Teddy in meinen Schlafsack, griff zu meinem E-Book und las mich in den Schlaf.

TAG 14

LONE PINE

SHOSHONE

Werwölfe hatten nicht geheult und auch keine Kojoten, aber dennoch hatte mich offenbar der nahende Vollmond vom so erhofften Schlaf abgehalten. Gerade wegen Halsweh und anderer Erkältungszeichen wäre der Schlaf so wichtig gewesen. Doch noch andere Faktoren hatten dazu beigetragen, denn das Dröhnen der LKW auf der US 395 in nicht mal 100 Meter Entfernung und auch die innere Kälte taten ihr Übriges dazu, dass ich bis morgens um fünf Uhr weitgehend wach war. Dann erst übermannte mich der Schlaf, der aber jäh ab sieben Uhr in der Frühe von blubbernden Motorengeräuschen der ersten abreisenden Groß-Gespanne beendet wurde. Wenn man sich mit "Gespann" einen PKW mit Wohnwagen vorstellte, dann traf das nicht so ganz das, was hier am Zelt vorbei kroch und zwar um Längen nicht. Eine solide Kenworth-Zugmaschine, die locker einen 38-Tonner hätte anführen können, zog einen Wohnanhänger, in dem wiederum problemlos eine Kegelbahn Platz gefunden hätte. Doch dem nicht genug, thronte direkt hinter dem Führerhaus eine Art dreirädrige Goldwing in türkis-blau mit riesigen, verchromten Auspuffrohren, die platzmäßig einem durchschnittlichen Haustier als Hundehütte gereicht hätten. Doch der Mobilität nicht genug, hing mit einer abenteuerlichen Konstruktion aus Metallbügeln, Federn und Gestängen ein veritabler Geländewagen an seinen Vorderrädern am Heck der Wohnvilla, deren ausfahrbare Seitenwände nicht einen Inch weiter hätten rausstehen dürfen. In akribischer Millimeterarbeit zirkelte das Monstrum um die Kurve, beidseits an Bäumen vorbei, begleitet von den wachen und fachkundigen Gästen, die sich zu dieser Uhrzeit bereits als Einweiser helfend nützlich machten. Das Aufbegehren der PS-starken Zugmaschine versetzte mein Zelt in ein mittelschweres Erdbeben und der Boden zitterte wie mitten im Epizentrum. Verschlafen steckte ich meine noch unsortierten Knochen aus dem Zelt und richtete mich mühsam auf, um wenigstens den Kaffeekocher für eine Tasse schwarzen Lebenselixiers in Stellung zu bringen. Fröhlich pfeifend begrüßten mich einige der Damen und Herren. Gott sei Dank erwarteten sie in meinem Zustand keine Aktivitäten von mir, so ließ ich mich auf die Sitzgruppe sinken, während das Kaffeewasser an Temperatur gewann.

Der Fleece-Pulli, den ich nachts noch nachgerüstet hatte, hatte gute Dienste getan und tat dies auch jetzt noch, denn die wärmende Sonne krabbelte erst an vereinzelten Stellen schüchtern über die umliegenden Hügel. Nachher, so wärmte ich mich in Gedanken, würde ich mich im Death Valley nach ein paar Grad weniger sehnen, denn das Tal stand heute auf dem Plan als Zwischenziel, bevor ich am Nachmittag im verschlafenen Nest Shoshone eintreffen wollte. Zwei Brötchen und noch eine Tasse Kaffee später hatte sich der Nacht-Blues etwas gelegt und den Rest wollte ich mit einer fixen Dusche aus meinen Sinnen waschen. So war ich dann gestiefelt und gespornt um neun Uhr fertig. Das Zelt war in respektablen 20 Sekunden abgeklopft und zusammengefaltet und hatte jetzt auch seine ursprüngliche Packgröße, nachdem ich dem Geheimnis des Faltens ja bereits in Kingman dank Internetvideo auf die Schliche gekommen war. Der Reißverschluss hatte sich seit seinem störrischen Verhalten zu Beginn in der Zwischenzeit verträglich gezeigt und so war ein weiterer Gedanke an Austausch schon nach dem Grand Canyon-Stopp verflogen. Insbesondere diese Nacht ließ sich das Zelt tadellos öffnen und schließen. Womöglich lag also das Reißverschluss-Problem nur an einer übermäßigen Spannung durch die Heringe, mit denen ich das Schlafgehäuse gesichert hatte. Damit war ich guter Dinge, dass es auch die letzten zwei Nächte hielt. Eine Mitnahme nach Deutschland war allein wegen der Größe auch im korrekt zusammengefalteten Zustand keinesfalls denkbar. Damit würde das Zelt in zwei Tagen auf dem King's Row in Las Vegas bleiben und wohl eine weitere Verwendung finden. Ob Dave es vielleicht gebrauchen konnte? Ich würde ihn einfach fragen.

Bei diesem Gedanken wurde mir wieder unmissverständlich klar, dass mich nur noch zwei Tage von der Rückreise und dem Ende meines Abenteuers trennten. Der Kontakt mit Dave bei meiner ersten Übernachtung dieser Reise kam mir vor, als wäre er erst vorgestern passiert. Tatsächlich lagen jetzt schon zwölf Tage und rund 3.000 km dazwischen, wie im Flug verging die Zeit.

Dabei ist Ihnen liebe Leserin, lieber Leser vielleicht gerade aufgefallen, der erste Tag plus zwölf weitere ergab doch eigentlich 13, das Kapitel ist aber überschrieben mit "Tag 14". Dem amerikanischen Trend folgend habe ich die Zahl 13 bewusst ausgelassen. Am Hoover Damm mit den 13 Turbinen hatte ich dies erstmalig bemerkt und so hatte ich zwischenzeitlich das Netz bemüht und meine Umwelt während der Reise diesbezüglich beäugt. Nicht, dass ich dem Aberglauben anheimgefallen war, aber in diesem Land wurde, wo nur möglich, die Zahl 13 übergangen. Eine 13. Etage in den Hotels suchte man ebenso vergeblich wie Zimmernummern, die auf 13 endeten. Es gab keinen Checkin-Counter mit irgendeiner 13 und auf der Menükarte von Lilo's oder Denny's oder bei der Regalnummerierung im Walmart war diese Zahl schlicht nicht vorhanden. Dabei hatte die 13 in der amerikanischen Geschichte durchaus eine historisch wichtige Bedeutung, denn die Besiedelung des Kontinents begann mit 13 Staaten an der Ostküste, damals noch nicht als eigenständige Gebiete, sondern als Kolonien der britischen Krone. Angefangen von den Provinzen im Norden, etwa auf Höhe des heutigen Staates Maine, aufgehört mit denen im Süden auf einem Breitengrad mit dem gegenwärtigen Georgia. Diese Kolonien sagten sich mit der berühmten Unabhängigkeitserklärung von 1776 vom Königreich los und bildeten die erste Version der Vereinigten Staaten von Amerika. Dieser historischen Jahresangabe liegt also ebendiese Zahl 13 zugrunde wie auch eine Vielzahl anderer Beispiele, die die Suchmaschinen zu dem Thema USA und 13 auszuspucken bereit waren. So enthält die 1-Dollar-Note mit dem Konterfei von George Washington zahlreiche Hinweise auf diese Unglückszahl. Der Adler trägt in seinem Greif 13 Pfeile, einen Ast mit 13 Blättern. Ebenso viele Stufen hat die Pyramide und die Randverzierungen besitzen 13 Kugeln. 13 rote und 13 weiße Streifen bilden den Großteil der Flagge, die durch die 50 Sterne auf blauem Grund ergänzt werden, welche stellvertretend für die Staaten stehen. Also eigentlich alles Dinge, die positiv mit der Zahl 13 zu besetzen sein mussten, aber dennoch hatte sich der Aberglaube gegen die Zahl weitgehend durchgesetzt. Ob trotz oder wegen der Illuminaten, das mag jeder selber beurteilen; jedenfalls eine interessante Geschichte.

Aller Rechnerei zum Trotz wurden es nicht mehr Tage bis zu meinem Abflug und so hatte ich beschlossen, die verbleibende Zeit ebenso zu genießen und ohne Wehmut die herrliche Landschaft in mich aufzusaugen, die die Sonne nun schon wieder in goldenes Licht im Golden State tauchte und auf bereits 24 Grad erwärmt hatte. Der Checkout bestand nur aus einer freundlichen Verabschiedung mit dem Wunsch einer guten Weiterreise und schon war ich wieder on the road.

Gerne hätte ich das Erreichen des dreitausendsten gefahrenen Kilometers irgendwo gefeiert, aber ich hatte schlicht den Anfangsstand vom Tacho vergessen, um dieses Ereignis, das Namensgeber dieses Buches mit werden sollte, zu feiern. Ein kurzer Zwischenstopp in Lone Pine für eine Packung Halsweh-Drops hielt mich nicht lange auf. Den obligaten Tankstopp absolvierte ich mittlerweile gewohnt routiniert und dann ging es auf die 395 ein Stück zurück Richtung Diaz Lake, links auf die US 136 gen Osten und weiter auf der US 160, ebenfalls ostwärts. Wieder hatte mich die landschaftliche Weite gefangen, als es bergiger wurde, der Towne Pass mit knapp 5.000 Fuß Höhe lag vor mir und hier, irgendwo im nirgendwo auf der sich in die Höhe windenden Straße herrschte plötzlich ein echtes Verkehrschaos. Stau auf stattlicher Länge. Motoren wurden abgestellt, Leute stiegen aus ihren Autos und schauten nach dem Grund. Einige nutzten die unfreiwillige Pause, um sich ihrer Getränke in der natürlichsten Form in den spärlichen Gebüschen neben der Straße zu entledigen. Immer mal ging es ein paar Meter weiter. Nach und nach kam der Verkehr wieder in Wallung, dann auch sah ich die Ursache für die Stockung, denn schwer beladene Straßenbau-LKW quälten sich in Schrittgeschwindigkeit hier hoch, um einen Straßenausbau mit Material zu versorgen. Diese Baustelle war dann wiederum mit einer Ampelschaltung abgesichert, die den Verkehr wechselseitig an den Arbeiten vorbeiführte. Aufgrund der Länge der aufgerissenen Fahrbahndecke, dauerte der jeweilige Wechsel von Rot auf Grün stolze fünf Minuten pro Phase und entsprechend war Geduld gefordert. Von dort ging es bergab und flott an den Arbeitern und Baumaschinen vorbei, danach verloren sich die Autos und ich war wieder allein auf weiter Flur. Meine Routen-Zicke, die seit ihrer letzten Eskapade übrigens anstandslos funktionierte, verkündete die nahe Ankunft am Death Valley National Park. Das Gebäude mit den Kassen konnte ich einfach passieren, denn ich hatte ja bereits am Grand Canyon den Golden Annual Pass gekauft, der auch für hier galt. Ob ich nun halten und mir trotzdem ein Ticket holen musste, wusste ich nicht, also fuhr ich einfach weiter. Im Falle einer Kontrolle hätte ich mich dumm gestellt und meinen Nationalpark-Pass gezeigt. Schließlich hatte ich bezahlt und der Rest war nur eine Formalie, von der ich dann eben einfach nichts wusste.

Es gab keine Schranke, keine Kontrollstation und nichts, was mir sonst die Weiterfahrt erschwert hätte, die Straße ging einfach durch und so folgte ich dem Verlauf. Bereits seit der Abfahrt vom Towne Pass öffnete sich vor mir wieder die faszinierende Landschaft, auch wenn sie überwiegend karg und öde war. Eingerahmt vom Verlauf der Hügelketten herrschte sandfarbene Weite mit Felsmassiven, Straße und gelegentlich etwas Buschwerk. Die Temperaturen kletterten in Richtung der 100 Grad Fahrenheit und es ging weiter in Richtung Badwater. Es hieß, dass man beim Befahren dieses Nationalparks bestenfalls alle paar Stunden auf ein Auto traf, sozusagen während der Rushhour. Daher hatte ich auch bei den Einkäufen meinen Getränkevorrat – hauptsächlich klares Trinkwasser – aufgefüllt und war jetzt mit gut und gerne 14 Litern bewaffnet. Dave hatte mich ja in Las Vegas darauf hingewiesen, man solle hier besser die Klimaanlage ausschalten, die Motoren drohten sonst zu überhitzen. Zwar machte mein Gefährt keinerlei Probleme, aber soweit wollte ich es gar nicht erst kommen lassen und schaltete bei umgerechnet 37 Grad Celsius und brütender Sonne kurzerhand die Air Condition aus. Ein paar Kilometer kühlte die Lüftung noch nach, dann setzte sich die trockene Hitze durch und strömte wie ein eingeschalteter Föhn durch die Lüftungsschlitze ins Wageninnere. Nun war es an der Zeit alle Fenster aufzumachen und so gondelte ich mit rund 45 Meilen pro Stunde durch die grandiose Landschaft. Weit und breit war kein Auto am Straßenrand zu erkennen, aber ich hatte fast immer ein Auto entfernt vor mir und eins hinten im Rückspiegel im Blick. Von wirklicher Einsamkeit keine Spur und auch die Gefahr einer Radarkontrolle aus parkenden Autos war nicht allzu hoch. Aber ich hatte von Luftüberwachung gehört, mit der das Tempo einzelner Autos er- und übermittelt wurde. Zwar hatte ich weder eine Bestätigung noch ein Dementi für derartige Aktionen bekommen, aber zum einen waren Geschwindigkeitsüberschreitungen exorbitant teuer und zum anderen war die Landschaft einfach viel zu schön, um hier durchzurasen. Wer konnte sagen, wann und ob ich je in meinem Leben diesen Teil der Erde wiedersehen würde?

Bergig und kurvig gingen die nächsten Meilen durch die Panamint Mountains weiter und es wurde zunehmend felsiger, das Gestein dunkler. Die 190 schraubte sich den landschaftlichen Gegebenheiten folgend höher und dann kam in einer Kurve links ein Aussichtspunkt, den ich natürlich nicht ausließ. Neben ordentlich eingezeichneten Parkplätzen gab es hier auch ein Toilettenhäuschen, Zäune und Absturzsicherungen und eine Gedenktafel. Ich hatte den Father Crowley-Aussichtspunkt erreicht. Dieser Overlook erinnerte an den Pater, der in der ersten Hälfte des 20. Jahrhunderts mehrere katholische Gemeinden zu betreuen hatte, zwischen denen Hunderte von Meilen lagen. Unter anderem gehörte auch das Gebiet des Death Valley zu seinem Bezirk. Rund zwanzig Jahre kümmerte er sich um besondere Kirchen und Missionen, bis er 1940 bei einem Unfall starb, als er einem Stier auswich und dabei mit einem entgegenkommenden LKW zusammenstieß. Ihm war dieser Punkt gewidmet und eine Gedenktafel erinnerte an den "Padre of the Desert".

Natürlich blieb ich einige Momente und ließ mir die vergleichsweise erfrischende Luft um die Ohren wehen, gleichzeitig trocknete mein T-Shirt und kühlte durch die Verdunstung. Dafür brannte die Sonne erbarmungslos auf mein Haupt nieder und ich war dankbar für das Baseball-Cap, das ich im Gepäck hatte. Allein mit Sonnencreme hätte ich das nicht ohne Folgen durchgestanden. Der Panoramablick auf den Rainbow Canyon war grandios und ich konnte den weiteren Verlauf meiner Straße sehen, die irgendwo in weiter Ferne am Treffpunkt von Horizont und Himmel verschluckt wurde. Muße für weiteres Pausieren hier fand ich nicht, denn eine innere Unruhe trieb mich zum tiefsten Punkt Amerikas, obwohl ich es zeitlich alles andere als eilig hatte. So nutzte ich noch kurz die Gelegenheit am Toilettenhäuschen. Das war schon eine gewöhnungsbedürftige Nummer, denn innerhalb des Häuschens bestanden die sanitären Anlagen nur aus einer Toilette, an deren unterem Ende sich einfach ein Loch in einen großen Behälter ergab, herkömmlich wohl als Plumpsklo bekannt. Der Blick auf die Mischung aus Papier und Hinterlassenschaften nebst sehr deutlicher Geruchsentwicklung bei den Temperaturen war eine echte Prüfung für die Selbstbeherrschung und so musste ich dann meine Nase in mein eigenes T-Shirt stecken und vorsichtig einatmen, um nicht dem Brechreiz zu erliegen.

Händewaschen war in dem Häuschen mangels Wasser ohnehin nicht möglich, aber mich hätten auch keine zehn Pferde eine Sekunde länger darin gehalten. Also opferte ich etwas von meinem Trinkwasser für die Hygiene und desinfizierte anschließend mit dem Handgel, das mir bisher gute Dienste geleistet hatte. Kurz nutzte ich die Pause noch, um verlorene Flüssigkeit nachzutanken.

In Panamint Springs bog zur Abwechslung mal eine Straße rechts ab, die Panamint Valley Road, aber ich blieb dem Verlauf der 190 treu und segelte mit meiner weißen Sänfte weiter. Obwohl ich jetzt schon etliche Meilen im Nationalpark absolviert hatte, langweilte mich diese Landschaft keinen Millimeter, gerade wegen ihrer so einzigartigen Gleichartigkeit von ganz viel Nichts, Sand, Fels und Büschen. Meile um Meile genoss ich dieses Panorama, nur das Radio musste ich jetzt abstellen, denn kein Sender war mehr stark genug, um mich knack- und rauschfrei zu begleiten. Aber auch die plötzliche Stille passte sehr gut zu der Kulisse und so begleitete mich nur der warme Wind durch die offenen Fenster und das Surren der Reifen auf dem Asphalt.

Dann schwebten in der flirrenden Luft über der Straße wie eine Fata Morgana eine Reihe von Autos und ein paar Gebäude, ich hatte Stovepipe Wells erreicht. Neben etwas touristischer Infrastruktur war hier vor allem aufgetürmter Sand die Attraktion, echte Dünen mit dem typischen Linienmuster aus Windverwehungen. 103 Grad Fahrenheit zeigte das Thermometer außen an, rund 40 Grad Celsius waren erreicht. Trotzdem hielt ich an und stieg aus, kramte meine Handys und Wertsachen in meinen Beutel und kraxelte über die steinige Einfassung des Parkplatzes hinauf zu den Dünen. Der Boden reflektierte die von oben knallende Hitze noch um ein Vielfaches und ich bekam einen Eindruck, wie sich ein Auflauf in einem Backofen fühlen musste. Selbst durch die nicht gerade dünnen Schuhsohlen merkte ich die vom Sand aufsteigende Hitze und von oben brannte der Lorenz gnadenlos herab. Die Luft war absolut trocken und heiß und das Atmen fühlte sich komisch und schwer an, als würden die Lungen nicht genug Sauerstoff bekommen. Die meisten der Touristen um mich herum wagten sich auch nicht allzu weit vom Parkplatz weg, schossen ein paar Fotos und natürlich haufenweise Selfies und schlappten dann wieder zurück zu ihren Fahrzeugen. Ein paar Wagemutige, oder waren sie eher Leichtsinnige, konnte ich aber in stattlicher Entfernung sehen. Jeder, der schon einmal in Dünen oder auf Sand eine längere Strecke gegangen war, wusste, wie sich vermeintlich kleine Entfernungen dabei zogen wie Kaugummi.

Eine Gruppe junger Damen kam mir entgegen, als ich den Rückweg zu meinem Auto antrat. Sie baten mich darum, von ihnen ein Foto auf der Düne zu machen. Dieser Bitte kam ich nach und sie nahmen ihre Posen ein. Ein paarmal Abdrücken auf der Kamera, ein paar Klicks auf den Smartphones und schon bekamen sie ihre Gerätschaften zurück, als eine junge Dame plötzlich aufschrie. Von ihrem Flipflop hatte sich der Riemen verabschiedet und sie war mit dem bloßen Fuß in den Sand geraten. Der Versuch, das Gleichgewicht zurückzuerlangen, missglückte und so fiel sie seitlich hin und landete mit der Länge ihres Oberschenkels auf dem glühend heißen Boden. Sie schrie wie am Spieß, doch im Kreis ihrer Freundinnen herrschte eine Mischung aus Ratlosigkeit und Amüsement über das Missgeschick und so beäugten sie die Situation unsicher, ob sie nicht gerade verschaukelt wurden. Da ich noch in der Nähe stand, griff ich beherzt nach der Hand der jungen Dame und half ihr hoch. Sie stellte sich mit dem einen Fuß auf den anderen und die Tränen kullerten ihr über die Wangen.

Auf dem Bein zeichneten sich tatsächlich große Flecken ab, die wohl zu Brandblasen werden würden. Die Fußsohle war nicht so schlimm betroffen wie der Oberschenkel, wenngleich auch sie feuerrot war. Jetzt merkten ihre Mitreisenden scheinbar, dass die Situation gerade ernst war und alles andere als ein Jux. Ein Mädel breitete ein Handtuch im Sand zweilagig aus und zwei andere holten Wasser aus ihren Rucksäcken, das sie ihr reichten. Ich verabschiedete mich und ging dann wirklich zum Auto, denn so langsam machten auch mir die Temperaturen zu schaffen. Beim kurzen Rückweg konnte ich nur nochmal den Kopf schütteln darüber, wie die junge Dame nur mit Bikini, luftigem Shirt und Flipflops bekleidet sich auf diese Situation eingelassen hatte. Vielleicht würde es ihr eine Lehre sein.

Zuerst einmal stellte ich alle Autotüren auf Durchzug, dann wechselte ich das T-Shirt gegen eins, das hinten im Wagen über die Kopfstützen hängend getrocknet war und das nasse nahm nun seinen Platz ein. Bis Badwater würde es sicher wieder vollständig trocken sein, denn im Auto war es nun wirklich nicht mehr auszuhalten. So musste doch die Klimaanlage ran, um das Fahrzeug wenigstens einmal von seiner Monsterhitze abzukühlen. Mit geschlossenen Fenstern war schnell die eingestellte Temperatur von umgerechnet 30 Grad Celsius erreicht und so ließ es sich erst mal ein paar Meilen gut fahren. Ein Stück weiter zweigte links die Daylight Pass Road zur gleichnamigen Überführung in Richtung Beatty, Nevada, ab. Der Nachbarstaat lag geschätzt 20 Meilen Luftlinie in nordöstlicher Richtung, doch ich blieb auf der 190, die einen Rechtsknick machte und weiter südöstlich in Richtung Furnace Creek verlief.

Wie die nächste Fata Morgana erhob sich dann eine Sammlung von Palmen aus der flirrenden Luft, die in jeder Richtung über dem Boden schwebte. Immerhin zeigte das Navi den Ortsnamen an. Dort gab es ein richtiges Resort, eine Ranch, ein Museum und manches mehr, entsprechend belebt war dieser Abschnitt der 190. Die Zeit für einen Zwischenstopp war zwar da und der reizvolle Gedanke an ein kühles Bier prickelte geradezu erfrischend auf der Zunge, aber ich blieb meinem eigenen Versprechen "Don't drink and drive" treu. Also zuckelte ich weiter, ließ die Oase hinter mir und bog von der 190 ab nach rechts auf die Badwater Road zum "Tiefpunkt" meiner Reise in gut 15 Meilen vor dem Kühler. Neben der Straße erhoben sich links wieder hohe Berge, die an ihren Flanken mit den Farben regelrecht spielten. Die Färbungen ergaben sich durch verschiedene Erdschichten, aber auch unterschiedliche Sonneneinstrahlung und wieder konnte ich mich nicht satt sehen an dieser Kreativität, die die Natur parallel zur trostlosen Aussicht aus dem rechten Autofenster in die Landschaft gestanzt hatte.

Ein Hinweisschild auf den Golden Canyon lockte meine Aufmerksamkeit, daher bog ich von der Straße direkt links auf einen Parkplatz ab, der spärlich mit Autos belegt war. Das große Schild erläuterte den Golden Canyon als einen Wanderweg mit einer Länge von 1,4 Meilen. Sein Einstieg lag auf 130 Fuß unter und endete auf 700 Fuß über dem Meeresspiegel. Auf die Distanz von umgerechnet 2 ¼ Kilometer entsprach das einem Anstieg von über 500 Höhenmetern. Die Felswände des Trails zogen sich nach dem Einstieg in die Höhe und so kletterte in diesem Kessel die Gradzahl in Celsius locker auf über 50. Weder hatte ich den Trail eingeplant noch wirklich beabsichtigt, ihn zu gehen, aber dennoch hatte ich vorsichtshalber alle Wertsachen aus dem Auto und mehrere Flaschen Wasser eingepackt. So machte ich mich auf und kletterte über den Weg, auf dem Steinblöcke und heruntergefallenes Geröll lagen und mit jedem Schritt nahm die Temperatur gefühlt ein Stück weiter zu. Immer wieder blieb ich stehen und zückte mein Handy für ein paar einzigartige Fotos. Aber mit jedem Meter wuchs auch meine Skepsis, ob dieser Weg ohne Vorbereitung trotz solidem Schuhwerk und Getränken nicht ein Stück Risiko zu viel war. Ich entschied mich, dass die wenigen aber intensiven Eindrücke des Golden Canyon für dieses Mal genug waren und bereitete mich auf den Rückweg vor. Geschätzte 600 Meter war ich gegangen und drehte dann nach einer Fotopause um, als mir ein Pärchen entgegenkam, das fröhlich schnatternd und unbekümmert an mir vorbeimarschierte. T-Shirt und kurze Hosen gingen ja noch in Ordnung, Sandalen fand ich für den Weg aber schon ungeeignet, aber die Drittel-Liter-Flasche Wasser in der Hand der Dame war dann die negative Krönung. Der Mann trug nur einen Fotoapparat und beide waren ohne Rucksack oder weiteres Gepäck aufgebrochen. Fassungslos kehrte ich zum Auto zurück und setzte meinen Weg auf der Badwater Road fort, aber das Pärchen ging mir eine Zeit lang nicht mehr aus dem Kopf. Wäre ich Einheimischer, hätte ich in der Zeitung mit einem baldigen Artikel über einen Vorfall mit zwei verdursteten Touristen gerechnet.

Für Ablenkung sorgten vor mir in der Sonne glitzernde Flächen, die jeder auf den ersten Blick als See oder Wasserfläche identifiziert hätte, aber beim Näherkommen enttarnten sich die Bereiche als Salzablagerungen. Badwater war kurze Zeit später erreicht und natürlich perfekt ausgeschildert. Ich stellte den Wagen in ein "Lot", also eine Parkbucht. Einen Ticketautomaten suchte man vergebens, denn auch hier war der Touri-Parkplatz kostenlos und Geländer und Treppenstufen führten ins Badwater Basin. Ein Holzschild kündigte den tiefsten Punkt der USA an mit 85,5 Metern oder 282 Fuß unter dem Meeresspiegel. Eine kleine Schlange bildete sich vor dem

Schild, das ein begehrtes Fotomotiv war, und viele wollten sich ablichten lassen, wenn sie darauf stützten und in die Kamera schauten. Ich hatte den Text noch nicht ganz durchgelesen – und viele Zeilen waren nicht drauf –, schon wurde die erste Bitte an mich gerichtet, das ein oder andere Foto zu machen. Auch hier kam ich dem Wunsch gerne nach, verzichtete aber auf das Gegenangebot für ein Foto von mir. Für meine Erinnerungen sollte es genügen, die Landschaft in ihrer Schönheit einzufangen. Diese Landschaft wollte ich erlaufen und folgte den Holzplanken in Richtung der Salzflächen. Ein unübersehbares STOP-Warnschild mahnte die Besucher zur Vorsicht, denn das Thermometer am Auto zeigte eben den Spitzenwert von 107 Grad Fahrenheit an, also 42 Grad Celsius und auf den Salzflächen war es sicher noch ein Stück heißer. Der Text des Schildes warnte vor extremer Gefahr durch Hitze und empfahl den Besuch nur vormittags bis zehn Uhr. Dennoch wanderten zahlreiche Menschen auf den Salzflächen, zu denen ich mich nun gesellte. Die Oberfläche der länglichen Salzzunge war zu meiner Überraschung deutlich unebener als erwartet und sie sah aus wie dickes Eis. Neugierige hatten kleine Löcher an Stellen am Rand gepickt und sich ein Souvenir mitgenommen. Die Sonne stach von oben und reflektierte von unten. Deshalb trat ich nach wenigen Fotos den Rückweg an, es war einfach zu heiß für mich, um hier länger zu verweilen. Die Uhr zeigte halb zwei und nur noch rund 33 Meilen standen auf dem Navi bis zu meinem nächsten Campingplatz in dem kleinen Ort Shoshone. Ich enterte wieder meinen fahrenden Backofen, lüftete vorher durch alle geöffneten Türen und nötigte der Klimaanlage wieder ihren Dienst ab. Nachdem ich gen Süden aufgebrochen war, nahm die Fahrzeugdichte sofort ab und bis zum Abzweig auf die CA 127 sah ich ganze zwei Autos innerhalb einer Stunde.

Die Landschaft wurde zerklüfteter und felsiger und gewann an Höhe. Kurve klebte an Kurve und auch fahrerisch wurde es anspruchsvoller. Es fiel mir schwer, mich auf den Straßenverlauf zu konzentrieren und gleichzeitig der Schönheit der Natur ein Auge zu schenken. So sank als Folge meine Durchschnittsgeschwindigkeit erheblich. Mangels Verkehr behinderte ich aber niemanden und tuckerte gemütlich über die Jubilee Pass Road und erreichte den gleichnamigen Pass auf 1293 Fuß Höhe. Die CA 127 schloss sich weiter an und ich überquerte den nochmals über 2000 Fuß höheren Salisbury Pass für den Endspurt zu meinem Tagesziel.

Ein weiteres Mal hatte sich die Landschaft gewandelt, Berge und Schluchten mit schroffen Gesteinsformationen zogen an mir vorbei, das Teerband mäanderte weniger aufgeregt und kurvenreduzierter durch die Gegend. Ab dem Pass ging es stetig bergab und ein letzter Abzweig brachte mich zum Ortseingangsschild von Shoshone. Dessen Einwohnerzahl war mit immerhin 31 Personen direkt auf dem Schild ausgewiesen und die Höhe des Ortes betrug 1585 Fuß, ziemlich genau 1000 Meter über Normalnull. Unmittelbar dahinter war bereits der Campingplatz. So unmittelbar, dass ich prompt daran vorbeifuhr und ihn gar nicht sah. Wenige hundert Meter weiter dekorierte bereits das Ortsausgangsschild den Straßenrand, also kehrte ich um. Viel Verkehr herrschte auf der Straße nicht, um genau zu sein, war ich das einzige Auto, das die Hauptstraße des Nests nutzte und im zweiten Anlauf fand ich den Platz. Ich stellte den Wagen vor dem kleinen Container ab, der die Aufschrift "Office" trug. Die Uhr zeigte exakt 3:00 an. Ich kletterte aus meinem fahrbaren Untersatz und wechselte wieder einmal das T-Shirt gegen das von der Rückbank, das wie vermutet vollständig durchgetrocknet war. Für den Aufbau meines Zeltes würde das Kleidungsstück noch bis zur Abend-Dusche ausreichen. Vor der Eingangstür des Büros prangte ein Schild, das Besucher bat, sich hinter dem Haus zu melden. Ich stapfte über den Schotter um das kleine Office herum, da kam mir schon der Inhaber entgegen und strahlte mich mit einem breiten Lächeln an. Wenn ich bei dem Ortsnamen dieser Ansiedlung noch nicht an Indianer gedacht hatte, so drängte sich der Gedanke spätestens jetzt auf, denn dieser Mensch gehörte ganz sicher zu den Native Americans, wie es politisch korrekt im Sprachgebrauch etabliert war. Leider hatte ich seinen Namen nicht verstanden oder mir nicht notiert, aber seine sehr freundliche Wesensart war für immer in mein Gedächtnis eingebrannt. So ehrlich und tief empfunden freundlich wurde ich in meinem ganzen Leben nur selten empfangen. Er schloss die Tür auf und natürlich herrschten im Inneren die berühmten deutschen kellerkalt-Temperaturen von höchstens 16 Grad, bereitgestellt von einem riesigen Trumm von Klimaanlage, das über den Besucherstühlen des maximal zwölf Quadratmeter messenden Raumes hing. Neben einem Stuhl bekam ich ein Wasser samt Glas angeboten, was ich nach den Temperaturen im Death Valley dankend annahm. Dann begann die bürokratische Prozedur, die aus drei unterschiedlichen Zetteln bestand. Einer enthielt meine Daten und war schon teilweise ausgefüllt, einer war eine Art Meldevordruck für meinen Aufenthalt (Kurtaxe?) und einer war die Platzordnung, deren Kenntnisnahme und Einhaltung ich per Unterschrift zusicherte. Dann wanderten noch schmale 16 Dollar über den Tisch und es ging wieder raus in die Hitze. Der Inhaber ging vor und ich rollte mit dem Auto in Schrittgeschwindigkeit runde 50 Meter bis zu meinem Stellplatz hinterher. Sattgrüner Rasen und hohe Palmen, das waren die richtigen Rahmenbedingungen für einen gelungenen Zeltplatz, daneben noch ein kleiner, plätschernder Bach und es gab sogar einen Pool oberhalb des Platzes, keine 200 Fuß Luftlinie. Den Schlüssel dafür drückte mir der Inhaber vertrauensvoll in die Hand, wünschte mir einen schönen Abend und verabschiedete sich. Das Zauberzelt schnappte nach dem Abnehmen des Riemens wieder in seine formvollendete Position, einem Schildkrötenpanzer nicht unähnlich, und war flugs mit sechs teils arg verbogenen Heringen befestigt. Isomatte, Luftmatratze und Schlafsack wanderten hinein und dann wollte ich noch einmal ins "Stadtzentrum". Das bestand im Wesentlichen aus einem General Store als Dreh- und Angelpunkt, einem Motel sowie einer Gastronomie und einem kleinen Museum.

Der Laden war gut sortiert, aber Bier gab es hier nur im großvolumigen Sixpack. Da ich nur noch zwei Abende hatte, waren mir sechs Dosen zu Premium-Apothekenpreisen eindeutig zu teuer und so verließ ich das Geschäft ohne Beute und warf gegenüber einen Blick auf die Karte des Famous Crowbar Cafe & Saloon, das mit einer Reihe Tische und Stühle vor dem Gebäude einlud und innen ebenfalls reichlich Sitzgelegenheiten bot. Mein Blick schweifte über die Karte und der Entschluss stand fest, heute Abend keine Dosensuppe oder Brötchen zu speisen, denn mein Vorrat an Energybars war fast aufgebraucht und Nachschub nicht aufzutreiben gewesen. Somit konnten die verbleibenden kulinarischen Verlockungen aus meinem Kofferraum nicht mit der Speisekarte mithalten. Auch Bargeld hatte ich noch genug, für den unwahrscheinlichen Fall, dass keine Kreditkartenzahlung möglich war. Zuerst aber wollte ich zum Platz zurück und für eine Runde Bewegung im Pool sorgen. Die kurzen Ausflüge im Death Valley waren kein hinreichender Ausgleich für das lange Sitzen im Auto und mein Körper forderte einfach ein wenig Aktivität. Die Meter bis zum Zelt waren schnell erledigt und ich schlüpfte fix in meine Badehose, schnappte mir eins meiner beiden verbliebenen Handtücher, denn ein drittes war irgendwo unterwegs abhandengekommen, ebenso wie ein Waschlappen. Die letzten beiden Tage sollte ich damit aber sicher rumkriegen.

Waschen und Wäsche war vor meiner Reise auch ein beliebtes Planungs- und Recherche-Thema, obwohl es hier auf vielen Campgrounds Waschsalons, die Laundries, gab. Für ein paar Dollar war es möglich, vom Waschpulver bis zum Trockner alles in Anspruch zu nehmen und so hatte ich meinen stofflichen Vorrat im Koffer schon beim Packen überschaubar gehalten. In der Praxis stellte sich jetzt nach rund 13 Tagen aber heraus, dass die abgezählten Unterwäsche-Stücke ausreichten und die übrige Wäsche ebenso. Einzig die T-Shirts für die Fahrten zog ich während der gesamten Reise öfter durch eine Handwäsche und frischte sie so wieder auf. Für die Etappen selbst war das perfekt und bei Ankunft an einem Zwischenstopp hatte ich mir flugs ein sauberes Shirt übergeworfen. Diese Klamotten-Ökonomie hatte sich nicht durch Recherche ergeben, sondern schlicht durch gesunden Menschenverstand und kam mit auf die Liste der Dinge, die gut und richtig waren.

Quer über eine kleine Nebenstraße direkt hinter dem Campingplatz schloss ich dann das Gatter auf und erblickte einen rund 15 Meter langen und etwa sechs Meter breiten Pool, der sauber und gepflegt aussah. Die Aggregate hinter einer Wand surrten vernehmlich und frisches Wasser strömte aus den Einlässen. Hier konnte ich mich gleich tatsächlich ein wenig bewegen. Rucksack und Wertsachen-Tasche fanden auf einem Stuhl in der Ecke Platz und ich begrüßte den einzigen Gast außer mir, der dort bereits seine Bahnen zog, leistete ihm Gesellschaft und genoss das kühle Nass. Schließlich brutzelte die Sonne immer noch ordentlich vom stahlblauen Himmel. Lediglich in westlicher Richtung türmten sich Wolken auf, die aber weit genug entfernt waren. Temperaturen von 95 Grad

Fahrenheit, etwa 35 Grad Celsius, ließen sich herrlich aushalten. Einzig achtete ich darauf, nicht mit dem Kopf unter Wasser zu tauchen, denn das wiederum hatte sich bei der Recherche im Vorfeld der Reise ergeben: Poolwasser in den Ohren konnte schnell zu einer empfindlichen und sehr schmerzhaften Mittelohrentzündung führen. Bisher war ich davon verschont geblieben und das konnte ruhig so bleiben, also hielt ich die Rübe über Wasser. Mein Mit-Schwimmer hatte das Becken zwischenzeitlich verlassen und verabschiedete sich wortkarg. Gerne hätte ich ein paar Worte gewechselt über Gott und die Welt, aber nun war ich alleine mit einem herrlichen Blick über den Campingplatz und den Rest der Ortschaft, denn der Pool lag auf einer kleinen Anhöhe. Einen echten Liegestuhl gab es zwar nicht, aber immerhin waren die Sitzgelegenheiten ausreichend bequem und ich ließ die Reste meiner Feuchtigkeit einfach in der Sonne abtrocknen und griff zu meinem Buch. Ein paar Vögel, die ich nur hören, aber nicht sehen konnte, pfiffen fröhliche Töne in die Luft, ansonsten war es bis auf einige Windfetzen absolut ruhig. Nur ein gelegentlich die Hauptstraße passierendes Auto durchbrach die Klangkulisse. Ich verbrachte rund eine Stunde hier und trollte mich dann zurück zum Platz, um mein Programm für den Abend in Angriff zu nehmen, also eine Dusche und das Anziehen von ausgehtauglichen Sachen.

Zu einer typisch männlichen Überlegung zum Thema Pflege gehörte natürlich auch die Sache mit dem Bart und dem Rasieren auf so einer Reise. Ich wollte es ähnlich wie zu Hause halten und mit einem gepflegten Dreitagebart durch das Land der unbegrenzten Möglichkeiten cruisen, aber keineswegs zwei Wochen das Gestrüpp im Gesicht einfach wachsen lassen. Den Elektrorasierer hatte ich ja bereits am Grand Canyon und in den Motels auf Funktion getestet. Einen entsprechenden

Adapter hatte ich mir für ein paar Euro vor der Abreise zugelegt, denn die Steckdosenlöcher in den USA waren nicht rund, sondern kleine rechteckige Schlitze, in die die Kontakte gesteckt wurden. Anders als hierzulande waren die Steckdosen bündig mit der Wand und nicht vertieft. Dadurch hielten die Stecker deutlich schlechter und das Einstöpseln von Netzteil samt Adapter in die kleinen Schlitze war eine wackelige Angelegenheit. Alles in allem hatte es gereicht, um mich über die gut zwei Wochen meiner Reise mit akkurat getrimmtem Bart zu zeigen. Der letzte Schnitt war erst zwei Tage her, so genügte heute tatsächlich die Dusche, um unter Menschen zu sein. Keine halbe Stunde später stand ich somit frisch duftend wieder am Zelt und hatte alles gepackt für den Ausflug ins Restaurant.

Obwohl ich beim ersten Blick auf die Speisekarte vorhin im Aushang keine alkoholischen Getränke entdeckt hatte, hegte ich die Hoffnung, im Saloon wenigstens ein Bier zu bekommen. Das Auto blieb also stehen und ich nahm die kurze Distanz zu Fuß in Angriff, nicht aber ohne meine kleine Taschenlampe einzupacken, denn die Dunkelheit brach bereits ein. Straßenlaternen waren hier keine vorhanden und dem abnehmenden Vollmond traute ich nicht zu, mich beim Laufen auf der Hauptstraße hinreichend hell zu erleuchten. Ein dunkles Hemd und eine blaue Jeans erleichterten die Sache dabei sicher nicht, sofern überhaupt noch ein Auto um die Uhrzeit fuhr.

Vierhundert Schritte später stand ich wieder vor der erleuchteten Neonreklame der "Brechstange", denn das bedeutet das Wort Crowbar übersetzt. Aus welchem Grund man eine Gastwirtschaft mit so einem Namen beseelt, blieb mir ein Geheimnis und auch die Speisekarte gab darüber keine Auskunft. Die lag nämlich auf den Tischen, die vorne in lauer Luft mit jeweils ein paar Stühlen herum mäßig besetzt auf Kundschaft warteten. Ich hatte noch nicht Seite drei erreicht, da sprach mich eine ältere Dame an, die zusammen mit einem jüngeren Pärchen am Tisch nebenan saß. Ich stellte mich vor und teilte ihnen mit, dass ich drüben vom Campingplatz kam. Sofort waren wir im Gespräch und keine zwei Sätze später baten sie mich, sich zu ihnen zu setzen. Die Einladung nahm ich gerne an und schielte mit einem Auge weiter in die Karte auf der Suche nach Getränken. Zwei Tische weiter saß noch ein Pärchen mit einem Kind und vor dem Vater der Familie leuchtete ein großes Glas Bier im Schimmer der bunten Außenbeleuchtung. Schlagartig lief mir das Wasser im Mund zusammen und schon kam die Bedienung aus der Tür und begrüßte mich überschwänglich freundlich. Ich hatte hier nicht erwartet, die Menükarte rezitiert zu bekommen, doch genau das tat die Bedienung und empfahl mir einen Club-Burger. Ich bestellte vorab hoffnungsfroh ein Bier. Sie nickte, schaute einmal in die Runde und nahm noch weitere Getränkewünsche der drei auf, an deren Tisch ich so freundlich gebeten wurde. Dann verschwand sie durch die Tür ins Innere.

Irritierend für mich war hierbei, dass jedes Mal beim Öffnen der Eingangstür ein Gebläse überaus geräuschvoll seinen Dienst aufnahm, vermutlich um die kalte Luft drinnen ein- und die warme von draußen auszusperren. Nachdem der Radaumacher wieder schwieg, stellte der Herr in der Runde das Terzett vor: Aus England kommend, Ehepaar mit Schwiegermutter. Sie waren seit einer Woche von der Westküste her unterwegs, in San Francisco gestartet und für diese Nacht im gegenüberliegenden Hotel untergebracht. Für ihren weiteren Weg war als östlichster Punkt der Grand Canyon geplant. Danach sollte es auf einer südlichen Route zurück zum Ausgangspunkt gehen. Als sie hörten, dass ich bereits an der Schlucht war, sprudelten die Fragen nur so aus ihnen heraus und ich musste jedes Detail berichten. Mit Worten alleine begnügten sie sich aber nicht und so zückte ich mein Handy und zeigte ihnen Fotos, von denen ich dort reichlich gemacht hatte. Zwischendurch schaltete sich wieder geräuschvoll das Gebläse ein und die Kellnerin hatte ein Tablett in der Hand, auf dem sie das Essen für die Familie am Nebentisch brachte. Das Tablett hatte locker die Größe einer halben deutschen Wohnzimmertür, dennoch schafften es nur zwei Teller nebst Getränken darauf. Die Portionen der bestellten Burger sahen derart mächtig aus, dass mir Hören und Sehen verging. Für den Teller des Sohnes ging sie erneut hinein und kehrte damit und mit unseren Getränken zurück. Vor mir stand nun ein herrlich goldenes Pint Bier mit verlockender Schaumkrone und wartete darauf, in meine trockene und vom Halsschmerz immer noch gebeutelte Kehle zu laufen. Vorher aber fragte die Bedienung noch die Essenswünsche ab. Im Hinblick auf eine derart riesige Mahlzeit konnte ich mir die Frage nach einer "Seniorenportion" nicht verkneifen, doch offenbar hatte sie von so etwas noch nie gehört. Sie versprach, in der Küche nachzufragen. Falls nicht möglich, wollte ich dann auf eine Essensbestellung gänzlich verzichten. Sie guckte reichlich irritiert, schob aber mit der Information und ihrem Block ab durch die Tür.

Unsere Unterhaltung ging weiter und neben den bisherigen Reiseerlebnissen kamen auch Details aus dem sonstigen Leben, Hobbies, Beruf, Kinder und vieles mehr zur Sprache. Die Konversation lief natürlich auf Englisch und obwohl die eine oder andere Vokabel hakte, stellte ich mit Freude fest, dass ich alles verstand und das Reden mittlerweile kaum anstrengender war als in meiner Muttersprache. Knapp zwei Wochen hatte ich weitgehend deutsche Worte gemieden und auch im Schlaf bereits angefangen, Englisch zu träumen. Die ersten Momente stellten sich ein, in denen ich ein Wort benutzte,

dessen Bedeutung ich genau kannte, bei dem ich aber tatsächlich nach einer deutschen Übersetzung grübeln musste. So
flossen die Erlebnisse beiderseits reichlich aus uns heraus wie
auch die Getränke hinein. Mein erstes Pint, was knapp einem
halben Liter entsprach, war geleert und als die Bedienung das
Essen meiner drei Tischgäste brachte, orderte ich ein weiteres.
Die Unterhaltung fiel nun vorrangig mir zu und so erzählte ich
einfach weiter von dem Verlauf der Tour, meiner Vorbereitung und den positiven, aber auch den vereinzelten unschönen
Dingen, die mir widerfahren waren. Die Themen wechselten
weiter über Politik, Europa, Brexit, Autos und Motorräder, bis
wir letztlich wieder thematisch an der Golden Gate Bridge ankamen. Zwischendurch wurde noch eine Getränkerunde geor-
dert und gelacht und erzählt. Über zwei Stunden hatten wir
uns hier angeregt die Zeit vertrieben, als die Müdigkeit die
drei zum Aufbruch drängte. Der Herr der Runde ging hinein
und kam wenige Momente später zurück, als wir uns herzlich
voneinander verabschiedeten mit den besten Wünschen für alles, was noch kommen sollte. Obwohl ich ihre Namen an dem
Abend noch wusste, hatte ich leider vergessen, sie mir zu no-
tieren und so sind mir nur drei namenlose, aber sehr nette
Menschen im Gedächtnis geblieben, mit denen ich einen wun-
dervollen Abend verbringen durfte. Vielen Dank dafür.

Auch mein letztes Pint näherte sich dem Ende. Ich ging in den
Gastraum und bat die Kellnerin um die Rechnung für meine
Getränke. Sie lachte mich dabei nur an und meinte "Nothing!".
Ich widersprach und meinte, das könne nicht sein, denn
schließlich hatte ich so einige Dollars in Flüssigkeit verwan-
delt, doch sie bestand darauf: "Nothing" und grübelte einen
Moment. Dann rückte sie damit raus, dass das Trio meine Ge-
tränke "selbstverständlich" übernommen hatte.

Jetzt war ich vollends baff und wusste wirklich nicht mehr, was ich erwidern sollte. Eine Gänsehaut lief mir über den Rücken, die Arme herunter und mir standen Tränen der Freude in den Augen bei der Herzlichkeit und Gastfreundschaft dieser drei netten Zeitgenossen.

Natürlich ließ ich es mir nicht nehmen, der Kellnerin abschließend ein stattliches Trinkgeld in die Hand zu drücken und mich für den einzigartigen Abend zu bedanken, der besser gar nicht hätte werden können. Mit einem unbeschreiblichen Glücksgefühl verließ ich das Crowbar, zündete meine Taschenlampe und schlenderte mit leichtem Gemüt von den drei Pints zum Campingplatz zurück. Dort trat nur noch das kurze Nachtprogramm in Aktion – Zähneputzen und Ausziehen – und schon lag ich bei immer noch herrlich sommerlichen Temperaturen in meinem Sommerschlafsack und entschlummerte.

TAG 15

SHOSHONE

LAS VEGAS

Mitten in der Nacht knallte und polterte es und Windböen zerrten wie wild an meinem Stoffhaus. Das Wetter mit den Wolken, die ich beim Poolbad am Horizont gesehen hatte, zog offenbar über Shoshone. Zum ersten Mal machte ich mir wirklich Sorgen darum, ob das Zelt diesen Belastungen gewachsen war und tatsächlich überlegte ich einen Moment, meine Sachen rüber ins Auto zu bringen, das Zelt irgendwie zusammenzufalten und sicher im Heck zu platzieren. Zu der Aktion konnte ich mich aber nicht wirklich aufraffen und tröstete mich selbst mit dem Gedanken daran, der krättige Wind würde wohl bald abflauen. Zwar ließ das Zerren und Heulen der Böen nicht nach, aber es wurde auch nicht stärker und so vertraute ich darauf, dass mein stromlinienförmiges Schildkrötenzelt zwar gehörig wackelte, aber dass solche Belastungen bei der Konstruktion mit einkalkuliert wurden. An Schlaf war bei dem Getöse jedoch nicht zu denken und manchmal griff ich tatsächlich an eine der von innen fühlbaren Fiberglas-

265

Stangen, um das Zelt beim Widerstand gegen die Luftmassen zu unterstützen. Da ich eh nichts Besseres zu tun hatte, schnappte ich mir meinen Reader und las einfach, bis das, was durchaus die Bezeichnung "Sturm" verdiente, deutlich abebbte und schließlich ganz verstummte. Für den Rest der Nacht drehte ich mich noch einmal im Schlafsack um und versank in Träume, die erst vom Sonnenlicht des neuen Tages verdrängt wurden.

Ich schälte mich aus Schlaftrichter und Zelt. Einige Palmenwedel waren in der Nacht umhergeflogen, aber es war kein größerer Schaden sichtbar. Sowohl Zelt, als auch Auto hatten das Wetter-Intermezzo schadlos überstanden. Ein paar Windstöße pfiffen in unregelmäßigen Abständen noch an mir vorbei und so bedurfte es einiger Anstrengung, dem Gaskocher mit dem Feuerzeug eine Flamme zu entlocken. Letztlich gelang es mir und kurze Zeit später blubberte das erste Kaffeewasser. Meine Vorräte gingen bewusst dem Ende entgegen, denn ich wollte nicht gerne am Ende der Reise Unmengen von Lebensmitteln wegschmeißen. Zwei Brötchen und ausreichend Marmelade für heute und dasselbe für morgen stellten den Rest meines essbaren Proviants dar. Praktischerweise hatte es im Motel in Fresno kleine, fertig abgepackte Marmeladen verschiedener Sorten gegeben und einige davon waren neben den Süßstoffpastillen in meinen Fundus gewandert. Sonst hätte ich tatsächlich für die letzten zwei Tage noch ein Glas kaufen und das Meiste davon wohl wegschmeißen müssen.

Nach dem Frühstück packte ich meine Ausrüstung und ging noch kurz zum Waschhaus. Das Office war bereits besetzt und so checkte ich dort aus. Gute Reise, vielen Dank, es war schön in Shoshone. Jetzt war ich startklar für die letzte Etappe. Ich folgte der Straße im Städtchen südwärts und bog kurz hinter dem Ort auf die CA 178 East ab. Vor mir lagen die letzten knapp 100 Meilen meiner Reise, vielleicht kamen noch ein paar innerhalb der Stadt hinzu, denn heute Abend wollte ich dem berühmten Strip einen Besuch abstatten. Ich fuhr gerade auf dem Charles Brown Highway und dachte sofort an die Zeichentrickserie "Peanuts" und den kleinen, kugeligen Hauptdarsteller mit der überschaubaren Haarpracht sowie seinen kultigen Hund "Snoopy". Dass der Highway tatsächlich seinen Namen daher hatte, konnte ich mir nicht wirklich vorstellen, aber im Land der unbegrenzten Möglichkeiten war auch das denkbar.

Ein paar Meilen weiter stand dann am Straßenrand das Schild, das ich eigentlich schon befürchtet hatte: "Welcome to Nevada". Der Übertritt in den nächsten Staat bedeutete für mich den Abschied von Kalifornien und so stoppte ich, um den Moment fotografisch festzuhalten, vorsorglich aber gleich in beide Richtungen, denn an der Gegenfahrbahn stand natürlich das Schild "Welcome to California". Eine Kontrollstation oder bauliche Grenze gab es nicht und so war ich wenige Minuten später wieder im ersten und letzten Staat dieser Reise. Die Landschaft verlief gewohnt flach und weitläufig und obwohl ich den Anblick bereits seit knapp zwei Wochen genossen hatte, waren meine Augen kein Stück müde von diesem immer wieder faszinierenden Bild. Das Navi wies mich auf die nächste Ortschaft Pahrump hin, die letzte größere Stadt vor meinem Endpunkt. Dort bog ich auf die NV 160 South ab, tankte aber noch einmal voll für den günstigen Kurs von 2,85$ pro Gallone. Das entsprach etwa 3,8 Litern und bei dem Dollarkurs waren das umgerechnet 0,64 Euro pro Liter. Ein Preis, von dem man in Deutschland wohl nur träumen konnte und kann. Mit vollem Tank ging ich die letzten 70 Meilen an und auf diesem Stück wurde es noch einmal richtig bergig. Die Straße schlängelte sich über den Wheeler Pass und durch die

Spring Mountains, wobei die Temperaturen so gar nichts von Spring, also Frühling, hatten. Das Auto zeigte immerhin über 90 Grad Fahrenheit, aber die Klimaanlage werkelte tapfer vor sich hin und hielt es im Innenraum erträglich. Viel zu schnell war die tolle Landschaft zu Ende und wie mit einem Schalter abgestellt endeten die Berge. Mit langgezogenen Kurven schlängelte sich die Straße auf das Stadtniveau von Las Vegas herunter, im Hintergrund bereits weithin sichtbar. Ein trüber Schleier lag über dem urbanen Bereich und die Luft flirrte unruhig. Der Verkehr nahm sprunghaft zu und die erste Ampel seit werweißwievielen Meilen forderte den Stopp meines Wagens. Vierspuriger Asphalt quälte sich zäh durch Vorstädte mit dem gewohnten Bild von Einkaufszentren und bekannten Firmen.

Das Navi verrichtete souverän seinen Dienst und so war es gerade mal High Noon, als ich am letzten Campingplatz, der auch mein erster war, wieder eintraf. Ich war etwas irritiert, denn dieselbe Frau wie bei meiner Abreise vor zwei Wochen schien nicht ein Fünkchen Idee davon zu haben, dass sie mich schon mal gesehen und ich kürzlich hier Station gemacht hatte. Auch nach einer kurzen Erinnerung an den ersten Aufenthalt hellte es sich keinen Deut über ihrem Kopf auf, aber immerhin fand sie meine Reservierung in ihrer Kartei. Ob allerdings der Zeltbereich bereits frei war, konnte sie mir nicht sagen. Ich sollte mein Glück dort einfach schon jetzt versuchen, zwei junge Damen mit Zelt hatten letzte Nacht dort campiert und möglicherweise waren sie schon weg. Ich nutzte die Gelegenheit und fragte nach dem Weg zum Strip und der besten Möglichkeit dort hinzukommen. Im Internet hatte ich oft etwas von einer Busstation gelesen und auch auf der Homepage des Platzes selber stand eine solche Info. Dennoch empfahl sie mir das Auto und händigte mir die Kopie einer handgemalten

Stadtplanskizze aus. Eingezeichnet war der Weg zum Herz-schlag der Stadt, dem Ergebnis der Kunststunde eines Dritt-klässlers nicht unähnlich. Zum Parken in Downtown – den Be-griff City für die Innenstadt gibt es hier nicht – konnte sie mir keine Empfehlung geben, aber es gab wohl einige kostenlose Parkhäuser in den großen Casinos und Hotels. Das Internet lieferte mir gleich ein paar wertvolle Hinweise und ich ent-schied mich für ein Hotel und Casino, das SLS hieß und bei dem es ein großes Parkhaus gab. Das war kostenlos, wenn man den Tempel der einarmigen Banditen, BlackJack und Co. be-suchte. Ich merkte mir die Straße für den Abend vor, aber auch tagsüber wollte ich den Strip einmal sehen und mich zudem auf die Suche nach dem berühmten Schild "Welcome to fabu-lous Las Vegas" machen. Ich schloss gleich noch die Recherche an, wo es einen Vons oder Safeway gab, der eine Bakery aus-wies. So plante ich eine Route, die gerade mal 15 Meilen aus-machte. Dann fuhr ich kurz zum Platz und warf das Zelt in seine Position, schob ein paar Heringe in den Boden. Das WLAN und meine Handys kannten sich schon von der ersten Nacht hier und so frohlockte eine polyphone Orgie von Klin-geltönen und Brummen über Mitteilungen, die beantwortet werden wollten.

Wieder wanderten die letzten Fotos vom Death Valley, den Weiten zwischen Lone Pine und Badwater und einige Bilder mehr in den Status des Messengers, an ausgewählte Freunde, Bekannte und Kollegen. Im Schatten des Office, wo das draht-lose Netz zuverlässig funktionierte, schaute ich dann noch nach den Abflugplänen am McCarran International, denn ob ich es wahrhaben wollte oder nicht, morgen ging mein Flug zurück und wenn der Flieger pünktlich abhob, sollte auch ich pünktlich am Abflug sein. Alles passte und war planmäßig "on schedule", meine Zeitplanung für morgen früh konnte also unverändert bleiben. Die Temperaturen dümpelten bei 41 Grad und so füllte ich erst noch reichlich Wasser nach, bevor ich mich ins Auto setzte und zum Strip fuhr. Das Navi leitete mich sicher und schon steckte ich auf dem Las Vegas Boulevard im ersten Stau. In der Stadt des Glücksspiels und der Lichtreklamen hatte ich vermutet, tagsüber sei tote Hose und ich käme problemlos durch die Straßen, aber Fehlanzeige. Das Stop-and-Go hatte aber auch seine guten Seiten, denn mit jedem Halt konnte ich links und rechts aus dem Fenster schauen und die Gebäude sehen, die aus so vielen Bildern, Serien und Reiseführern bekannt waren. Und ich mittendrin. Vierzehn Tage war ich bereits in diesem Land und immer noch musste ich mir selber laut vorsagen, dass ich wirklich da war, alles real und kein Traum, auch wenn es sich manchmal so anfühlte. Namen wie Treasure Island, MGM oder Bellagio waren gewiss weltbekannt, aber mit dem Mandalay Bay war auch ein Name trauriger Berühmtheit dabei. Ziemlich genau ein Jahr vor dem Tag, an dem ich nun hier war, hatte ein 64jähriger Amerikaner aus dem 32. Stock genau dieses Hotels auf die Besucher eines Open-Air-Konzertes geschossen und knapp 60 Personen getötet sowie ein Vielfaches an Menschen verletzt. Ein trauriger Geschmack lag mir bei dem Gedanken daran auf der Zunge, als ich den Strip weiter entlangfuhr.

Lang war er, dieser Boulevard, der sich durch die Stadtteile Paradise und Winchester zog, und so streckte sich der Spaß zeitlich ganz schön. Aber die Klimaanlage sorgte im Inneren für angenehme Temperaturen und ich rollte dem höchsten freistehenden Aussichtsturm westlich von St. Louis entgegen. Das 1149 Fuß hohe Gebäude sah aus wie eine Mischung aus dem Alex in Berlin und der Space Needle in Seattle, aber entgegen all dieser Gebäude fand sich eine Achterbahn oben auf dem Tower. Ich musste auch zwei Mal diesen

Informationsflyer lesen, den ich zur Stadt in meinem Campingplatz-Begrüßungspaket hatte. Ein paar Daten zum Tower klangen wirklich sensationell, aber bei der Achterbahn auf dem Dach glaube ich doch an einen derben Scherz. Im Vorbeifahren war auf dem 350 Meter hohen Ding nicht wirklich ein Vergnügungspark zu erkennen und im Laufe der nachgehenden Recherche zu diesem Buch erfuhr ich dann, dass die Achterbahn bereits Ende 2005 ihren Dienst eingestellt hatte und mittlerweile wohl abgebaut war.

Jetzt ging es weiter zum letzten Stopp bei meinem Energybar-Lieferanten, immerhin waren in der schon reichlich geplünderten Backwarenabteilung noch zwei Riegel für mich da. Dazu kaufte ich mir noch ein paar Sachen zum frühen Abendbrot und fuhr die Meilen zum Campingplatz zurück. Mein Zelt stand noch unberührt da, es war gerade mal drei Uhr und so beschloss ich, schon ein paar Dinge für die morgige Abreise vorzubereiten.

Den Koffer hatte ich in den letzten vierzehn Tagen nur einmal aus der hinteren Klappe gewuchtet, als ich ihn in Kingman im Motel nach meinen ersten Erfahrungen neu sortiert hatte. Jetzt mussten ein paar Sachen zusammengelegt werden, einige wenige blieben hier und solche, die ich nicht mehr benutzte, wanderten schon mal ganz nach unten. Gespannt war ich, denn auch die hier gekaufte selbstaufblasende Isomatte und die geschäumte Unterlage sollten mit in den Flieger, ebenso der Gaskocher, natürlich ohne Kartusche. Im Gegenzug dafür blieben zum Beispiel die Handtücher hier. Zu Hause hatte ich extra solche ausgewählt, die nicht mit zurückmussten. Die Aktion nahm insgesamt weniger Zeit als gedacht in Anspruch und auch der Koffer platzte nicht aus allen Nähten. So setzte ich mich dann in den Schatten und schnappte mir meinen Reader und mein Handy. Die letzten Erlebnisse waren noch nicht in

Buchstaben gebannt und Zeit war auch genug, bis ich gegen 6 p.m. aufbrechen wollte. Nebenbei schmauste ich mein eben gekauftes Dinner.

Danach ging es los. Ich startete meine weiße Kutsche und das Handy-Navi war auf das SLS Hotel und Casino eingestellt. Meine Umhängetasche war dabei, ebenso mein Rucksack mit Wasser und ein paar Snacks. Die Meilen waren schnell hinter mir und die rückseitige Zufahrt zum Parkhaus des Hotels gut ausgeschildert. Schon auf der ersten Etage fand ich einen Parkplatz, doch was ich nicht fand, war ein Hinweis darauf, ob das Parken etwas kostete oder nicht. So schloss ich den Wagen ab und irrte ein paarmal das Parkdeck rauf und runter, fragte andere Gäste, aber alle sagten mir, dass sie sicher dort umsonst parken durften, weil sie Hotelgäste waren. So entschied ich, das Auto einfach stehen zu lassen und im Casino zu fragen und Interesse am Glücksspiel zu zeigen. Die freundliche Dame direkt nach dem Eingang gegenüber vom Parkhaus begrüßte mich überschwänglich und beruhigte mich. Für Besucher der Spieltische oder Automaten sei das Parken kostenlos, egal wie lang. Sie wünschte mir einen schönen Abend und wandte sich dem nächsten Gast zu.

Vor dem Besuch hatte ich befürchtet, völlig underdressed zu sein, denn mit meinem Rucksack, Poloshirt, Jeans und den bequemen Outdoor-Schuhen sah ich typisch wie ein Tourist aus und ich erwartete tief-dekolletierte Roben mit Klunkern, Gentlemen in Smokings oder etwas dieser Preisklasse. Alle Sorgen waren indes völlig unbegründet. Ich fiel überhaupt nicht auf, kurze Hosen, T-Shirts, Flipflops, Strandoutfits und anderer Freizeit-Look beherrschten die Szenerie. Einzig die Beschäftigten hatten einen gehobenen Dresscode, störten sich aber keineswegs an der Kundschaft, die so auch am Ballermann hätte gesehen werden können. Ich schlich ein paarmal um einige der

Tische, guckte einer Dame über die Schulter, die wie eine Maschine im 15-Sekunden-Rhythmus immer wieder Quarters in den Schlitz der einarmigen Banditen schmiss und den überdimensionalen Hebel zu sich heranzog. Die Rollen und Digitalanzeigen sausten darauf wieder dem möglichen Jackpot entgegen, begleitet von unzähligen blinkenden Lichtern. Dann kam die nächste Münze und das Spiel begann von vorne. Meine Zeit zum Zuschauen reichte nicht, um dem Spielsystem hinsichtlich Gewinnen und Verlieren eine Logik abzutrotzen und so hielt ich Richtung Ausgang und trollte mich unbemerkt durch die Vordertür. Das Casino hatte ich besucht, also ging auch der kostenlose Parkplatz in Ordnung und meine Tour über die Vergnügungsmeile der Stadt konnte starten. Das SLS lag eher in der Nähe zum Stratosphere Tower, als zu den wirklichen Trubel-Magneten, folglich lag erst mal ein ordentlicher Marsch vor meinen Füßen, bei dem mich die untergehende Sonne begleitete und die Gebäude auf beiden Seiten der Straße in warmes Licht tauchte. Ein hohes, vereinzelt stehendes Gebäude mit Namensschriftzug des US-Präsidenten in großen Lettern ragte mit seiner Goldfassade in den azurblauen Himmel. Der glühende Schimmer wurde durch die Sonne noch intensiviert und strahlte in den Abend. Noch immer wehte die Luft mit 92 Grad Fahrenheit, ungefähr 34 Grad Celsius, und die ersten Komplexe fingen an, sich in bunte Lichter zu kleiden. Mehr und mehr Beleuchtung setzte ein, Lichtreklamen, LED-Panels und Laufschriften flackerten nun im Sekundentakt auf.

Dann war ich im Hotspot der Stadt und schier überwältigt. An meterhohen Säulen waren Flachbildschirme, die sich nahtlos darumlegten und ohne Pause Werbung oder Modefotos zeigten. Lichterspiele erhellten Überdachungen und die Musiken der einzelnen Restaurants, Bars, Hotels gingen fließend ineinander über. Der Zustrom von Menschen wurde mit jeder Minute mehr und die Autos auf beiden Fahrbahnen des Strips ebenso. Zwischen den Teerbändern mit mehreren Fahrspuren wuchsen Palmen in die Höhe und ich ging weiter und weiter. Mein Ziel war das Bellagio mit seinen großen Wasserspielen vor dem imposanten Gebäude. Davon hatte ich zuletzt in der Serie "Traumschiff" gesehen und das wollte ich mit eigenen Augen erleben.

Manche Kreuzung ließ sich nicht einfach per Ampel überqueren, sondern erforderte den Wechsel mittels Treppe oder Rolltreppe auf einen Übergang, der über die Straße führte, und so drängte ich immer tiefer in die Erlebniswelt von Glitzer und Glamour. Namhafte Shows von Magiern, Sängern und Entertainern beiderlei Geschlechts wurden auf großen Plakaten und Bannern beworben, kleine LKW hatten auf ihre Ladefläche Werbetafeln von Veranstaltungen gespannt und fuhren mit Licht und lauter Beschallung untermalt immer den Boulevard rauf und runter. Musik begleitete mich auf Schritt und Tritt. Als ich stehenblieb, um meinen Flüssigkeitsstand wieder einmal nachzufüllen, fragte ich mich, woher eigentlich diese Musik kam und stellte verblüfft fest, dass sie aus Lautsprechern in Mauern oder Laternen direkt am Gehweg tönte. Es war regelrecht unmöglich, der Beschallung aus dem Wege zu gehen, aber die Musik war dezent und angenehm und untermalte das Flair dieser pulsierenden Metropole. Dann sah ich das Bellagio auf der gegenüberliegenden Straßenseite und überquerte nochmal mittels Brücke den Verkehrsstrom. In dem letzten Licht des Tages machte ich noch ein paar Fotos und schon war es dunkel, während die Stadt regelrecht aus jeder Pore brannte. Ich ging den Bürgersteig entlang, platzierte mich in einem der Erker, die in die Wasserfläche vor dem Hotel hineinreichten, und wartete auf die Spiele. Ankündigungen,

Infotafeln oder ähnliches gab es nicht, so hieß es abwarten. Auch andere schauten unschlüssig herum. Ich kam ins Gespräch mit einem neben mir stehenden Fotografen, der gerade sein Stativ aufbaute und allerhand Ausrüstung aus dem Rucksack zauberte. Er erzählte, dass ein paarmal pro Stunde zu verschiedenen Liedern komponierte Wasser-Choreographien abliefen und man vor dem Start die Düsen sehen konnte, die aus dem Wasser kamen.

Wenige Momente später begann dann tatsächlich Unruhe an der Oberfläche und unendlich viele kleine Nozzles (Düsen) warteten auf ihren Einsatz. Die Leute sammelten sich rings um das Gewässer und zückten Handys, Fotoapparate und Videokameras. Dann zog eine Lichterkette durch das Wasser und passend zu Takt und Tönen der Musik erhoben sich Wasserfontänen unterschiedlicher Höhen, drehten sich, wirbelten, erstarben wieder und flammten erneut auf. Es war ein Gänsehauterlebnis, es war magisch und es sprach alle Sinne in meinem Körper an. Mein Mund stand offen und ich war gefangen von den immer neu in die Höhe schießenden Wasserstrahlen. Sprachlos gebannt verfolge ich das Spektakel. Die Luft kühlte sich merklich ab und ein feiner Wassernebel wehte mit Windstößen herüber, was bei immer noch über 30 Grad eine willkommene Abwechslung bot. Nach ein paar Minuten verstummte die Musik, das Wasser glättete sich wieder und die kleinen Rüssel tauchten unter die Wasserlinie ab. Ich war immer noch geflashed und wollte auf das nächste Schauspiel warten, das sicher mit anderer Choreo und Musik aufwartete. Bis dahin lief ich den Boulevard rauf und wieder runter, immer in Sicht- und Hörweite. Dann tatsächlich startete nach zehn oder 15 Minuten bereits das nächste Spektakel, dann wieder eins und wieder eins. Immer und immer auf ein Neues konnte ich mich an den rhythmischen Wasserfontänen ergötzen, mir das Zusammenspiel von Musik, Licht und Bewegung antun und mich davon fesseln lassen. Irgendwann aber nahm ich mir vor, nach der nächsten Präsentation den Rückweg anzutreten. Die wurde dann klassisch: Andrea Bocelli schmetterte im Duett mit Sarah Brightman – natürlich vom Tonband – die Hymne "Time to say goodbye". Die Impressionen dieser Show waren noch fesselnder, noch bewegender und ich bekam mehrere Gänsehäute übereinander, so emotional und auch traurig waren diese Augenblicke für mich, denn der Titel des Liedes konnte passender nicht sein und erinnerte mich daran, dass morgen mein Flug nach Hause auf dem Programm stand und es auch für mich dann hieß, auf Wiedersehen zu sagen. So wischte ich mir ein paar Tränen aus den Augen, schulterte meinen Rucksack und schlenderte über den Gehweg in Richtung Parkhaus. Den langen Marsch, den ich bereits auf dem Hinweg zurückgelegt hatte, musste ich nun natürlich auch zurück wieder absolvieren. Allerdings gestaltete sich das jetzt deutlich schwieriger, weil die Anzahl an Menschen sich gefühlt verhundertfacht hatte. Große Trauben standen an Ampeln, warteten auf Grünphasen, quälten sich hinüber, wichen den entgegenkommenden Massen aus. Keine Frage, Las Vegas und der Strip waren ein Magnet ganz besonderer Stärke. Auch mich hatte dieses Sinnesspektakel berührt und ich war froh, dies einmal gesehen und erlebt zu haben.

Ab dem Treasure Island wurde die Menschenansammlung weniger dicht und ich kam einfacher voran, beim Circus Circus war dann kaum noch jemand auf dem Bürgersteig unterwegs. An der Ecke neben einem Fastfood-Imbiss lehnte ein Typ, der sich in Bewegung setzte, als er mich sah. Er ging zielstrebig auf mich zu und ich bemerkte ihn, obwohl ich ihn nicht ansah. Das Adrenalin kroch in mir hoch und ich stellte mich darauf ein, dass das sicher kein Zufall war. Vermutlich würde er mich nicht gleich überfallen oder anrempeln, aber meine Sinne waren geschärft. Tatsächlich drehte er kurz vor mir in die gleiche Richtung, ging neben mir und sprach mich an:

"English? Deutsch?"

Seiner Hautfarbe nach war er schwarz-afrikanischer Abstammung, konnte vermutlich sein wichtigstes Repertoire an Worten in zahlreichen Sprachen. Auf Französisch oder Spanisch zu antworten, war mir da sicher keine Hilfe. Also blieb mir nur, einen guten Abend zu wünschen und ihm gleich den Wind aus den Segeln zu nehmen, denn ich wollte weder etwas kaufen noch ihm Geld für irgendwas geben.

Doch so leicht ließ er nicht locker und rückte dann tatsächlich damit raus, dass er die besten Joints der ganzen Stadt anbieten konnte. Ein simples "Kein Interesse" hielt ihn nicht davon ab, mich weiter von der Seite vollzutexten. Ich schaute mich um, Verstärkung war keine in Sicht, die ihm beistehen konnte. Also wagte ich die Flucht nach vorne, blieb stehen, schaute ihm eindringlich und wütend in die Augen und blaffte ihn energisch an, welchen Teil von "Kein Interesse" er nicht verstanden hatte. Ruckartig hob ich beide Arme, Hände auf Brusthöhe, die Handflächen fragend gen Himmel gerichtet, und er zuckte zusammen. Ich ging entschlossen einen Schritt auf ihn zu und er wich zurück, wünschte mir noch einen schönen Abend und drehte sich um.

Mein Puls raste mir bis zum Schädel, das Adrenalin tropfte förmlich aus den Ohren und als ich mich umdrehte, zitterten Knie und Hände. Die Situation war mir unangenehm gewesen und auch meine Reaktion war möglicherweise nicht in Ordnung. Vielleicht hätte auch einfaches Weitergehen genügt, vielleicht aber auch nicht. Jedenfalls hatte ich das unbeschadet überstanden und im Grunde war auch nichts Schlimmes passiert. Dennoch fühlte ich mich aufgewühlt und in erhöhter Alarmbereitschaft für den letzten Teil bis zum Auto. Erst langsam kehrte Ruhe in Atmung und Herzschlag ein. Ich wechselte ein letztes Mal die Straßenseite, ging in den Eingang des Casinos, das brechend voll war. Meinen Rucksack musste ich abnehmen, sonst war kein Durchkommen durch die Massen an Menschen, die um die Tische herumstanden und spielenden Gästen über die Schulter schauten.

Am Hinterausgang zum Parkhaus wurde ich freundlich verabschiedet, ein paar Sätze Smalltalk tauschten die Ohren und dann saß ich wieder in meinem Auto. Wie erwartet, klemmte kein Knöllchen hinter dem Scheibenwischer und ich hatte eine Menge Emotionen, Eindrücke und Erlebnisse im Gepäck, die ich sicher mein Leben lang nicht mehr vergaß.

Die Straßen waren ein paar Kreuzungen vom Strip entfernt erheblich leerer und die wenigen Meilen bis zum RV Park schnell erledigt. Die Uhr zeigte kurz vor zehn. So nahm ich noch eine schnelle Dusche und genehmigte mir ein Abschiedsbier am Zelt bei immer noch 25 Grad Celsius, mit dem der letzte Abend ausklang.

TAG 16

LAS VEGAS

FRANKFURT

Gut war meine letzte Nacht, deutlich besser als erwartet, trotz der LKW und PS-Boliden auf dem nahen Boulder Highway. Es war viertel vor sieben am Morgen, früh genug, um den Wecker rechtzeitig zu wecken, damit er in einer Viertelstunde klingeln konnte. Die innere Unruhe des nahenden Aufbruchs ließ es nicht zu, dass ich noch im Schlafsack blieb und so sprang ich aus dem Zelt und aktivierte, mittlerweile ganz Tradition, als erste Tageshandlung den Gaskocher für einen Kaffee. Zum letzten Mal in diesem Urlaub nutzte ich meine Zeltverpackung als Tischdecke und bereitete mir ein schmackhaftes Frühstück mit Marmeladenbrötchen und einem weiteren Kaffee. Ich kratzte die letzten Reste der Aufstriche aus den kleinen Verpackungen, die ich im Motel noch erbettelt hatte, sonst hätte es nicht gereicht. Zwei Proviantbrötchen wanderten in eine Plastiktüte für die Zeit, bis es auf dem Flug etwas zu essen gab. Dann ging schon das endgültige Packen los.

Meine größte Befürchtung galt dem Koffer und seinem begrenzten Fassungsvermögen. Gegenüber der Hinreise mussten nun noch die selbstaufblasende Isomatte und die die Styrodur-Unterlage mit. Das erforderte akribische Feinarbeit. Dazu wuchtete ich den Koffer kurzentschlossen auf den Tisch an meinem Platz und puzzelte jedes Teil solange hin und her, bis alles verstaut war. Eine kleine Kofferwaage hatte ich auch dabei, so ein digitales Ding mit Trageschlaufe, und die zeigte nach der Aktion exakt 22,2 Kilogramm und – oh Wunder – der Koffer ging auch mit ein wenig Überredungskunst zu. Gleich musste nur noch meine Kulturtasche hinein, also war alles im grünen Bereich. Ich wuppte den Koffer wieder ins Heck des Mietwagens und spazierte zum Waschhaus für die Morgentoilette. Das übliche Programm war schnell vollzogen, auf eine Rasur verzichtete ich. Wenn ich aus einem Abenteuer-Roadtrip makellos rasiert nach Hause kam, glaubte mir keiner meine Erzählungen. So wanderten die Sachen noch mit in den Koffer. Auf ein neuerliches Wiegen verzichtete ich. Ein paar hundert Gramm waren bestimmt im Bereich der Toleranz.

Auf und neben der Sitzgelegenheit stapelten sich nun Dinge, die hier die Endstation ihrer Reise fanden. Die Handtücher und Waschlappen, mein Zelt, zahlreiche Verpackungen und natürlich ein ordentlicher Stapel Plastiktüten sowie der Rest von meinem Glas Instant-Kaffee. In einiger Entfernung stand die Kartusche des Gaskochers, die ich vor dem Verpacken herausgedreht hatte. Meine Erwartung war, dass sie friedlich pfeifend den Rest Gas in die Umwelt entließ, aber sie schwieg wie ein Grab. Noch gefüllt wollte ich sie nicht irgendwo hinstellen oder gar wegwerfen, so schnappe ich mir mein Multifunktionsmesser und piekte mit dem Dosenöffner vorsichtig ein Loch in die Seite. Nun hörte ich das Säuseln des Gases und roch es auch. Nach weniger als einer Minute war Ruhe in der

Dose und ich packte sie mit zum Müll. Ob das nun die korrekte Entsorgungsform war, war mir im Moment herzlich egal.

Mit einem Gang allein war sicher nicht alles zum rund 50 Meter entfernten Containerplatz zu bewegen. Also entsorgte ich im ersten Anlauf meinen Müll. Neben der Mulde hatte sich eine inoffizielle Sammelstelle für Dinge etabliert, die nicht mehr vonnöten, aber noch benutzbar waren. Mit dem zweiten Gang hing ich dann mein Zelt in seiner Hülle dort an den Zaun, verabschiedete mich und dankte ihm still dafür, dass es gehalten und auch der Reißverschluss keine weiteren Zicken gemacht hatte. Kaum hatte ich mich zum Gehen gewandt, fragte eine Stimme, was das sei. Ich drehte mich um und sah einen ausgestreckten Arm, dessen Zeigefinger auf das baumelnde, grüne Rund wies. Kurz und knapp war meine Antwort.

"Ein Zelt!"

Er schaute kurz über die Bilder auf der Verpackung und fragte mich, was ich dafür bekäme. Natürlich nichts, geschenkt! Bei der Gelegenheit bot ich ihm gleich noch meinen Instant-Kaffee an. Beherzt griff er zu und bedankte sich überschwänglich. Wir redeten noch eine Weile über meinen Abflug und die zurückgelegten Tage. Zum Abschied reichte er mir anonym seine Pranke und wünschte eine gute Heimreise.

Damit war ich alle Sachen los, die nicht in Koffer oder Rucksack transportiert wurden. Die Gepäckstücke waren fertig verzurrt und im Auto herrschte wieder Ordnung. Viertel vor neun zeigte das Chronometer, meine Zeitplanung war perfekt aufgegangen. Ein paar Minuten blieben mir am Office für die Nachrichten auf meinem Handy und eine Info in die Heimat. Dann noch ein kurzer Check des Abflugs, die Zeit war geblieben. Nun hatte das Büro auch geöffnet, der Checkout verlief kurz und schmerzlos und keine fünf Minuten später war ich im Auto. Bis zehn Uhr musste das Auto an der Mietwagenstation sein. Volltanken stand noch auf dem Programm und die Entfernung betrug gerade mal elf Meilen. Da keimte die Idee in meinem Kopf auf, mich doch noch auf die Suche nach dem fabulösen Willkommens-Schild zu machen. Das Internet gab bereitwillig Auskunft und zu meiner positiven Überraschung befand es sich unweit des Mietwagenzentrums, sogar eine Tankstelle war in der Nähe und zur Krönung des Tages fast auf direktem Weg. Damit war der Sightseeing-Punkt beschlossene Sache. Die Adresse übertrug ich ins Navi und los ging die Fahrt. Goodbye RV Park, vielleicht bis zum nächsten Mal.

Die paar Meilen bis zum weltbekannten Schild verliefen flüssig. Ich bog in eine separate Spur ab, die extra für diese Sehenswürdigkeit in die Mitte des Los Angeles Boulevard integriert war. Mehr als ein Dutzend Parkplätze waren bereits belegt, aber ich fand noch einen freien und stellte mein treues, weißes Ross hinein. Vor dem Schild posierten zahlreiche Paare und ließen sich ablichten. Ob es sich um einen professionellen Fotografen handelte, ließ sich nicht erkennen. Aber die lange Schlange, die hier anstand, konnte meinen Zeitplan gehörig durcheinanderbringen, denn immer hatte gerade einer bei dem Foto weggeschaut, geblinzelt, nicht gelacht oder irgendwie doof geguckt. Da ich keinen Alleinanspruch auf das Schild erhob, stellte ich mich ein kleines Stück abseits und lichtete das Oval in verschiedenen Ausschnitten ab, sodass keine anderen Personen darauf störten. Nun hatte ich das letzte Häkchen an die Liste der Dinge, die ich sehen wollte, machen können und tapste wieder zum Auto. Noch eine Dreiviertelstunde Zeit für Tanken und keine zwei Meilen Rückweg. Entspannung war angesagt. Die Tanke ein paar hundert Meter weiter war mäßig belegt. Da die Kreditkartenzahlung mit PIN nicht funktionierte, ging ich hinein und orderte Prepaid-Tanken für 30 Dollar für die Säule, an der mein Auto stand. Allen Versuchen zum Trotz aber gelang es mir nicht, das Zapfen in Gang zu bringen. Keinen Tropfen gab das blöde Ding freiwillig her. Eingehängt, wieder rausgenommen, Rüssel neu eingeführt, Hebel gedrückt, nix. Gleicher Vorgang von Neuem, Benzinsorte natürlich passend gewählt, wieder nix. Nach dem dritten erfolglosen Versuch sah mich die Kassiererin wieder und buchte völlig problemlos das Guthaben auf eine andere Säule um. Dort klappte das Betanken beim ersten Versuch ohne Hindernisse, den Rest des Prepaid-Guthabens gab es in bar zurück. Zwei Flaschen Wasser wanderten noch ins Gepäck und dann ging es die letzten eineinhalb Meilen zurück. Die Beschilderung und das Navi waren sich einig und so stand ich wenige Minuten später vor der Einfahrt am Rental-Car-Center.

Ein freundlicher Mitarbeiter begrüßte mich herzlich und instruierte mich als erstes, mir bitte wirklich ausreichend Zeit zu lassen, damit ich nichts im Auto vergaß. Zwar sagte ich ihm, dass ich schon auf dem Campingplatz alles zusammengeräumt hatte, aber er bat mich nochmals inständig, wirklich in jede Klappe, jedes Fach und unter jeden Sitz zu schauen. Gerne kam ich seinem Wunsch nach, fand aber tatsächlich nichts, was noch mir gehörte. Ob ich mit dem Wagen irgendwelche Schwierigkeiten hatte? Nein, es lief alles tadellos. Ich wollte nur noch die abschließende Strecke wissen, die ich gefahren war. Ich hatte ja bei Abfahrt den Zähler nicht genullt.

Nach seinem kurzen Blick in die Unterlagen erfuhr ich, dass ich exakt 2289 Meilen zurückgelegt hatte, seit ich vor 14 Tagen genau hier losgerollt war. Das entsprach bei einem Umrechnungsfaktor von 1,609 der stolzen Strecke von 3683 Kilometern oder 283 Kilometer pro Tag, denn den mittleren Tag in San Francisco hatte ich das Fahrzeug nicht bewegt. Eine Liste darüber, wie viel ich getankt hatte, hatte ich nicht geführt. Nun ärgerte ich mich ein wenig darüber, denn für die Planung künftiger Reisen war das das zuverlässigste Mittel. Ich könnte einfach meine Kreditkartenabrechnungen addieren und die Gallonen aus den Bons zurückrechnen.

Ein "Receipt" (Quittung) wurde mir ausgehändigt, das die tadellose und fristgerechte Rückgabe des Mietwagens bestätigte und ebenfalls bescheinigte, dass alle Kosten beglichen waren. Ich hatte davon gehört, dass man das beim Abflug auf Verlangen vorlegen musste, da man sonst die USA nicht verlassen durfte. Also verstaute ich es sorgsam in der Mappe mit den anderen Unterlagen und zog meinen Koffer hinter mir her zum Shuttle-Bus, der nur Sekunden später eintraf. Wieder eisgekühlt im Inneren ging es rüber zum Hauptgebäude, die Uhr zeigte kurz vor 10 Uhr. Wenige Minuten später bereits öffnete der Schalter meines Condors und ich checkte mich mit einem Wunschplatz am Gang ein. Der Koffer wurde gewogen, das Handgepäck ebenso, nachdem ich meine Getränke herausgenommen hatte. Beides erhielt eine Banderole, der Koffer sauste auf dem Fließband in den Untergrund. Der Rucksack, meine Boardingcard und ich selbst waren registriert. Die nette Dame wies mir den Weg zum Security Check, wo noch einmal Muffensausen aufkam. Sicher wollten sie mich nicht hierbehalten, soviel war klar. Aber dennoch hatte ich auf das Filzen und eine akribische Suche nach der Nadel im Heuhaufen keinerlei Lust. Ach so viele Horrorgeschichten hatte ich gelesen über das, was hier an der Tagesordnung war. Meine Nervosität stieg. Ich trennte mich noch von meinem Getränk und schlängelte mich durch die Gurte, die einen Zickzack-Kurs vorgaben, obwohl kaum Betrieb herrschte.

Und dann wieder einmal die Überraschung, kein Body-Scanner, kein Abtasten, nur ein einfacher Metalldetektor. Da ich Gürtelschnalle und alles in den Taschen bereits in die Schalen gelegt hatte, klingelte auch nichts und ich durfte anstandslos passieren. Kein Elektrogerät wurde kontrolliert, kein Akkustand überprüft, nichts von alldem, wovor ich mich gefürchtet hatte, geschah. Dann aber doch zu früh gefreut. Zwei Aufsichtsbeamte zogen meinen Rucksack zur Seite und begutachteten das Bild, das sich auf dem Röntgenschirm abzeichnete. Sie diskutierten kurz, dann schleppte einer das Ding zu mir und bat mich höflich aber bestimmt, den Rucksack zu öffnen. Er fragte nach noch vorhandenen Flüssigkeiten, aber die hatte ich ja am Eingang zur Security bereits entsorgt. Ich war mir keiner Schuld bewusst. Und dann fiel es mir wie Schuppen von den Augen, das Desinfektionsmittel war Grund der Beanstandung. Das Viertelliter-Fläschchen Gel war nicht zulässig. Ich entschuldigte mich und beteuerte, dass ich es schlicht vergessen hatte. Er lächelte und meinte "No problem!". Es mitzunehmen war natürlich nicht möglich, ergo wurde es an Ort und Stelle entsorgt, nachdem ich noch einmal eine Portion davon nahm, um die Hände aufzufrischen. Nun war ich durch und eine der letzten Hürden für den gelungenen Abschluss des Trips passiert. Bis zum Abflug waren noch knapp zwei Stunden Zeit, genug also, um noch einmal durch das Terminal zu bummeln. Ich kratzte all meine Münzen zusammen und zählte sie, stattliche acht Dollar und ein paar zerbröselte. Das wollte ich jetzt in einer Filiale von Carl's Diner entsorgen und bestellte mir einen leckeren Burger und eine große Diet Coke ohne Eis. Dieses Vorhaben rächte sich aber leider sehr schnell, denn die trotzdem eiskalte Cola entwickelte sich rasch zum durchlaufenden Posten und so musste ich alle paar Minuten einen Abstecher auf die Flughafentoilette machen. Aber besser jetzt, als beim Boarding oder Abflug. Das Thema Cola war irgendwann durch und ein paar Dollar investierte ich noch in kleine Souvenirs. Zwar bestand die ausdrückliche Anweisung, keine mitzubringen, aber hier gab es einen Laden mit wirklich schönen Sachen, die nicht kitschig waren. Ich wurde fündig und sogar für mich fand sich in der Tasche noch etwas Platz für ein kleines Erinnerungsstück und dann setzte ich mich ans Fenster des Gates und betrachtete das Treiben auf dem Flugfeld.

Der Flieger traf gerade ein und wie ein Heer von Hungrigen, denen man ein Essen vorsetzte, stürzte die Bodencrew darauf los, entlud, betankte, reinigte, kontrollierte und vieles mehr. Was aber nicht klappte war, die Gangway ans Flugzeug zu bugsieren. Immer und immer wieder versuchte der "Ramp-Agent" das Andocken an die vordere Tür, erfolglos. Aus diesem Grund ertönte dann auch eine kurze Durchsage, dass sich Boarding und Abflug verspäteten. Also griff ich noch einmal zu meinem Buch, setzte meinen Teddy neben mich und schlug die Zeit tot. Schlussendlich klappte das Vorhaben und dann ging alles plötzlich ganz schnell. Ich pflanzte mich im Flieger auf meinen Gang-Platz, neben mir eine Dame, vielleicht Anfang oder Mitte 30, europäisches Aussehen. Gurt geklickt, dann folgten die Instruktionen der Crew und schon rollten wir los, ein Slot war frei, noch kurz abwarten auf die Freigabe zum Take-Off direkt an der Startbahn.

Ich schaute nach rechts und sah, wie der Inhalt einer stattlichen Flasche Kräuterlikör mit einem Schwung im Hals meiner Sitznachbarin verschwand. Sie hatte meinen Blick bemerkt, sagte aber nichts, denn gerade brüllten die Triebwerke los und das Flugzeug schoss mit aberwitziger Beschleunigung vorwärts. Kurze Zeit später hörte schon das Rumpeln der Räder auf der Startbahn auf und die Nase des Vogels reckte sich in den Himmel. Ich hatte den amerikanischen Boden verlassen.

Die Finger meiner Nachbarin hatten jegliche rote Farbe verloren, ihre Nägel waren in die Lehnen gekrallt und sie saß wie zur Salzsäule erstarrt in ihrem Sitz, wagte keinen Blick aus dem Fenster. Auf meine Frage, ob sie irgendwas brauche, antwortete sie, dass alles in Ordnung sei, was offensichtlich nicht stimmte. Aber jedem Tierchen sein Pläsierchen! So genoss ich die Aussicht aus dem Guckloch und erinnerte mich an die Landschaften unter mir, die ich mit dem Auto durchfahren hatte. Beim Übergang zwischen einzelnen Luftschichten ruckelte es sehr deutlich und mich wunderte, dass die Sitzlehnen neben mir nicht aus ihrer Verankerung gebrochen wurden.

Nach dem Erreichen der Reiseflughöhe entspannte sich die Salzsäule ein wenig und dann rollte schon das Personal mit der Verpflegung durch die Gänge, was gleich genutzt wurde zum Nachbestellen. Eine Flasche Weißwein sollte dem Kräuterlikör folgen. Es tröstete mich, dass nur 0,2 Liter darin waren, denn auch eine Literflasche auf ex schien denkbar. Das Fünftel Rebensaft im Plastikbecher verschwand dann ebenfalls im Sekundenbruchteil im Schlund. Ich fragte sie, ob sie Flugangst hatte, aber das verneinte sie vehement und lachte gekünstelt. Flugangst? Aber sie doch nicht! Sie mochte bloß das Rauf und Runter des Flugzeugs nicht und so betäubte sie ihre Sinne kurzerhand mit der Bestellung einer zweiten Flasche Weißwein, wenige Minuten nach Boxbeutelchen Nummer eins. Jetzt schloss sie die Augen und drückte ihre Rückenlehne nach hinten. Mit weiteren Bestellungen war wohl vorerst nicht zu rechnen.

Der weitere Flug verlief ruhig, ein paarmal hüpfte es seicht, aber nichts, was ausreichte, meine Nachbarin aus ihrem Promillekoma zu holen. So widmete ich mich dem Filmangebot, zahlreichen Sudokus und meinem Buch. Da wir gegen die Zeit flogen, war der Einbruch der Dunkelheit schon zu erahnen, als das Abendbrot serviert wurde. Um den Platz für die Ellenbogen brauchte ich mich beim Essen jedenfalls nicht streiten, denn neben mir schlummerte es süß und selig mit einem damenhaften Schnarchen, das in der Geräuschkulisse des Flugzeugs aber unterging. Nun war es dunkel, die Lichter wurden nach dem Abräumen und einer letzten Getränkerunde gedimmt und langsam kehrte Ruhe in der Kabine ein. Das Personal hatte den Service über Nacht eingestellt, nur vereinzelt tappten Leute durch den Gang zur Toilette. Ich warf mir meine Fleece-Jacke über, döste beim Klang der Musik aus dem Kopfhörer weg. Mein erster Traum hatte gerade verheißungsvoll gestartet, da riss mich ein ungewohntes Geräusch heraus. Es pingte über meinem Kopf und ein kleines Licht ging an. Sieh da, meine Schnapsleiche rechter Hand war wieder unter den Lebenden. Offenbar tat Nachschub Not, denn sie betätigte etwa im Minutentakt die Ordertaste für das Kabinenpersonal, von dem natürlich niemand daran dachte, zu erscheinen. Nächster Versuch, wieder ein Ping. Zwischendurch traktierte sie das Display im Vordersitz auf der Suche nach der Getränkekarte, die dort elektronisch abrufbar war. Sie gab ihre Bestellung auf wie eine Schuhorder im Internet und… Das nächste Ping. Der Sound war derart durchdringend, dass es auch durch meine geschlossenen Kopfhörer hindurch überaus störte und mich immer wieder aus dem Dämmerschlaf riss. Nervig und unnötig war es sowieso und ich konnte mir den bissigen Kommentar nicht verkneifen, dass es nachts keinen Service gab, das Klingeln demnach nutzlos. Ob die Promillezahl die Aufnahme meiner Aussage blockierte oder sie es aus anderen Gründen nicht verstand war unergründlich, jedenfalls dauerte es keine zwei Minuten, bis…. Ping. Dann reduzierte sich das Intervall auf gefühlte fünf Minuten. Irgendwann lief eine Flugbegleiterin durch den Gang, sah das Licht und fragte. Meine Nachbarin beschwerte sich, dass sie kein

Abendessen erhalten habe. Widerwillig stimmte die nette junge Dame ein, noch eins zu bringen, das dann auch fünf Minuten später kam, natürlich mit einer weiteren Flasche Weißwein garniert.

Nun ging es geräuschvoll mit der Bearbeitung der knisternden Verpackung für Besteck und Essen weiter. Einen möglichen Grund zur Rücksichtnahme hinsichtlich Geräuschentwicklung sah meine Nachbarin offenbar nicht. Zum Nachtisch gab es dann die bestellte Flasche Weißwein und schickte sie endlich in eine längere Nachtruhe. So kam ich dann auch letztlich zu meinem verdienten Schlaf. Ich legte meinen Kopfhörer ab, zog mir ein Tuch gegen Licht und Zugluft über den Kopf und betrieb Augenpflege.

TAG 17

FRANKFURT

NACH HAUSE

Die Klimaanlagen im Flugzeug und während der letzten Tage hatten doch mehr zugeschlagen, als ich vermutet hatte. Mein Schlaf der letzten Stunden war eher unruhig und ich merkte, wie meine Erkältung wieder aufflammte. Die ersten Sonnenstrahlen brachen über dem Horizont und dann wurde die Kabinenbeleuchtung hochgefahren. Meine Nachbarin erwachte aus ihrem Delirium und zwängte sich gen Toilette eilig an mir vorbei. Immerhin ging sie erstaunlich gerade trotz der stattlichen Prozente, die sie sich reingepfiffen hatte. Die Trolleys wurden durch die Gänge geschoben und es gab ein Frühstück. Enttäuschend allerdings, denn es enthielt nur ein kleines Weizenmehl-Brötchen, aber immerhin verschiedene Sorten Belag. Der Kaffee war wirklich gut und auch ordentlich stark. Die Flugbegleiterin lief mehrmals durch die Gänge und schenkte nochmal nach und prompt bestellte meine Nachbarin… Richtig, einen Weißwein! Nummer vier, wenn ich korrekt mitgezählt hatte. Mein ungläubiger Blick zur Uhr entging ihr nicht und wir kamen ein wenig ins Gespräch über die USA, ihre Reise, Vorstellungen für den nächsten Urlaub und einiges mehr. Trotz ihres Pegels klappte die Artikulation erstaunlich gut. So verriet sie mir, dass sie im Anschluss nach Oslo weiterflog und ich hoffte, dass sie nach der Landung dort nicht in ein Auto stieg. Aber ich behielt meine Gedanken für mich und kramte schon meine ersten Sachen zusammen, denn das Verlassen der Reiseflughöhe hatte begonnen. Der Sinkflug ließ sich auf den Anzeigen am Bildschirm im Sitz vor mir ablesen und irgendwie hatte ich keine wirkliche Lust mehr, mit der Sitznachbarin zu plaudern. Es passte gut, dass sie die Sink- und Steigphasen nicht mochte, daher presste sie sich in den Sitz und schloss die Augen. Gleich endete meine Flugreise und es stand nur noch der kurze Bahn-Weg nach Hause auf dem Programm. Tausend und mehr Gedanken meiner Erlebnisse schossen mir durch den Kopf. Der blaue Himmel und die Temperaturen wurden mir aus den letzten Tagen besonders in Erinnerung gerufen, als die Ansage der erwarteten Außentemperatur in Frankfurt durch den Lautsprecher schnarrte.

Der Boden war schon zu sehen, nur noch wenige hundert Fuß Höhe und dann Touchdown. Der Pilot legte eine butterweiche Landung hin und nur durch Rumpeln der Räder auf dem Runway war klar, dass der Flug nun beendet war. Das Kabinenpersonal bat, bis zum Erreichen des Terminals angeschnallt zu bleiben. Dennoch herrschte eine allgemeine Aufbruchstimmung. Die Turbinen erstarben, das Rauschen und leise Dröhnen endete, das mich die letzten zehn Stunden begleitet hatte. Als die Reihen im Gang sich in Bewegung setzten, ging alles ganz schnell, Jacke umgebunden, Rucksack auf, Sitz kontrolliert und ein "Auf Wiedersehen, guten Weiterflug" zu meiner Nachbarin. Schon war ich wieder auf deutschem Boden.

Die Passkontrolle verlief unspektakulär und bestand nur daraus, den Pass in einen kleinen Automaten zu schieben, dann musste man in eine Kamera blicken und nach dem biometrischen Abgleich der Daten gab ein kleines Drehkarussell den Weg frei. Als nächstes kam das Paketband an die Reihe und ich fühlte mich ungewohnt mit der Schrift und der Sprache um mich herum. Ewig lange nahm sich das Band Zeit, bis es überhaupt ansprang. Dann schleppten sich zäh die ersten Koffer an mir entlang. Immer wieder spuckte der Auslass, der aus dem Keller kam, neue Gepäckstücke in die Runde. Dann endlich bog meine Klamottenkiste um die Ecke. Mit dem Koffergurt darum konnte ich sie eindeutig identifizieren. Da die meisten Leute ihre Koffer schon hatten, war es leer geworden am Band. Ich langte mit einem beherzten Griff zu und wuchtete das schwere Ding auf seine Rollen. Dann folgte die Ernüchterung, denn an der Seite klaffte ein Riss, der beim Aufgeben noch nicht vorhanden war.

Nicht ein Urlaub in den letzten vier Jahren war vergangen, ohne dass ein Koffer dabei sein Leben gelassen oder zumindest heftige Blessuren erlitten hatte. Also ging ich zum Kundenservice und reihte mich in die Schlange derer ein, mit deren Koffer offenbar auch Rugby gespielt wurde. Beim Betrachten der anderen "Ruinen" hatte ich noch richtig Glück gehabt. Ein Stapel Formulare wurde ausgefüllt, ich bekam einen Laufzettel, der die Dinge enthielt, die ich in den nächsten Tagen einreichen musste. Dann war nach knapp 20 Minuten der Schaden aktenkundig. Ich schnappte mir mein Handy und suchte nach der nächsten Bahnverbindung, in gut zehn Minuten kam ein passender Zug, also musste ich nur noch durch das Labyrinth von Rolltreppen, Gängen und Überführungen, um zum Fernbahnhof für die ICE zu kommen. Noch eine Kurve, noch eine Treppe und über eine Zufahrtsstraße auf die andere

Straßenseite. Jetzt stand ich dumm da, denn nach dem Überqueren schaute ich vor ein großes Gebäude mit zahlreichen Schildern. Aber eins, das den Fernbahnhof auswies, war nicht dabei. Innerlich fluchte ich darüber, denn ich war noch keine Stunde wieder in Deutschland und schon schlug das Beschilderungssystem gnadenlos zu. Zwei Wochen lang war ich auf unbekanntem Terrain unterwegs, mehrere tausend Kilometer entfernt und ich hatte mich sofort zurechtgefunden! Jetzt war ich wieder hier in Deutschland und auf der anderen Straßenseite endete die wichtige Beschilderung im Nichts. Vermutlich war die auf dem Dienstweg zustande gekommen und hier war ein anderer Sachbearbeiter zuständig.

Da die Zeit für die Zugabfahrt langsam knapp wurde, frage ich verärgert nach dem Weg. Eine nette Dame zeigte auf eine Tür, durch die ich gehen musste und dann die Rolltreppe rauf. Ich vertraute dem Rat und schritt durch diese Tür, stellte den Koffer vor mir auf das laufende Stufenband und als ich oben ankam, ging wie von Geisterhand die Schilderführung wieder weiter. Zwei Minuten noch bis zur Abfahrt und ich hatte keine Ahnung, wie weit es noch war. Also legte ich einen Zahn zu, doch ich befand mich schon in der Nähe des Bahnsteigs. Noch eine Rolltreppe runter und ich war auf meinem Bahnsteig. Just in time. Auf die Deutsche Bahn war in einem Punkt Verlass und das war ihr zeitgenaues Eintreffen fünf Minuten nach dem Fahrplan. Ich hätte gar nicht so hetzen müssen, aber das wusste ich ja zu dem Zeitpunkt nicht. Immerhin hatte ich den Zug erreicht und stieg ein, auch einen Sitzplatz gab es. Ich verstaute meine Sachen und ließ mich in die Bank fallen. Das Handy brummte und nach und nach trudelten alle möglichen Dinge ein. Meine erste Nachricht schrieb ich nach Hause und teilte meine Ankunft und den weiteren Reiseverlauf mit, der durchaus knapp werden konnte, denn die Umsteigezeit am

Bahnhof Köln betrug nur sechs Minuten. Bei fünf Minuten Verspätung hatte ich komfortable 60 Sekunden Zeit. Das konnte nur in die Hose gehen, also ruhte meine Hoffnung darauf, dass auch der Anschlusszug Verspätung hatte. Erst mal klickerte ich mich durch die Handynews und haute noch ein paar Fotos vom Abflug in den Messenger. Es näherte sich der Umstieg in Köln, vier Minuten nach der Zeit, von Verspätung beim Folgezug keine Spur oder zumindest keine Ahnung. Ich nahm die Beine in die Hand und sauste mit Koffer und Rucksack beladen über den Bahnsteig, Treppe runter, Treppe rauf und zur Sicherheit auf die Anzeige geguckt, ich stand vor dem richtigen Zug. Zuerst schob ich den Koffer in die Tür, dann mich selbst hinterher. Mit rund 30 Kilogramm Gepäck war das schon kein leichtes Unterfangen, aber ich war drin und das zählte. Das letzte Stück Schnürsenkel hatte ich mit meinem Fuß durch die Tür in den Zug gezogen, da pfiff es schon und die Türen schlossen sich. Wieder einmal höchste Eisenbahn, aber es war gutgegangen. Auch hier bekam ich einen Sitzplatz und konnte jetzt entspannen. Der nächste Ausstieg war nicht zeitkritisch, denn meine Familie stand dann gewiss da und wartete auf mich. So tickerte ich meine gesicherte Ankunftszeit ins Handy und lehnte mich geschafft zurück. Die 16 Stunden seit meinem Aufbruch vom Campground in Las Vegas bis zur Ankunft in Deutschland waren deutlich weniger stressig, als die Zugfahrt von Frankfurt nach Hause. Ich wischte auf meinem Telefon noch ein paarmal sehnsüchtig durch die Bilder des Urlaubs, dann kam langsam eine bleierne Müdigkeit. Ich zwang mich, die Augen offen zu halten, sonst hatte ich keine Chance, am richtigen Bahnhof auszusteigen. Auch das schaffte ich und die Fahrt war beendet. Ein letztes Mal wuppte ich den Koffer und meinen Rucksack aus dem Zug, die Stufen herunter. Dann schloss ich meine Familie in die Arme. Wir setzten uns ins Auto und fuhren nach Hause.

Das war sie also, meine Traumreise in die Vereinigten Staaten von Amerika, von denen ich so lange und so viel geträumt hatte. Es war noch zu früh, ein Resümee zu ziehen oder die Reise irgendwie zu bewerten. Ich hatte sehr viel erlebt und das Allermeiste davon blieb mir sicher mehr als positiv in Erinnerung. Die Landschaften, die Freundlichkeit der Menschen, Country-Musik an jeder Ecke, der Grand Canyon, Route 66, die Westküste, San Francisco, Death Valley, Las Vegas, alles mit einer Vielzahl von Eindrücken und Bildern, die sich fest eingebrannt hatte und die ich nicht mehr missen wollte. Im Wesentlichen war alles so gelaufen, wie ich es geplant hatte, auch wenn bei einigen Situationen unterwegs klar war, dass ich das bei einer weiteren Reise dieser Art anders machen würde. Und da war er dann auch schon, der Gedanke:

Wann werde ich wohl wieder in dieses faszinierende Land reisen?

EPILOG

Das Abenteuer, in dem Sie, liebe Leserin, lieber Leser, mit diesem Buch mitgereist sind, ist beim Schreiben des Epilogs nun schon etliche Monate her. Nach der Rückkehr war der Alltag viel schneller wieder präsent, als mir lieb war. Immerhin durfte ich die faszinierenden Eindrücke in der Familie, Verwandtschaft, auf der Arbeit oder im Kreis des Hobbys durch meine Erzählungen immer und immer wieder aufleben lassen. Doch naturgemäß ebbte das Interesse an meinem Urlaub schnell ab. So blieb mir nur, bei dem Verfassen dieser Seiten alles noch einmal zu durchleben und die Dinge, die neben meinen Notizen noch zahlreich in meinem Kopf schlummerten, möglichst getreu zu Papier zu bringen.

Mit dem Schreiben entwickelte sich neben der reinen Seitenzahl auch das Resümee, was ich exakt so noch einmal machen, aber auch dafür, was bei einer nochmaligen Reise wohl anders werden würde. Wenn Sie schon immer mal die Idee hatten, den faszinierenden Westen der USA zu besuchen, eine selbst geplante Mietwagenreise zu unternehmen oder aufs

Geratewohl im Ausland einen Trip zu unternehmen, bitte ich Sie: Machen Sie's und nehmen Sie meine Erfahrungen im wahrsten Sinne des Wortes mit auf in Ihre Vorbereitungen.

Was gut und richtig war...

Das Zelt: So ein Popup-Tent ist ideal, weil es in Sekundenbruchteilen steht. Auch wenn mal eine Tagesetappe deutlich später endet, muss man sich nicht noch lange mit dem Puzzle von Zeltstangen oder Schnüren befassen. Spannriemen entfernen, loslassen, Heringe rein, fertig.

Reservieren: Zwar lässt eine festgelegte Route mit bestätigten Buchungen der Zeltplätze und Motels die Flexibilität gegen Null tendieren. Aber gerade, weil schon viele Faktoren für mich neu und ungewohnt waren, hatte diese Sicherheit mit den Bestätigungen in der Hand und meiner Gewissheit über den nächsten Stopp eine beruhigende Wirkung. Mit zunehmender Erfahrung in einem Land würde ich hier sicher flexibler agieren, aber als Greenhorn war das in dem Fall genau passend.

Dass selbst bei festen Buchungen Anpassungen oder Änderungen der Route möglich waren, hatte sich ja auch mir erschlossen. Somit besteht dann doch eine gewisse Wandelbarkeit für den Fall der Fälle.

Sprache: Wesentlicher Bestandteil, um mit den Menschen in näheren Kontakt zu kommen, war die

Sprache. Meine Vorarbeit durch Lesen englischer Bücher, Vokabeln pauken, englisches Fernsehen konsumieren und letztlich so oft wie möglich schon vorab in dieser Sprache sprechen hatte mich prima auf die Wochen im Ausland vorbereitet. Trotz dieses umfangreichen Lernens gab es Situationen, wo mir beim Reden Vokabeln fehlten. Dennoch hatte ich einen guten Fundus und ich kann jedem nur raten, so viel wie möglich vorher auch zu sprechen. Denn alle Vokabeln nutzen nichts, wenn sie einem im richtigen Moment nicht einfallen.

Etappen: Die Planung von Etappen, die in der Regel nicht über 200 oder 250 Meilen lagen, ließ Luft, um sich vor Ort noch im Tageslicht zu bewegen, Sehenswürdigkeiten anzusehen oder auch mal spontan etwas einzuschieben, was so erst vor Ort als Wunsch entstanden ist. Bei größeren Distanzen wären mir wohl Dinge wie der Hoover Damm entgangen. Außerdem wollte ich auch trotz Roadtrip nicht ausschließlich im Auto sitzen.

StreetView: Das Internet macht es möglich, sich in vielen Ländern fast jeden Fleck vor einer Reise schon vorab anzusehen. Für einige Stellen hatte ich das getan und deshalb bei der Planung auch das ein oder andere Motel verworfen oder eine Route gemieden. Dennoch war ich zum Beispiel beim RV Park in San Francisco überrascht, denn das Bildmaterial war gnadenlos veraltet. Aber alles in allem boten mir die Fotos eine gute Grundlage für die Planung.

Ausrüstung: Ein paar Medikamente, ein Schal und auch eine Mütze sowie warme Sachen waren in meinem Gepäck und ich war dankbar dafür. Bereits auf dem Hinflug zahlte es sich aus, dass ich damit der Klimaanlage trotzen konnte und unmittelbar nach der Ankunft habe ich damit die ersten Kopfschmerzen oder das Halskratzen in Schach gehalten. Alles in allem war ich trotz der arktischen Klimaanlagen-Einstellungen recht unbeschadet durch die verschiedenen Eiszeiten gekommen.

Handy: Auch wenn die Karte und das Aufladen im Vorfeld mit knapp 50 EUR ganz ordentlich zu Buche geschlagen hatten, war ich beruhigt und froh, für den Fall der Fälle auf dieses Mittel zurückgreifen zu können. Beim nächsten Trip würde ich die Karte eventuell vor Ort erst aufladen, aber für die erste Reise war das genau die richtige Entscheidung.

Kleidung: Meine Kleidung war überschaubar, bestand aus ein paar Jeans zum Wechseln, einem weiteren Paar Schuhe und Badeschlappen, reichlich Unterwäsche, Polo- und T-Shirts, von letzteren reichlich. Dazu ein Pulli und die Sachen, die ich am Leib trug. Waschen in einer Laundry war ursprünglich fest eingeplant, aber gar nicht nötig. Insbesondere das Wechseln der T-Shirts für die Fahrten und die regelmäßige Handwäsche dieser Shirts kann ich nur empfehlen. Für einen Roadtrip war dies ausreichend. Somit war noch Platz im Koffer für die Ausgeh-Sachen.

Was ich vergessen habe oder anders machen würde...

Es ist nicht gesagt, dass mit Dingen, die ich anders machen würde, alles auch automatisch besser klappt, aber es ist zumindest eine Überlegung, manches davon in die nächste Planung einzubringen. Dazu galt es auch, wichtige Dinge im Vorfeld zu erfragen oder zu bedenken.

Tanken: Zwar hatte ich mich darauf vorbereitet, wie das Tanken funktioniert, aber welche Benzinsorten es überhaupt gab und welche davon genau mein Leihwagen brauchte, das hatte ich nicht in Erfahrung gebracht und auch vor Ort bei der Abfahrt nicht erfragt. Also beim nächsten Mal vor der Abfahrt nach der Benzinsorte fragen.

Panne: Diese oder jene Zufahrt zu einem Campingplatz war nicht unbedingt über geteerte Straßen zu erreichen. Was war im Fall einer Panne zu tun, wen musste man anrufen und unter welcher Rufnummer? Zwar hatte ich ein funktionierendes Handy, auch mit Internetanbindung für die USA, aber die Recherche nach der korrekten Nummer und dem Ansprechpartner, z.B. von der Autovermietung, hätte mich reichlich Zeit gekostet. Beim nächsten Mal werde ich direkt am Leihwagen-Counter danach fragen.

Feuerholz: Selbst wenn es ein paar Euro mehr kostet, werde ich die nächsten Male an den Campingplätzen Feuerholz ordern. Ich möchte nicht nochmal fröstelnd an meinem Zelt sitzen und neidisch auf die Flammen der anderen gucken. Letztlich fließt das Geld auch direkt in die wahrlich vom

Staat nicht üppig gefüllte Kasse der Parks und dient damit deren Erhaltung. Ich sehe es somit als Spende an, wenn ich ohne Frieren am Zelt in mein eigenes Feuer starre.

Hängematte: Im Keller lag sie und das seit über 15 Jahren. Gekauft hatte ich sie für einen Trip mit dem Motorrad, eine mobile Hängematte mit geringem Gewicht und kleinem Packmaß. Es hätte etliche Gelegenheiten gegeben, sie flugs zwischen zwei Bäume zu hängen und entspannt darin zu relaxen oder ein Nickerchen zu machen. Leider aber hatte ich nicht daran gedacht. Für das nächste Mal wandert sie auf jeden Fall ins Gepäck.

Wochentage: Im Urlaub ist jeder Tag Sonntag! Das ist insoweit richtig, weil man selbst ja nicht arbeiten muss, aber vor Ort dreht sich die Welt ganz normal weiter. Bei der Planung meiner Stationen hatte ich nicht darauf geachtet, welcher Wochentag bei welchem Stopp war. Das hatte zum Beispiel in Kingman zur Folge, dass ich beim Bummel im Historic District nur noch mitbekam, wie die letzten kleinen Geschäfte ihre Türen am Samstag um 16 Uhr schlossen. Gerne hätte ich dort noch ein wenig gebummelt und vielleicht ein Souvenir gefunden.

Stopps: Bei der Wahl meiner Stopps und Distanzen hatte ich mich sehr akribisch an einer möglichst gleichmäßigen Tagesdistanz orientiert. Insbesondere bei der Überbrückungsetappe vom Grand Canyon an die Westküste hatte ich die Entfernung einfach nur durch drei geteilt und dann geschaut, was in der Nähe liegt, um die Zahlen einzuhalten. Dabei hatte ich gar nicht darauf geachtet, was die Städte und Stopps zu bieten haben. Insbesondere Buttonwillow war hier ein beinahe rühmlicher Tiefpunkt, denn außer der Interstate 5, einer Tankstelle und einem Fastfood-Laden gab es neben dem Motel nichts außer Sand, Weite und LKW.

Nach meinen jetzigen Erfahrungen ließen sich im Ausnahmefall auch mal 400 oder sogar mehr Meilen zurücklegen, wenn dafür der Ort etwas zu bieten hat, an dem man seinen Stopp einplant. Die Suche vor Ort nach Sehenswürdigkeiten war zwar dank Handy möglich, aber beispielsweise in Barstow gab es nichts, was mich angelockt hatte. Das nächste Mal würde ich dabei also flexibler vorgehen und mir durchaus verträgliche Abweichungen in den Entfernungen genehmigen.

Klappstuhl: Vor dem Zelt zu sitzen ist schön und dabei ins eigene Feuer zu schauen, noch schöner (siehe Feuerholz!). Auf dem Fußboden zu sitzen oder auf der Sitzbank des Tisches zu hocken, ist jedoch auf Dauer nicht sehr bequem. Bei meiner nächsten Reise steht also ganz sicher ein einfacher Klapp-Liegestuhl auf der Einkaufsliste vor Ort. Der kann dann am Ende des Urlaubs wieder einen Abnehmer finden, der sich darüber freut. Die paar Dollar sind gut angelegt.

Zucker, Salz: Große Packungen sind in den USA an der Tagesordnung. Salz, Zucker, Nudeln, Käse und

Co. gibt es im Großfamilienpack als Jahresvorrat. Kleine Päckchen aber für eine Person und zwei Wochen, die suchte ich in den Läden vergebens. Um dennoch nicht darauf verzichten zu müssen, kam mir viel zu spät die Idee, ein paar mehr von den kleinen Tüten oder Verpackungen mit Salz, Zucker oder Marmelade mitzunehmen, wenn man beim Fastfood einen Kaffee oder ein Frühstück bestellt. Nun soll das hier keineswegs ein Aufruf zum Diebstahl sein, aber es wandert ja auch kein Jahresvorrat in die Taschen. Wer ganz sicher gehen möchte, der fragt einfach, so wie ich das im Motel in Fresno getan und die Erlaubnis bekommen habe.

Reiseverlauf: An einem Ort zu starten, dann mit dem Auto eine Rundreise über alle Punkte folgend zu unternehmen, die auf der Wunschliste standen, war sicher eine Variante, so einen Roadtrip zu unternehmen. Da ich das erste Mal in den USA war, waren auch alle Eindrücke für mich neu. Daher machten mir auch zig Meilen Interstate nichts aus, denn es gab immer viel Neues zu sehen und zu erleben.

Für die nächste und weitere Reisen wäre aber ein sternförmiger Reiseverlauf mit einem Inlandsflug dazwischen eine mögliche Alternative. So wäre eine Station in Las Vegas denkbar, von wo aus dann Grand Canyon, Route 66, Kingman und Death Valley abgegrast werden könnten. Dann hätte ich das Auto wieder abgegeben, wäre nach San Francisco geflogen und hätte mir dort gleich am Flughafen den nächsten

Mietwagen genommen und den 101 genossen, Westküste hoch, San Francisco und über die Bay Area wieder zurück.

Hierbei würde dann die Überbrückungs-Etappe an die Westküste entfallen, die ich für meine erste Reise aber gar nicht missen möchte. Beim nächsten Mal aber wäre all das sicher eine Überlegung wert.

Navi: Auf die Schreckmomente mit dem Handy-Navi hätte ich gerne verzichtet. Auch wenn ich die kleine Kiste doch irgendwie jedes Mal wieder ans Arbeiten bekommen habe, kommt für nächstes Mal ein vernünftiges Gerät mit an Bord.

Das Navi direkt mit dem Leihfahrzeug zu mieten ist sicher am einfachsten, aber wohl nicht die günstigste Variante. Hier bleibt noch etwas Recherche zu erledigen. Ebenso bleibt Plan B als Online-Variante auf dem Zweithandy zu überdenken, hat es doch ohne Angabe von Gründen einfach nicht getan, was es sollte.

Frühstück: Das Frühstück in den Motels bestand oft nur aus ein paar fertig abgepackten Muffins und Kaffee. Die Preise waren bei Buchung zwischen fünf und acht Dollar keineswegs angemessen dafür. Motel-Buchungen würde ich daher im Regelfall ohne Frühstück vornehmen.

Soweit zu ein paar Punkten, die ich aus der Reise als Erfahrung mitgenommen habe. Beim Schreiben der Seiten durfte ich all das noch einmal erleben und stellenweise war das Gefühl so intensiv, dass ich still wurde, in die Ferne blickte und ganz tief versunken war in der Situation, die gerade in meine Tastatur floss. Ich wünsche Ihnen, dass auch Sie so etwas über eine Ihrer Reisen berichten können und vielleicht haben Sie dann an der einen oder anderen Stelle einmal an einen Moment oder einen Tipp aus diesem Buch gedacht. Ich würde mich freuen.

Herzliche Grüße, Ihr
Cornel Reschke

Lemgo, im Februar 2020

Internet: http://usa.reschke-lemgo.de
        (Fotogalerie, Gästebuch und
        weitere Informationen)

DANKE

Zuallererst geht mein Dank an meine Frau Ilona und meine Tochter Jana, die es mir auch während einer schwierigen Situation mit vielen Unwägbarkeiten ermöglicht haben, diese Reise doch anzutreten. Sicher hatte es oft Momente gegeben, wo ich besser in Deutschland gewesen wäre, um mit Rat und Tat oder nur einem offenen Ohr oder einer Umarmung da zu sein und letztlich stand es bis zur Abfahrt noch auf der Kippe, ob die Reise tatsächlich stattfinden konnte. Dafür, dass sie es konnte, nochmals meinen tief empfundenen Dank.

Danke auch an alle, die mir offen und ehrlich gesagt haben, dass ich wohl nicht ganz bei Trost bin, eine solche Reise zu unternehmen. Aus verständlichen Gründen nenne ich die Namen derer nicht, die sich so geäußert haben. Aber Ihr wart eher Ansporn als Bremse und mein Gedanke "Jetzt erst recht" konnte durch Euch erst so richtig wachsen. Hierfür meinen herzlichen Dank.

Nicht unerwähnt bleiben sollen aber auch die, die genau anders auf meine Idee reagiert haben.

Von

"Boah! Geile Sache" über

"Neiiiiid" bis hin zu

"Ich würde auch gerne mitkommen!"

kamen Kommentare von Leuten, die sich auch nicht davon abschrecken ließen, wenn ich Details meiner Planung mit ihnen teilte. Schließlich ist Zelt, Isomatte und Campingplatz nicht das bevorzugte Nachtprogramm für Leute im ausgehenden fünften Lebensjahrzehnt. Auch diese Personen bleiben namentlich hier ungenannt, weil sonst die, die an meinem Geisteszustand zweifelten, wohl nicht mehr mit denen reden, die mir diesen Urlaub neideten. Soviel Risiko gehe ich wirklich nicht ein und sage daher einfach auch dieser namenlosen Gruppe hiermit: Danke!

Ein großes Dankeschön geht an dieser Stelle auch an meine Mutter, die mich vor unendlich vielen Jahren auch trotz manch Fehlens der Freiwilligkeit "ermutigt" hat, weiterhin die englische Sprache zu lernen und mir eine Willensstärke und Eigenständigkeit mit auf den Weg gegeben hat, ohne die ich mich vielleicht nie auf dieses Abenteuer eingelassen hätte. Leider kann sie den Dank nicht mehr direkt lesen, da sie in der Entstehungsphase des Buches verstorben ist. Dennoch: Danke!

Vielen Dank auch an Gernot Lahr-Mische für ein Foto der amerikanischen Flagge. Es ist mir während meiner gesamten Reise offenbar gar nicht aufgefallen, dass ich kein einziges Star-Spangled Banner fotografiert habe. Sehr unpatriotisch von mir, aber... Da ich es für das Titelbild haben wollte, danke ich hier fürs Aushelfen.

Danke auch an Freunde und Bekannte aus verschiedensten Gründen, deren Aufzählung den Rahmen des Buches sprengen würde.

Danken möchte ich abschließend auch noch einmal all den Leserinnen und Lesern, die dieses Buch in den Händen gehalten und vielleicht sogar bis hierher gelesen haben. Aber auch wenn sie festgestellt haben, dass es sich eher dazu eignet, irgendwelche Insekten damit ins Jenseits zu befördern oder den Kaminofen anzuheizen, hat es damit immer noch einen sinnvollen Nutzen. Dafür Danke!

Air Condition	Klimaanlage
Bakery	Bäckerei(-abteilung)
Bay (area)	Bucht (Gegend)
Big man (ugs.)	großer Kerl
Biker share the road	Radfahrer teilen die Straße
Blue Line	Blaue Linie / Buslinie
Cabin	Hütte
Campground	Camping- / Zeltplatz
Cashier	Kassierer
Cell phone oder Mobile phone	Handy / Mobiltelefon
City limits	Innenstadtbereich
Diner	Imbiss / Restaurant
Don't drink and drive	sinngemäß: Kein Alkohol am Steuer
Dort	Punkt
Dotcom	Umgangssprache für Internetfirmen, angelehnt an die Endungen der Internetadressen ".com"
Downtown	Innenstadt ("City")
DUI	"Driving under influence", Fahren unter Einfluss (von Alkohol oder Drogen)
Entrance	Eingang
Fake	Fälschung / Täuschung / Imitat

Fireplace	Feuerstelle
French fries	Pommes frites
General Store	Gemischtwarenladen
Golden Annual Pass	Jahrespass für die Nationalparks
Historic Route 66	Historische Straße Nr. 66
H2o	amerik. Telefondienstanbieter
Have a safe trip	Haben Sie eine sichere Reise
High Noon	Mittagszeit, zwölf Uhr
Honey / oat	Honig / Weizen
Inch	Längenmaß (entspr. 1 Zoll = 2,54 cm)
Inn	Gasthaus
Just in time	genau pünktlich / zur richtigen Zeit
Hot Rod	"Heiße Kiste", aufgemotztes Auto
Instruction manual	Bedienungsanleitung
Kingsize / Queensize	Betten im Riesenformat (große Doppelbetten)
Laundry	Wäscherei
Lot	Parkplatz, Parkbucht
Motherroad	"Mutter aller Straßen" = Route 66
National Historic Landmark	Nationales Monument / Denkmal
Nozzle	Düse, aber auch Zapfrüssel an der Tankstelle
North, east, west, south	Nord, Ost, West, Süd
Office	Büro / Empfangsgebäude

Oil and vinegar	Öl und Essig (Dressing)
On schedule	termingerecht ("auf Plan")
Organic food	Bio-Lebensmittel
Overlook	Aussichtspunkt
Pairing	Verbinden ("Paaren") von Geräten über Bluetooth
pick-up-point	Abhol-Punkt (Tresen bzw. Schalter)
Pint	Maßeinheit (entspr. etwa 473 Milliliter, also ungefähr ½ Liter)
Plastic bag	Plastiktüten
Prime time	Bevorzugte Fernsehzeit (20:15)
Quarter(s)	Viertel-Dollar-Münze(n)
Restrooms	Toiletten / WC
Ride	Ritt, Fahrt
River walk	Gehweg am Fluss entlang
San Francisco Chronicle	Überregionale Zeitung
Seafood	Essen aus dem Meer
self-inflating mattress	selbstaufblasende Matratze
Sixpack	Sechserpack Getränkedosen
Small without ice	klein, ohne Eis
Speedlimit	Geschwindigkeitsbegrenzung
Spring	Frühling
Stars and stripes	Sterne und Streifen (Flagge)
State Road	Landstraße

Strip	Bezeichnung für einen Abschnitt des Las Vegas Boulevard, auf dem sich eine große Menge berühmter Casinos und Luxushotels tummeln
Tent area / tent site	Zeltbereich / Stellplatz
Tip	Trinkgeld
Trolley	Einkaufswagen
Turnout	Haltebucht
Underdressed	unangemessen gekleidet, unterhalb des erwarteten Niveaus.
USA today	Eine Zeitung in den USA
U-Turn	180°-Wendung in die Gegenrichtung, z.B. an einer Kreuzung
Vintage Car	"Oldtimer"
Visitor Center	Besucherzentrum
Vista Point	Aussichtspunkt
Watch out for cattles on the road	Halten Sie Ausschau nach Rindern auf der Straße
Work area	Baustelle
Wharf	Werft

QUELLENVERZEICHNIS

https://de.wikipedia.org/wiki/Lake_Mead

https://en.wikipedia.org/wiki/Alcatraz_Island

https://sfcablecar.com/history.html

Die Vögel (1963) und Interstate 60 (2002)
in der Internet Movie Database (www.imdb.com)

https://www.ghirardellisq.com

https://en.wikipedia.org/wiki/Chinatown,_San_Francisco

https://en.wikipedia.org/wiki/Transamerica_Pyramid

https://suburbanstats.org/population/california/how-many-people-live-in-sausalito

Richmond-San-Rafael-Bridge:
https://deacademic.com/dic.nsf/dewiki/2560213

https://www.statista.com/study/22912/
california-statista-dossier

http://www.californiasbestcamping.com/inyo/diaz_lake.html

http://www.westkueste-usa.de/mn_DeathValley_Father-CrowlcyPoint.htm

https://www.trails.com/us/death-valley-national-park/
golden-canyon-trail

http://www.shoshonevillage.com/
shoshone-crowbar-cafe-saloon.html

https://www.spiegel.de/panorama/justiz/
las-vegas-mindestens-50-tote-und-ueber-200-verletzte-bei-
angriff-auf-konzert-a-1170949.html

https://de.wikipedia.org/wiki/Stratosphere_Las_Vegas

Gerne hätte ich auch noch den Link eingefügt, der die umfangreichen Aufzählungen über die Zahl 13 und ihr Auftauchen
auf Geldschein und Flagge der USA enthielt. Leider funktioniert der Link, den ich mir notiert habe, nicht mehr.

Insofern bitte ich Sie, diese Information eher als gesicherte Spe-
kulation anzunehmen. Geneigte Leserinnen und Leser sind
herzlich eingeladen, die Fakten zu überprüfen und mir eine
Rückmeldung zu geben an

buch@reschke-lemgo.de.

Vielen Dank.